Aus Freude am Lesen

btb

Buch
München, zur Zeit der Räterepublik. In der Stadt regiert das Chaos, politische Gruppen streiten um die Vorherrschaft, die Machtverhältnisse ändern sich schneller, als die Zeitungen darüber berichten können. Mitten in den Wirren dieser Tage verschwindet der junge Journalist Meininger und wird bald darauf tot aufgefunden. Inspektor Kajetan, der bei Dienstantritt nie sicher sein kann, ob die bayerische Polizei nicht über Nacht aufgelöst wurde, findet Hinweise, daß Meininger einer brandheißen Geschichte auf der Spur war: Er recherchierte die Hintergründe des Attentats auf Kurt Eisner und kam dabei der Wahrheit wohl zu nahe. Auf den Spuren des ermordeten Journalisten kämpft sich Kajetan nun seinerseits durch die Verschwörungstheorien, die wie Unkraut aus dem Boden schießen. Er sucht Zugang zu den Geheimbünden und Freikorps, die ihre Stützpunkte zum Teil aus München, dem Zentrum revolutionärer Erhebungen, in das Umland verlagert haben. Als Kajetan schließlich fündig wird, gerät er selbst in Lebensgefahr, denn auch die Polizei hat längst ihre politische Unschuld verloren, und jeder Kollege kann sich als Spitzel entpuppen.

Autor
Robert Hültner wurde 1950 im Chiemgau geboren. Er arbeitete unter anderem als Regieassistent, Dramaturg, Regisseur von Kurzfilmen und Dokumentationen. Er reiste mit einem Wanderkino durch kinolose Dörfer und restaurierte historische Filme für das Filmmuseum. Für »Inspektor Kajetan und die Sache Koslowski« wurde der Autor mit dem *Deutschen Krimipreis* ausgezeichnet.

Von Robert Hültner bei btb bereits erschienen:
Walching. Roman (72141)
Die Godin. Roman (72145)
Das schlafende Grab. Roman (73169)
Fluch der wilden Jahre. Roman (73247)
Inspektor Kajetan und die Betrüger. Roman (73420)
Der Hüter der köstlichen Dinge. Roman (73761)

Robert Hültner

Inspektor Kajetan und die Sache Koslowski
Roman

btb

FSC
Mixed Sources
Product group from well-managed
forests and other controlled sources
Cert no. GFA-COC-001223
www.fsc.org
© 1996 Forest Stewardship Council

Verlagsgruppe Random House FSC-DEU-0100
Das FSC-zertifizierte Papier *Munken Print* für Taschenbücher aus
dem btb Verlag liefert Arctic Paper Munkedals AB, Schweden.

7. Auflage
Taschenbuchausgabe Februar 1998,
btb Verlag in der Verlagsgruppe Random House GmbH, München
Copyright © der Originalausgabe 1995 bei Robert Hültner
Die Originalausgabe erschien als Band III der Edition Ulenspiegel
im Verlag Georg Simader, Frankfurt am Main
Umschlaggestaltung: Design Team München
Umschlagfoto: SV Bilderdienst
Satz: IBV Satz- und Datentechnik GmbH, Berlin
Druck und Einband: CPI – Clausen & Bosse, Leck
SL · Herstellung: BB
Printed in Germany
ISBN 978-3-442-72144-3

www.btb-verlag.de

»... wir glauben dir kein Wort, aber hör nicht auf zu erzählen, weil: eine Gschicht braucht nicht wahr zu sein. Bloß schön.

gehört um 1979 in einem Aschauer Wirtshaus

Dies ist eine Kriminalerzählung. Ist sie für den einen oder die andere hingegen eher eine Liebesgeschichte oder gar – was immer das ist – ein Heimatroman, so mag das auch richtig sein. Nur eines will dieses Buch mit Sicherheit nicht sein: Die historisch-wissenschaftliche, exakte Darstellung der dramatischen Geschehnisse in München zum Ende des 1. Weltkriegs, die unter anderem in die Gründung des Freistaats Bayern mündeten. Da ich weder volkskundlicher Wissenschaftler noch politischer Dokumentarist bin, ist, wie es sich gehört, meine Erzählung erdacht und erfunden. Was natürlich wiederum nicht bedeutet, daß die Kontur einiger Romanpersonen nicht von verschiedenen historischen Vorbildern angeregt worden wäre; den an Geschichte Interessierten wünsche ich viel Vergnügen dabei, aus Figuren und Konstellationen die jeweiligen historischen Grundlagen herauszufiltern. Bei der (teilweisen) Verdeckung verschiedener originaler Personen- und Ortsnamen bin ich bewußt nicht sehr raffiniert vorgegangen. Keinesfalls um eine Erfindung handelt es sich jedoch bei der Feststellung, daß die Ermordung des Gründers der bayerischen Republik bis heute nicht restlos aufgeklärt ist, auch wenn, wie ich zu behaupten wage, dies für die damals Ermittelnden ein Kinderspiel gewesen wäre. Schon bei oberfächlichster Beschäftigung ergeben sich auch noch heute Spuren zu den Hintermännern;

auch *Inspektor Kajetan* wird gar nicht anders können, als auf die Hintergründe dieses Attentats zu stoßen. Die Schauplätze dieser *Inspector-Kajetan*-Geschichte in der wirklichen Geografie zu finden, wird Kennern keine großen Probleme bereiten. Nicht alle, aber einige Bewohner einer bestimmten Region mag außerdem zuversichtlich machen, daß offenbar nicht immer alles so war, wie es sich heute darstellt; woraus natürlich folgt, daß auch nicht alles so bleiben muß, wie es ist. Ich habe allen herzlich zu danken, die mir bei der Recherche und mit Anregungen und Hinweisen geholfen haben.

ROBERT HÜLTNER

1

Der Gewehrlauf zielte auf das Pflaster. Er wippte gemächlich auf und ab, als der Soldat sich in Bewegung setzte und, ohne die Hände aus den Taschen zu nehmen, auf den jungen Mann im abgetragenen dunklen Mantel zuging.

»Was suchst denn da? Da ist heut gesperrt!«

Der Angesprochene fingerte ein Blatt Papier aus einer Tasche, entfaltete es und hielt es sich vor die Brust. Seine Hände zitterten unmerklich.

Der Soldat warf einen Blick darauf, nahm die Zigarette aus dem Mundwinkel und spuckte einen Tabakkrümel aus. Seine Miene verdunkelte sich.

»Von der Zeitung?«

Auf seine Worte hin wandten sich einige Männer des kleinen Trupps republikanischer Soldaten, die den Zugang zum Promenadeplatz bewachten, um.

»Was für einen Dreck wird er denn diesmal wieder zusammenschmieren?« höhnte einer. Die Brust des aufgeregten jungen Mannes hob und senkte sich. Er wurde rot.

»Von mir habts ihr noch keinen Dreck nicht gelesen!« rief er verletzt.

Der erste Soldat winkte ungeduldig ab, trat einen Schritt zur Seite und ließ den Journalisten passieren. »Aber deinen sauberen Kollegen sagst«, rief er ihm drohend hinterher, »daß bald ein anderer Wind weht! Hast gehört?«

Der junge Mann, der sich nun schon in der Mitte der Maffeistraße befand, antwortete nicht mehr. Er war in Eile. In wenigen Minuten sollte die Sitzung des neuen Landtags beginnen. Die Wahlen vor einigen Wochen hatten der Partei des Präsidenten eine verheerende Niederlage zugefügt, und alle Welt fragte sich, wie dieser darauf reagieren würde.

Doch so neugierig der junge Journalist darauf war, sowenig war das in Wirklichkeit der Grund, warum er der Sitzung des Parlaments beiwohnen wollte. Er hoffte vielmehr, dabei etwas zu erfahren, was für sein eigentliches Vorhaben nützlich wäre. Was es genau sein würde, wußte er nicht. Noch war er dabei, einige widersprüchliche Informationen zu ordnen, und noch war er längst nicht in der Lage, die vermuteten Zusammenhänge zu beweisen. Das konnte jedoch nicht mehr lange dauern. Der junge Journalist fühlte, wie sein Herz heftiger pochte.

Vor ihm öffnete sich der Promenadeplatz. Noch stand die Sonne schräg hinter den Dächern; über dem schwarzen, feuchten Pflaster dampften Nebelschleier. Im Westen fingen herrschaftliche Fassaden erste Sonnenstrahlen ein und blinkten durch den dünnen Dunst. Ein frühlingshafter Tag kündigte sich an. Kein Wind war zu spüren. Die Luft roch nach dem Rauch vieler Herdfeuer.

Der langgestreckte Platz war nahezu menschenleer. Gelegentliche Rufe der Soldaten, die das Regierungsviertel absperrten, durchbrachen die Stille. Schleppenden Schrittes gingen zwei ärmlich gekleidete Männer mit gesenkten Köpfen an den Wachen des Außenministeriums vorbei, und im Windfang des Eingangs eines Bankgebäudes hatte ein Mann, die Schultern fröstelnd hochgezogen und seine Hände in die Taschen seines Wintermantels vergraben, Zuflucht gefunden.

Eine Bewegung lenkte den Blick des Journalisten auf sich. Aus dem Portal des Montgelas-Palais, das noch im morgendlichen Schatten lag, hatte sich eine Gruppe gelöst: Drei Zivil tragende Männer, die von zwei Bewaffneten begleitet wurden, von denen einer vor, der andere hinter der kleinen Gruppe ging.

Der Beobachter blieb stehen. Er fixierte den Mann in der Mitte. Das also war der Präsident? Der Journalist hatte ihn noch nie von Angesicht zu Angesicht gesehen; er kannte sein Äußeres nur von einigen Postkarten, auf denen er als vergeistigter Gelehrter, als eine Melange aus Doktor Faustus und einem leicht an der Welt verzweifelnden, etwas verschlampten Poeten abgebildet war.

Der Mann jedoch, der sich nun mit gemessenen, kräftigen Schritten auf ihn zubewegte, wirkte anders. Eine ruhige Würde, eine patriarchale Gelassenheit ging von ihm aus, und die Belastungen, denen er in den vergangenen Monaten und Tagen ausgesetzt gewesen sein mußte, waren ihm nicht anzusehen. Anders als seine Begleiter, deren Blicke zu Boden gerichtet waren und dann wieder unruhig über die toten Fassaden des Regierungsviertels wanderten, drückte seine Miene eine eigentümliche, beinahe sarkastische Heiterkeit aus.

Ja, er würde heute vor den Abgeordneten seinen Rücktritt erklären. Diejenigen, die in den vergangenen Monaten gegen ihn zu Felde gezogen waren, würden nun beweisen müssen, daß sie mit den Problemen der jungen Republik besser fertig würden – und sie würden scheitern, die biederen Mehrheitssozialisten ebenso wie die Radikalen. Der Mißerfolg seiner Gegner würde ihm schließlich recht geben und den Weg ebnen für die Ideen, für die er sein ganzes Leben lang gekämpft hatte. Sein Rücktritt würde ihm Zeit zum Atemholen geben, zum Nachdenken. Der überraschende Erfolg des Umsturzes vor wenigen Monaten hatte es bisher kaum zugelassen. Und da waren schließlich auch seine Frau und seine kleine Tochter, die er liebte und die nicht nur darunter gelitten hatten, daß sich in den vergangenen Monaten Beleidigungen und Morddrohungen gehäuft hatten.

Wärme dehnte sich über den Platz. Aus einem Loch im Maschengitter huschte eine Ratte. Sie schnupperte erregt, verschwand dann aber, von den knallenden Tritten der nahenden Gruppe aufgescheucht, wieder im Keller des Bankgebäudes.

Nun bog der kleine Trupp in die Promenadestraße ein. Als wollte er zur Eile drängen, beschleunigte einer der beiden Bewaffneten seinen Schritt. Er überholte die Politiker und setzte sich an die Spitze der Gruppe.

Der Präsident sah auf. Die Sonne war gestiegen.

Er fühlte nichts als einen silbernen Schmerz im Nacken und hatte schon jedes Bewußtsein verloren, als er auf das Pflaster fiel.

2

Die Riemerischen waren bei den meisten Hallbergern bereits vergessen, als das letzte Familienmitglied in der Düsternis einer geschlossenen Anstalt verstorben war. Die Geschichte dieser Familie war schließlich auch keine besondere. Was diese so vernichtend getroffen hatte, geschah auch anderen und geschah zu oft in jenen Jahren, als daß die Tragödie einzelner noch wahrgenommen werden konnte. Haushalten mußte ein jeder mit seinem Mitleiden, nicht zu oft, nicht zu tief durfte man sich erschüttern lassen in diesen Zeiten nach dem großen Krieg.

In Vergessenheit geriet das Schicksal der Riemerischen aber auch deshalb, weil dabei vieles so eigenartig, so verstörend verlief und sich nicht mehr einfügen wollte in das, was bisher von den Dingen des Lebens bekannt war.

So wäre es nach all der Zeit auch schwer, den Ort zu finden, an dem einmal das Gehöft der Riemerischen stand. Nichts in diesem abgeschiedenen, wüst verbüschten Teil des Hallberger Hochlandes markiert mehr die Stelle, und wer sich, nach mühevollem Studium alter Kataster, danach auf die Suche machen würde, fände am bezeichneten Ort nur noch mürbes Unterholz, hohes Kraut über moosigem Grund, wenige kniehohe, von Immergrün und Unkraut überwucherte, von Wurzelwerk gesprengte Mauerreste und, weitab vom nervösen Lärm des Perthenzeller Tals, einen dunklen, toten Frieden.

Sind sie wieder so recht verloren in den rasch dahineilenden Zeiten, dann erdichten sich die Städter gern ein Bild des Bauern, der seit Jahrhunderten in angestammter Scholle verwurzelt sei. Obgleich es natürlich Höfe gab, die seit Jahrhunderten im Besitz einer Familie waren, so traf dies für die Riemerischen genausowenig wie für die meisten der anderen Bauern des Hallberger Hochlandes zu. Viel häufiger geschah es, daß Gebäude und Ländereien wieder und wieder ihre Besitzer wechselten. Da genügte es, wenn ein tödliches Unglück den Bauern aus der Arbeit riß und sich die Witwe nicht sofort wieder verheiraten konnte. In jedem Winter passierten schreckliche Unfälle beim Holzschlag; unverständiges Hantieren mit dem erst um die Jahrhundertwende eingeführten elektrischen Strom rafften Männer wie Frauen dahin, und eine für die Bergregion absurd hohe Zahl der Bewohner fand den Tod durch Ertrinken.

Es genügte jedoch auch bereits, wenn der Hoferbe dem Alkohol ergeben war oder einfach nur schlecht wirtschaftete und sich zu hoch verschuldete. Konnte der heimatliche Hof vor einer Versteigerung bewahrt werden, so waren Verkauf und Abwanderung die letzte Möglichkeit, der völligen Verarmung zu entgehen. Nicht wenige waren in den vergangenen Jahrzehnten aufgebrochen, um jenseits des Ozeans ein neues Leben zu beginnen. Ihnen fiel der Abschied nicht sonderlich schwer. Entschlossen schnürten sie den Packwagen und schlugen zornig auf das Zugtier ein. Dann weinten und lachten sie und sahen nicht mehr zurück.

Freilich finden sich die von der Arbeit in die Landschaft gravierten Spuren auch in den Seelen der Menschen, und natürlich gibt es sie, diese in Traum und Gemüt geflochtene Bindung an den Ort der Kindheit. Doch nichts Mythisches ist daran, nichts Geheimnisvolles, keine gleichsam in die Körper getränkte, ins Blut übergegangene Erdverwurzelung. Für das Entstehen dieser oft so leichtmütig abgeworfenen Bindung waren auch keineswegs Jahrhunderte nötig. Wenige Jahre, in denen die Menschen der Erde ihr Überleben abtrotzen mußten, genügten dafür. Und schließlich beginnen sie ihn auf seltsame Weise zu lieben, diesen schweigenden, mächtigen Widerpart, der in einem Jahreslauf reiche Ernten auf sonnenbeschienenen, fett aufbrechenden Äckern schenkt, im nächsten in gleicher Gelassenheit heulende Unwetter, zu Tal dröhnende Muren und alles erstickende Winter mit sich führt.

Zu den schlichten Werkzeugen, mit deren Hilfe dieser kraftzehrende Kampf bestanden werden kann, gehört auch ein mit allen Nachbarn geknüpftes haltbares Netz gegenseitigen Beistands. Nichts mit Moral, allein mit praktischer Vernunft hat dies zu tun, und bei allen Konflikten wird ein wärmendes Ritual daraus gewonnen, dessen gelegentlich ungeschlachte Deutlichkeit weit entfernt von allem ist, was in den Städten oft an leerer Höflichkeit zelebriert wird. Und auch wenn prunkvolle Kulte dem zu widersprechen scheinen, hatte dies nichts mit Religion zu tun. Die Riten der römischen Kirche wurden nur benutzt, war diese doch klug genug, althergebrachte Mythen zu bemänteln. Und sie wurden ebenso ignoriert, wenn sich ihre Lehren zu sehr gegen das Leben sperrten. So war es nicht nur bei den Hallberger Bauern der gute Brauch, daß die Männer beim sonntäglichen Kirchgang erst nach der Predigt in ihre Stühle traten, und so fiel es auch nur den Bigotten ein, eine junge Magd bloß deswegen schief anzuschauen, weil sie ein lediges Kind geboren hatte. Allseits wurde befunden, daß es schließlich Schlechteres gab, was einem ansonsten fleißigen jungen Mädchen nachgesagt werden konnte.

Längst vergessen ist auch, wie die Riemerischen ins Land kamen. Von den Hallberger Alten würde sich nur noch der Steinhauser-Vater bei einer sonntäglichen Schale Kaffee, seinen köstlich stinkenden Landtabak genießend, daran erinnern können, und auch er war damals erst ein Bub, wie in den achtziger Jahren des vergangenen Jahrhunderts ein zweitgeborener Sohn aus der Weißbacher Gegend das abgelegene, bereits sehr heruntergekommene Riemerlehen mit etwas glücklichem Erbgeld, den wenigen Ersparnissen seiner Frau und wagemutig eingegangenen Verschuldungen erworben hatte. Kaum waren die Güsse des späten Frühjahrs vorüber, begann er mit der Instandsetzung des Hofgebäudes.

Der alte Steinhauser würde vielleicht auch noch davon sprechen, daß es dabei zu einer Begebenheit gekommen war, über welche die Riemerischen später nur noch nach eindringlicher Aufforderung reden wollten.

Als nämlich einer der vom Wurm bereits zerfressenen und von Feuchtigkeit angegriffenen Balken aus der Kaminmauer gelöst wurde, fiel eine senkrecht eingelassene Kalksteinplatte zu Boden. Sie gab den Blick auf eine schmale, handbreite Öffnung frei, welche in eine kleine Höhlung im Innern der Mauer führte. Der Bauer geriet sogleich in Aufregung, hatte man doch hier und dort von diesen geheimen Verstecken gehört, in denen die Leute in früheren Zeiten ihre bescheidenen Reichtümer gegen Diebe oder marodierende Soldaten sicherten. Doch in der Nische fand sich nichts als ein von Ungeziefer nahezu zerfressenes, an einigen Stellen von kalkigem Sickerwasser bereits mineralisiertes Buch.

Der Gemeindepfarrer, dem dieses in ehrfürchtiger Scheu überbracht wurde, verlor darüber augenblicklich seine väterliche Fasson. In hohem Bogen warf er das Buch in das Herdfeuer und kam am nächsten Tag gar zum Entsetzen der Riemerischen und im Gefolge zweier verständnislos dreinblickender Ministranten in vollem Ornat und mit in tiefste Besorgnis gefurchtem Gesicht, um Satan dem noch unfertigen Riemerlehen auszusegnen. Seiner undeutlichen, in viele lateinische Begriffe gekleideten Erklärung glaubten zwei der auswärtigen Zimmerer entnehmen zu können, daß es sich bei dem rätselhaften Fund um eine Bibel der Lutherischen gehandelt haben mußte, die vor vielen Jahren aus dem Perthenzeller Land vertrieben worden waren.

Um so mehr würde der alte Steinhauser bestätigen können, daß die Zuzügler in der Gnotschaft, wie die Hallberger ihre Gemeinde nannten, bald gut gelitten waren. Ihr Fleiß, ihre rechtschaffene Art wurden anerkannt, ihre fröhliche Lebenszugewandtheit gerne genossen. Der Riemer, dieser Name wurde alsbald auf die neuen Bewohner des Lehens übertragen, spreizte sich nicht lange, wenn bescheidene Festivitäten das Arbeitsjahr unterbrachen, und auch die Riemerin lachte gern, tanzte gern und gut und in aller Ehr.

Nicht mit allen waren die Riemerischen Freund. Doch jedem Schandmaul, das Ungutes bei ihnen entdeckt haben wollte, wurde spätestens dann hart über die dumme Red gefahren, als jeder den Riemer nach dem Brand des Steinhauslehens gesehen hatte. Ohne viel Worte hatte der Bauer eine große Fuhre Bauholz, das für einen Anbau am Riemerlehen vorgesehen war, herangezogen. »Wann geht's auf?« hatte er den Dank der noch ganz verzagten Nachbarn abgewehrt.

Kein Streit, den es auch bei den Riemerischen gelegentlich gab, dauerte lange. Bauer und Bäuerin gefielen sich schließlich immer wieder, wirtschafteten trotz aller Schuldenlast gut und gingen in bedächtiger Liebe miteinander um. Der erste Sohn wurde der Riemerin geboren, als das Haus gerade fertig war. Die Bäuerin hatte zuvor wie ein Mannsbild mitgewerkt, und so ließ ihr die Erschöpfung der vorangegangenen Monate die Geburt schwer werden. In den folgenden Jahren starben zwei weitere Kinder wenige Tage nach der Geburt, bis die Riemerin mehr als ein halbes Jahrzehnt, nachdem ihr erster

Sohn das Licht der Welt erblickt hatte, Zwillingen das Leben schenkte. Die größte Not der ersten Jahre war zu jener Zeit bereits vorüber und ließ die beiden überleben, obwohl das Mädchen bereits bei der Geburt einen anfälligen Eindruck gemacht hatte. Im Gegensatz zu seinem Bruder, der zu einem kräftigen Buben heranwuchs, wurde es des öfteren von schweren Erkrankungen heimgesucht. Die leichte, fast unauffällige körperliche Behinderung, die sich daraus entwickelte, wurde jedoch als eine Art göttlicher Beschluß hingenommen, und das Mädchen wurde mit gleicher Liebe und Fürsorge erzogen, wie sie auch den Söhnen zuteil wurde. So lächelte sie lieb und wollte nichts verstehen, als sie am ersten Schultag wegen ihres leichten Hinkens verspottet wurde, und hielt sich weiter an die heitere Wärme ihres Elternhauses.

Gegen Ende des Jahrhunderts wendete sich die Lage der Hallberger spürbar zum Besseren. Begüterte Sommerfrischler fanden sich ein und zeigten sich von der Schönheit des Perthenzeller Oberlandes begeistert. Mehr und mehr Bauern räumten in den Sommermonaten ihre Kammern, boten sie den Touristen als Unterkunft an und schufen sich damit ein gutes Zubrot. Die dramatische Schönheit des Götschenmassivs und des Totkönigs zogen wagemutige Alpinisten an, und der Ruhm bislang für unmöglich gehaltener Gipfelbesteigungen drang in die Städte vor. Ein Hallberger Gasthof, den eine tüchtige und weltläufige Frau aus dem Unterland erworben hatte, wurde zum Treffpunkt stadtmüder Künstler.

Diejenigen unter ihnen, die es sich leisten konnten, begannen damit, sich in der Umgebung Feriensitze zu errichten; Akademiker und Fabrikanten folgten ihrem Beispiel. Die Preise für Boden und Gebäude stiegen binnen weniger Jahre an, und schon bald war es für die Einheimischen schwer geworden, sich auf dem Hallberg niederzulassen.

Unter den gelegentlichen Besuchern war auch ein Baron von Bottendorf. Nachdem er von der Wirtin des Gasthofs erfahren hatte, daß die Villa eines sächsischen Fabrikanten zu einem passablen Preis zum Verkauf stand, hatte er sie erworben. Was sein Beruf war, konnten die Hallberger nicht in Erfahrung bringen. Als Ingenieur hatte er sich eintragen lassen; oft war er auf Reisen, dann wieder sah man ihn über Monate.

In der Gnotschaft wußte man nicht recht, wie mit ihm und den anderen Städtern umzugehen sei. »Fremde« wurden sie genannt, man behandelte sie mit distanzierter, scheuer Höflichkeit, was diese zu Unrecht als Zeichen des von ihnen beanspruchten Respekts deuteten. So mochten es die Dörfler nicht sonderlich, wenn, wie es gelegentlich geschah, der Baron von Bottendorf bei ihnen auftauchte, unaufgefordert auf der Hausbank Platz nahm und das Gespräch suchte. Er bemerkte nicht, daß er dabei die Leute von der Arbeit abhielt, daß man ihn eben reden ließ und ihm nur aus Höflichkeit zustimmte, wenn er mit blasiertem Eifer und ins Nichts gewandtem Gesicht seine Kenntnisse vortrug. Man glaubte ihm vor allem nicht, wenn er von seinem Respekt gegenüber dem, wie er es nannte, einfachen Volk redete. Herumgesprochen hatte sich nämlich längst, wie der noble Herr mit seinen Arbeitern und Zugehfrauen umsprang. Noch weniger verstanden wurde er, wenn er diese seltsame Hochachtung mit allerlei Redereien vom mystischen Urgrund des Landvolkes begründete. Nichts war diesem jedoch unwichtiger als zu erfahren, ob man von Germanen, Romanen oder sonstigen in der Geschichte untergegangenen Völkern abstammte. Das Vergangene war düster, war schwer, und der Blick galt nur dem Morgen. Die Leute befanden auch, daß »Blut« und »Boden« nicht ein, sondern zwei durchaus zu unterscheidende Dinge sind. Hingegen stimmte man ihm zu, wenn der Herr Baron das Stadtleben als durch und durch entsittlicht bezeichnete. Die Städter, redete er sich dann in Eifer, seien von Gier verseucht und vom Wohlstand verweichlicht. Als er jedoch einmal von schmerzvoller, entbehrungsbereiter Erfahrung schwadronierte, welche allein das Volk kurieren könne, hatte sich der junge Angerer verächtlich vom Tisch erhoben, seine Krücke gepackt und sich wortlos entfernt. Die anderen dachten daran, wie gern der Baron wechselnden weiblichen Besuch in seiner Villa empfing und wie er erst kürzlich, nachdem er sich einen harmlosen Holzsplitter in den Handballen gezogen hatte, in hysterischer Angst vor einer Blutvergiftung nach dem Arzt rufen ließ.

Die Riemerischen, deren Gehöft etwas abseits vom Zentrum der Gnotschaft lag, kümmerten diese Debatten wenig. Nüchtern steuerte die Familie durch die Zeiten; die Welt und die Torheiten in den Tälern schienen weit. Die Kinder waren herangewachsen. Keine Frage war, daß der älteste Sohn Josef das Lehen einmal übernehmen würde. So hatten die Eltern auch nichts dagegen einzuwenden, als der zweitgeborene Sohn eine Anstellung bei der Eisenbahn im Tal fand. An der Tochter hatte eine wohlhabende Dame aus München Gefallen gefunden und sie als Hausgehilfin mit in die Stadt genommen. Die Bäuerin hatte sich anfangs hart dagegen gestemmt, bis sie sich schließlich überzeugen ließ. Ihre Tochter nicht mehr um sich zu haben, bekümmerte die Eltern mehr, als sie es zugeben wollten. Immer seltener kamen Briefe, über die der Bauer einmal feixte, daß die Riemerischen doch eine seltsame Rass' seien, weil sie, je weiter sie weg seien, desto liebere Worte fänden.

Nach etwa einem Jahr schrieb das Mädchen, daß mit der noblen Madam kein gutes Schaffen sei und sie deswegen die Stelle gewechselt habe. Jetzt habe sie es besser, aber hie und da sei sie recht allein und habe eine Sehnsucht, wisse aber nicht wonach. Die Eltern tranken die Traurigkeit ihres Kindes wie bitteren Most.

3

Die Dummköpfe waren bereits betrunken, lärmten jauchzend und mit blöden Visagen durch die Gnotschaft, als der Riemer bedächtig den Brief öffnete, in dem sich die Einberufung seiner beiden Söhne befand. Unschlüssig hielt er das amtliche Schreiben in seiner Hand. Er wich dem bösen Blick seiner Frau aus. Sie wußte längst, was der Brief zu bedeuten hatte. »Der Kaiser ruft...«, sagte der Bauer, und es klang eher wie eine Frage. Sie schwieg.

Bereits wenige Monate nach Kriegsausbruch überbrachte ein Bote die Nachricht vom Tod des ältesten Sohnes. Die Riemerischen, würde der alte Steinhauser dazu sagen, haben allerweil eine Vorsicht geübt. Sie waren auf alles gefaßt. Aber nicht darauf, nicht auf dieses Unglück.

Es war die Bäuerin, welche den Brief, von dem sie bereits beim Anblick des Überbringers wußte, was er enthielt, entgegengenommen hatte. Sie hetzte stumm durch alle Kammern, als suchte sie nach etwas Verlorenem. Der noch ahnungslose Bauer saß währenddessen in guter Laune am Dengelstein vor dem Tor zum Tenn und fragte, als er den seltsamen Rumor vernahm, was für ein Teufel sie denn wieder reiten würde.

Sie trat aus dem Haus, atmete heftig, wollte auf ihn zustürzen, doch blieb, etwa zehn Meter von ihm entfernt, plötzlich wie versteinert stehen.

Der Bauer verstand sofort. Er hörte auf zu atmen. Dann beugte sich sein Körper wie im Krampf. Schnappend riß er den Mund auf, als müßte er ersticken. Ein lautes, tierhaftes, tief ins Innere der Brust gezogenes Schluchzen röhrte aus seiner Kehle. Dann, endlich, kamen Tränen. Alle Stärke war aus dem Riemer gewichen. Verzweifelt wie ein Kind weinte er um seinen Sohn. Die Bäuerin wollte ihn umarmen, doch sie spürte nichts als einen entsetzlichen, fremden Zorn.

In diesen Jahren war jedem in der Gnotschaft mit untrüglicher, geheimnisvoller Gewißheit klar, wen es als nächsten treffen würde. So war die Steinhauserin die erste, die zögernd die Stube betrat und mit einem Blick wußte, daß ihr Gefühl sie nicht getäuscht hatte. Tröstend umfing sie die Bäuerin, drückte sie fest an sich und weinte mir ihr. Der Bauer stand weich und still in der Tür.

Nein, sagte die Riemerin leise, ich glaube dir nicht, daß es weitergeht, und bloß noch tot möcht ich sein, bloß noch tot.

Noch war Hans im Feld. Doch auch von ihm blieben im zweiten Kriegsjahr plötzlich die Briefe aus. Es war bereits später Frühling, als auf dem Kamm der niedrigen Anhöhe, welche die Senke des Riemerlehens vom Dorf Hallberg trennte, der Gemeindebote auftauchte. An der höchsten Stelle hielt er an, stieg vom Rad, wischte sich den Schweiß von der Stirn und stand für Sekunden als schwarzer Schnitt vor dem wolkenschweren Himmel.

Die Riemerin hatte ihn längst entdeckt. Zuerst hatte sie unmäßige Kälte verspürt. Anschließend dröhnte ein betäubendes Pochen hinter ihrer Stirn, das von lauten hämmernden Herzschlägen durchbrochen wurde und zuletzt einer kühlen Betäubung gewichen war. Die Bäuerin richtete sich auf und schüttelte ungläubig den Kopf.

Dann löste sie entschlossen die Schleife ihrer Schürze und stapfte dem Ankömmling entgegen. Tränen quollen aus ihren Augen, je näher sie dem Grund der Senke kam, auf den sich nun auch der Bote zubewegte. Schließlich raffte sie den Rock und begann zu laufen.

Der Riemer hatte sich währenddessen in der Stube aufgehalten. Als er einen unterdrückten Ruf und polternde Flucht gehört hatte, war er ahnungsvoll vor das Haus getreten. Der Weg müßte längst wieder aufgeschottert werden, schoß es ihm durch sein benommenes Gehirn, als er den Boten im Senkengrund schlingernd anhalten und vom Rad steigen sah. Nun, so wußte er, würde der Bote, wie er es immer tat, das Fahrrad an seine Hüfte lehnen, sich zu seiner Tasche wenden und ihr einen Brief entnehmen. Die Bäuerin würde ihm das Kuvert aus den Händen reißen, es öffnen und überfliegen. Der Bote würde dabei zu Boden sehen und ihr dann die Hand reichen, um ihr sein Beileid zu bekunden. Der Riemer wollte fliehen. Er hob seine Hände und bedeckte seine Augen.

Dann stand die Bäuerin vor ihm. Mit leichtem Druck schob sie die starren Finger vom Gesicht des Riemers. Sie umarmte ihn. Was sie in jungen Jahren manchmal getan hatte, wenn am frühen Sonntag eine gelbe Morgensonne wieder einen herrlichen Sommertag versprach, tat sie jetzt. Sie nahm zärtlich sein Gesicht in ihre Hände und flüsterte, daß sie mit ihm tanzen wolle. Der Bub lebe.

Doch die Knie des Bauern gaben nach. Er schniefte und kniff seine Augen zusammen. Sie umfaßte seine Hüften und lächelte.

»Geh, du Hirsch«, sagte sie weich, und ihr alt gewordenes Gesicht glänzte voller Frieden, »muß ich dich epper halten?«

Dann verließ sie ihn.

Noch stand der Riemer wie benommen vor der Tür, als er das dumpfe Poltern vernahm. Er kannte alle Geräusche, die das Haus und die darin lebenden Menschen und Tiere machten. Dieses kannte er nicht. Als er in die Stube trat, fand er seine Frau am Boden liegend. Sie atmete bereits nicht mehr.

Das sei nun einmal so bei den Eckerischen, meinten ihre Verwandten bei der Beerdigung, das wisse man schon, daß ein starkes Herz keiner von denen hat.

Den Riemer hatte zunächst eine unwirkliche Ruhe davor bewahrt, das Geschehene zu begreifen. Als er seine Frau voll Bedacht auf die Liegebank bettete, fiel der Brief aus ihrer Hand. Er hob ihn auf.

Hans hatte geschrieben. Verwundet sei er worden, zum

Glück nicht schlimm, alle Glieder seien noch heil, er müsse halt noch einige Wochen im Lazarett zubringen und könne dann für immer heimkehren. Seine Schrift jedoch war häßlich, und er hatte Worte von entsetzlicher Zärtlichkeit, die er zuvor nie ausgesprochen hatte, hinzugefügt. Das hatte die Riemerin gelesen und sogleich gewußt, daß ihrem Sohn schreckliche Dinge widerfahren sein mußten, und das hatte ihr das Herz endgültig gebrochen.

Bei der Beerdigung, an der fast die gesamte Gnotschaft teilnahm, sahen die Hallberger erschüttert, daß den Riemer jeder Lebensmut verlassen hatte. Mit seiner Tochter, die aus München gekommen war, stand er verstört am Friedhofstor, als die Trauergemeinde an beiden vorbeischritt und ihnen ihr Beileid aussprach. Während die zu Tränen bewegten Steinhauserischen seine Hände ergriffen und wieder und wieder stammelten, wie schad, wie unendlich schad es um die Bäuerin sei, sah der Riemer wie abwesend an ihnen vorbei. Auch den Blick der Tochter fand niemand. Schön sei sie geworden, stellte man fest. Mit bleichem Gesicht und steinern aufgerichtet, schien sich ihr schmaler Körper wie im Zorn gegen die Erde zu stemmen, in die man ihre Mutter soeben gebettet hatte. Den Leichenschmaus verließen beide bald.

Sie blieb einige Wochen bei ihrem Vater, überlegte gar, ob sie nicht wieder nach Hallberg ziehen sollte. Doch das Haus ihrer Kindheit gab es nicht mehr; alles hatte sich verfärbt, war dunkel, klamm, stinkend und stumm geworden. Sie wurde unglücklich. Der Vater bemerkte es mit Bitterkeit. Er wurde mürrisch, suchte durch Streit ihre Nähe, nannte sie ungeschickt, rief ein ums andre Mal aus, daß alles gut werden würde, wenn nur endlich Hans wieder anpacken würde, und gab ihr schließlich zu verstehen, daß sie ihn allein lassen solle. Sie ahnte, daß er log, und beschloß, noch die Ankunft des Bruders abzuwarten, um dann in die Stadt zurückzukehren. Doch Hans kam nicht. Seine Genesung, schrieb er, verzögere sich, und er verstehe es nicht. Alle Glieder seien doch heil geblieben, weshalb entlasse man ihn nicht?

4

Der Sommer hatte endlich auch das Oberland erreicht, als Hans plötzlich vor dem Riemerlehen auftauchte. Er war mager geworden, lachte eine Spur zu laut und zu blechern und fuchtelte glücklich mit den Armen. Man hatte ihm nicht vom Tod der Mutter schreiben wollen, und nun, je länger Vater und Schwester schwiegen und hinter ihnen nicht die Mutter durch die Tür trat, stürzte das Glück aus seinem Gesicht.

Der Vater war zu dieser Zeit bereits von einer verzehrenden Krankheit gezeichnet, von der er nicht mehr genesen sollte. Sein Abschied war kein müder, friedlicher, wie es einem braven Menschen wie dem Riemer zu gönnen gewesen wäre. Ein rasch wachsender Krebs zerfraß ihn schließlich binnen weniger Wochen, und schreiend vor Schmerz trieb er dem Tod entgegen.

Noch einmal kam die Schwester aus der Stadt. Wieder bot sie ehrlich Hilfe an, doch Hans wies diese zurück. Er werde es schon schaffen, schließlich seien seine Glieder alle heil geblieben, hatte er trotzig lächelnd versichert. Doch sie kannte ihn zu gut und wußte deshalb, daß er in seinem tiefsten Inneren daran zweifelte. Sie hatte in den vergangenen Tagen entdeckt, daß der Krieg zwar nicht seinen Körper, dafür aber etwas anderes in ihm zerstört hatte. Er war ein anderer geworden. Er, der früher gern unter den Leuten war, hatte sich verschlossen und ging, als müßte er etwas verbergen, nur noch aus dem Haus, wenn es unbedingt erforderlich war. Seltsam sei er geworden, raunten die Hallberger, schad drum, so schad.

5

Der junge Riemer hatte das Angebot seiner Schwester auch deshalb abgelehnt, weil er fühlte, daß München längst zu ihrer neuen Heimat geworden war. Obwohl das Leben dort in den vergangenen Monaten schwer war, spürte auch sie, als sie auf dem Münchner Bahnhof den Zug verließ, daß sie nie mehr in Hallberg würde leben wollen.

Nicht sonderlich interessiert, aber mit einer gewissen Aufmerksamkeit verfolgte sie die Veränderungen in der Stadt, sah die großen Demonstrationen, die ein Ende des Kriegs forderten, und las eines Tages in der Zeitung, daß Bayern nun Republik sei. Der alte König, stellte sie mit gemischten Gefühlen fest, hatte sich nach der Revolution ausgerechnet in Perthenzell niedergelassen, bevor er schließlich nach Österreich ins Exil floh.

Dann verbreitete sich eines Tages wie ein Lauffeuer in der Stadt, daß der Präsident auf offener Straße erschossen worden sei. Seine Nachfolger konnten sich jedoch nicht einigen; die Regierung spaltete sich. Die bei Wahlen zu Beginn des Jahres 1919 siegreichen Mehrheitssozialisten zogen sich nach Bamberg zurück; in München hingegen versuchte ein Kongreß von Betriebs- und Soldatenräten, den Kampf um die Macht für sich zu entscheiden.

Entgegen anderen Erzählungen, wie sie außerhalb der Stadt zu hören waren, hatte die Arbeit der Münchner Stadtpolizei in diesen Tagen nicht wesentlich zugenommen. Bei den Diebstählen konnte man das nicht behaupten – doch wen hätte dies in diesen armseligen Zeiten gewundert? Viel mehr litten die Beamten darunter, daß ihnen die Bevölkerung immer häufiger mit einem anderen, einem – wie sie es empfanden – frechen Selbstbewußtsein gegenüberzutreten schien.

Auch Kriminalinspektor Paul Kajetan von der Münchner

Polizeidirektion mußte immer häufiger feststellen, daß ihm keinesfalls mehr derselbe Respekt entgegengebracht wurde, den er zu den Zeiten von König und Kaiser erwarten konnte. Auch wenn Polizei und Justiz während der Revolutionstage so arbeiteten, als hätte es nie einen Umsturz gegeben, wurden – so empfand es zumindest der Inspektor – Ermittlungen gelegentlich dadurch erschwert.

Daß sich nun jedoch die Aufklärung eines bestimmten, einigermaßen mysteriösen Todesfalles als schwierig erwies, hatte nichts damit zu tun. Der Tote war nämlich Beamter der Münchner Staatsanwaltschaft; sein Körper wurde im Rechen eines Wehres im Norden der Stadt gefunden.

Zwar hatten ihn Zeugen am Abend seines Todes im Ceylon-Teehaus am Bavaria-Park gesehen, doch niemand schien beobachtet zu haben, wie der Beamte in den Fluß gestürzt war. Der Gerichtsmediziner verneinte die Möglichkeit, der Mann könnte im Rausch in den Fluß gefallen sein, und keiner seiner Bekannten konnte sich vorstellen, daß er Selbstmord begangen hatte. Seine Lunge war mit Wasser gefüllt, als sein Leichnam geborgen wurde. Gleichzeitig wurde ein Bluterguß an seinem Hinterkopf entdeckt. Gewiß sei nur, meinte der untersuchende Mediziner, daß das Opfer noch nicht tot war, als es in die Isar fiel – oder gestoßen wurde.

Auch seine Kollegen in der Staatsanwaltschaft mochten nicht an einen Selbstmord glauben, räumten aber ein, daß gelegentlich Anfälle einer gewissen Melancholie festzustellen waren und daß er davon gesprochen hatte, seinen Beruf wechseln zu wollen. Dem Racheakt eines Verbrechers konnte er ebenfalls nicht zum Opfer gefallen sein – er hatte mit der Aburteilung nichts zu tun, war lediglich ein unbedeutender Archivar. Nachdem ihm auch sein neuer Kollege, der im Zuge einer überraschenden Umstrukturierung der Polizeidirektion in sein Büro versetzt wurde, nicht helfen konnte, mußte Kajetan die Unterlagen schließlich zu den Akten legen. Sein Ehrgeiz ertrug keinen Mißerfolg. Schlechtgelaunt und widerwillig begann er sich um die Anzeige zu kümmern, die vor ihm auf dem Schreibtisch lag. Der Fall schien einfach.

In einer Druckerei war eingebrochen worden. Die Angelegenheit sei sicherlich schnell geklärt, hatte der Betriebsinhaber am Telefon gesagt – er habe da nämlich bereits einen dringenden Verdacht.

Der Inspektor hatte vor, am Nachmittag in die Druckerei zu gehen. Am Abend jedoch wollte er sich mit Irmi, die er vor einigen Monaten vor dem Glaspalast kennengelernt hatte, treffen.

Als er nun an sie dachte, lief ein wohliger Schauer über seinen Rücken. Er mußte die Augen schließen.

6

Der junge Riemer stand lauschend da. Nein, er würde dem Unbekannten, der an die Eingangstür geschlagen und seinen Namen gerufen hatte, nicht antworten. Er wollte keinen Menschen sehen. Es bereitete ihm seit geraumer Zeit sogar Mühe, mit seinen Nachbarn zu sprechen. Vom Mißtrauen, ihre besorgten Nachfragen wären nichts als hämische Neugierde, nahm er nur den alten Steinhauser aus. Dieser jedoch würde nicht klopfen – wie es überhaupt in den Bergen nicht üblich ist, vor dem Eintreten an die Tür zu pochen. Geschah es dennoch, so konnte es sich nur um einen Auswärtigen oder um unangenehm Amtliches handeln. Jedoch nicht einmal die Beamten der Gendarmerie in Perthenzell würden es tun, wenn sie einen Bauern des Oberlandes aufzusuchen hätten.

Nun war nichts mehr zu hören. Der Unbekannte schien sich wieder entfernt zu haben.

Der Bauer sah nach oben. Das Dach, auf dem der Schnee

noch einen halben Meter dick lastete, machte ihm seit einiger Zeit Sorgen; schon längst hätten die Schindel gewendet werden müssen, um Schalung und Gebälk vor der Fäulnis zu schützen. So war die hölzerne Dachhaut bereits mit modernder Flugerde durchsetzt, die bei heftigem Regen Rinnsale über den fichtenen Balkenverbund und in die darunterliegenden Kammern führte. Kein Luftzug, der durch die Zwischenräume des Schindelwerks singen und dadurch das Gebälk nach den langen Wintern und den Regengüssen in Herbst und Frühling wieder trocknen würde, drang mehr ins Innere des Hauses.

Es stimmte, was man sich im Dorf erzählte: Das Riemerlehen verkam immer mehr. Den jungen Bauern plagte eine quälende Unentschlossenheit; er konnte sich nicht entscheiden, mit welcher der immer dringender werdenden Arbeiten er anfangen sollte. Genausowenig wußte er, womit er die Arbeiten bezahlen sollte. Bei der Hypothekenbank, bei der er um Baugeld nachgefragt und das Riemerlehen als Sicherheit benannt hatte, gab ihm ein blasierter junger Kerl zu verstehen, daß man mit den Hungerleidern vom oberen Hallberg nur ungern Geschäfte mache.

Natürlich warf das Lehen kaum mehr etwas ab. Was er für die Milch seiner noch verbliebenen vier Kühe erhielt, reichte gerade, um sich damit beim Gemeindekramer mit dem Nötigsten einzudecken. Daß täglich nicht viel mehr als ein einfaches Mus oder eine Milchsuppe auf dem Tisch stand, war jedoch kaum anders als bei vielen Nachbarn.

Die Lehenshöfe des Perthenzeller Landes maßen selten mehr als zehn Hektar. Hinzu kam, daß in diesen Höhen an Getreideanbau nicht mehr zu denken war. Der Winter schickte erste Fröste schon im frühen Herbst über das Hochland, und wenn nach schwarzen, eisigen Monaten in den Tälern längst die Obstbäume in Blüte standen, lagen die Hallberger Fluren noch unter einer Schneedecke verborgen.

Gewiß, ein paar Mark Kriegsversehrtenrente hätten die Not verringert, doch das Dornsteiner Versorgungsamt weigerte sich. Er könne nichts feststellen, hatte der Arzt erklärt und dem Riemer zu verstehen gegeben, daß er ihn für einen Simulanten halte. Da sei aber was, hatte der Bauer nur immer wieder sagen können und dagegen ankämpfen müssen, daß, als er es genauer beschreiben sollte, ein Würgen in seiner Kehle hochstieg. Er könne nicht davon sprechen, hatte er verzweifelt geflüstert, es gehe nicht.

Als er daran dachte, fing der Riemer an zu zittern. Sein Herz hatte schmerzhaft an die Rippen zu schlagen begonnen und verfiel in rasenden Galopp. Der Bauer rang nach Atem und versuchte sich an der Heinzelbank festzuhalten. Seine zu Krallen gebogenen Finger griffen ins Leere. Dann stürzte er zu Boden.

Wieder flog ein Dröhnen heran. Wieder sah er, wie sich in atemraubender Langsamkeit eine mächtige Erdwand vor ihm auftürmte und donnernd über seinen Unterstand zu Boden prasselte. Danach umgab ihn Finsternis. Er konnte sich nicht mehr bewegen; die Erdmassen hatten seinen Körper in eine gräßliche Verrenkung gepreßt, die seiner Brust nur wenige Millimeter ließ, um nach Luft zu ringen. Eine gnädige Ohnmacht wollte nicht kommen, und so litt er, bewegungsunfähig und stets am Rande des Erstickungstodes, für Stunden in seinem entsetzlichen Grab, bis ihn Kameraden in einer Feuerpause bergen konnten. Keiner von ihnen erkannte ihn wieder. Als die Bilder endlich versanken, fand sich der Bauer auf dem Boden liegend. Er sah, daß er sich erbrochen hatte, wischte sich die Schleimreste vom Mund und richtete sich stöhnend auf.

Wieder schlug der Unbekannte an die Tür. Der Riemer bewegte sich nicht. Zornig lauschte er. Der Wind rauschte in der Ferne. Nach einer Weile atmete der Bauer auf und wollte sich gerade vorsichtig erheben, als er hörte, wie sich auf harschigem Schnee Schritte der nicht verschlossenen Hintertür näherten.

»Riemer! Wo sinds denn? Warum antwortens denn nicht?«

Der Bauer wußte nun, wer mit ihm sprechen wollte. Und er wußte auch, worüber.

7

Ächzend hatte sich die Hintertür geöffnet. Ein breiter Streifen des Tageslichts, vom massigen Schatten eines großgewachsenen Mannes gebrochen, fiel herein. Im Gegenlicht des grellen Wintertages war das Gesicht des Besuchers nicht zu erkennen; aus seinem Mund dampfte in Stößen nebliger Atem.

»Da sinds ja! Was antwortens denn nicht, wenn Ihnen einer ruft?« fragte Gassner, der Verwalter der Villa des Barons von Bottendorf, mißgelaunt und trat ein.

Der Bauer sah zornig auf. Sein Vater hatte ihm kurz vor seinem Tod erzählt, daß der Herr Baron schon seit einiger Zeit gute Geschäfte mit reichen Städtern mache, die sich auf dem Hallberg ein Feriendomizil kaufen wollten. Auch den Riemer hatte er deshalb vor einiger Zeit aufgesucht und ihn gefragt, ob dieser nicht an Verkauf dächte. Obwohl das Angebot ganz passabel war, hatte der Alte ihn, wie auch die beiden Interessenten, die der Baron als die Doktores Eckert und Wolf aus München vorstellte, barsch des Hofes verwiesen.

»Habe die Ehre, Riemer.« Gassner streckte die Hand aus. Der Bauer machte jedoch keine Anstalten, sie ihm zu schütteln.

»Warum ich nicht antwort?« sagte er ungehalten und wandte sich zur Tür, die zum Wohnraum führte. »Weil ich nicht wüßt, was du da heroben zu suchen hast. Deswegen.«

Der Verwalter schien dies zu überhören und folgte dem Bauern. Er rieb sich die Hände.

»Bei Ihnen ist's ja saukalt!« Seine Stimme triefte vor falscher Besorgnis. »Langt's zum Einheizen nicht mehr?«
»Das tu ich, damit mir keiner zu lang bleibt.«
»Gehns! So harsch müssens auch nicht gleich sein.«
»Ist meine Sach, mit wem ich harsch bin!« gab der Bauer böse zurück und betrat die Stube. Gassner, der sich nicht abweisen ließ, setzte sich auf die Bank. Der Riemer sah es mit Unwillen.
»Brauchst dich nicht hinzusetzen, Gassner. Ich weiß, weswegen du zu mir raufkommst. Und du kannst auch gleich wieder abhauen. Da wird nämlich nichts draus.«
Der Verwalter hob zweifelnd die Brauen. »So? Da hat sich nichts geändert?«
»Was soll sich geändert haben?«
»Nun, ich mein, jetzt ist Ihnen der Vater gestorben, und Sie sind ganz allein auf dem Lehen. Packen Sie's denn ohne jemanden? In der Nachbarschaft gibt's da Zweifel...«
Des Riemers Unmut war gewachsen. »Bin noch nicht verhungert, Gassner!« fiel er ihm scharf ins Wort.
Der Verwalter wiegte seinen Kopf, als müßte er überlegen, ob den Worten des Bauern zu glauben sei. In einem wieder jovialeren Tonfall sagte er schließlich: »Der Herr Baron möcht's halt noch mal im guten mit Ihnen angehen, Riemer. Die beiden Herrschaften sind immer noch interessiert und täten beim Preis sogar noch was drauflegen, weils gar so vernarrt sind in das Riemerlehen. Wovon es natürlich auch nicht schöner wird, das muß man schon sagen, gell?« Sein Blick wanderte vielsagend durch die Stube.
Der Riemer glaubte, seinen Ohren nicht trauen zu dürfen. »Im guten?!« fauchte er zornig und trat einen Schritt auf Gassner zu. »Meint der epper, einen Schulbuben vor sich zu haben?«
Der Verwalter wehrte ab. »Gewiß nicht, Riemer, gewiß nicht«, sagte er unschuldig, »das verstehens jetzt aber ganz

falsch! Doch meinens denn wirklich, daß Sie noch lange so durchhalten können? Gelernt haben Sie es ja schließlich auch nicht. Sie waren doch seinerzeit bei der Eisenbahn in Arbeit? Hat's Ihnen dort nicht besser gefallen?«

Der Riemer ließ sich nicht mehr besänftigen. Seine Stimme wurde lauter.

»Wie lang ich durchhalt, laßt gefälligst meine Sorg sein! Ich verkauf nicht! Da kann er zahlen, soviel er will! Und jetzt sag ich's zum letztenmal: Schleich dich!«

Gassner machte keine Anstalten, aufzustehen. Wieder hob er beschwichtigend die Hände. »Sie sind mit der Heimat verbunden, Riemer. Keiner versteht das so gut wie der Herr Baron. Aber meinens nicht...«

»Krampf!« fuhr der Bauer grob dazwischen. »Glaubst, ich verkauf deswegen nicht, weil ich da heroben groß geworden bin? Daß ich an dem Haufen angefressener Balken, was das Riemerlehen jetzt ist, häng? Gib mir ein Platzerl mitsamt einem Auskommen, Gassner, dann pfeif ich auf die Heimat und zieh hin, und wenn's auf Amerika sein müßt.«

»Aber da ließ sich doch was finden, Riemer!«

»Als Hausknecht und Schnallenchauffeur epper, wie du einer bist?«

»Verwalter, bitte schön – Verwalter.« Aus Gassners Zügen war die Freundlichkeit gewichen.

»Ha!« lachte der Riemer bitter.

Der Verwalter stand langsam auf und drückte sein Kreuz durch. Er war einen Kopf größer als der Bauer.

»Nun«, begann er kalt, »dann läßt der Herr Baron ausrichten, er könnt auch noch andere Saiten aufziehen.«

»Schleich dich, Gassner! Auf der Stell!«

Der Verwalter grinste und schien sich zum Gehen zu wenden. Doch plötzlich blieb er stehen, hob die Hand und runzelte die Stirn.

»Still!« flüsterte er.

»Spinnst du?«
»Still! Hören Sie's nicht?«
»Was?«
»In der Wand drinnen, Riemer... die Totenuhr tickt schon in der Wand drinnen!«
Der Bauer schüttelte den Kopf. »Ich hör nichts. Und jetzt...«
Gassner unterbrach ihn. »Das tut sie nur«, sagte er, »wenn ein Haus sterben will. Wenn kein Leben mehr drin ist.«
Der Riemer starrte ihn ungläubig an.
»Was meinens denn«, fuhr der Verwalter ungerührt fort, »daß etwa zu Ihnen noch einmal eine Hauserin heraufzieht?« Er lachte boshaft und trat einen Schritt auf den Bauern zu. »Reden wir deutsch miteinander, Riemer. Sie sind ein Krüppel, jeder weiß es, auch wenn's Ihnen keiner ansieht. Aber die Weiber, die wollen was Gesundes. Was Frisches, eins, woran eins seine Freud hat unter der Bettdeck. Wann haben wir denn zuletzt eine gestopft? Laßt Ihnen überhaupt noch eine drüber? Und von Ihrem Schwesterl...«
»Gassner!« schrie der Bauer außer sich und taumelte auf den Verwalter zu.
»...von Ihrem Schwesterl in der Stadt«, fügte dieser schneidend hinzu, »da hört eins ja auch ganz spaßige Sachen. Da sollen die Mädl ja überhaupt recht leicht hergehen, in der Stadt drin...«
Der Riemer schlug zu. Es war Gassner ein leichtes, den Schlag abzufangen und den Bauern mit einem harten Tritt ans Knie zu Fall zu bringen.
»...eine Schnallen solls geworden sein, heißt es. Nur damit du es weißt, du Krüppel!«
Der Riemer schluchzte in ohnmächtiger Wut. Bebend fingerte er nach seinem Messer. Der Verwalter hatte sich bereits zur Tür gewandt und sie geöffnet. Er drehte sich noch einmal um.

»Ah so?!« sagte er nur, stürzte sich mit einer schnellen Bewegung auf den Bauern und entriß ihm den Hirschfänger. Dann schlug er ohne Rücksicht zu. Der Riemer verlor die Besinnung.

Schwer atmend richtete sich Gassner auf.

»Jetzt hast du keine Ruhe mehr vor mir, Krüppel«, flüsterte er, »da verlaß dich drauf.«

8

Der Baron hatte kaum den Vorraum der Bamberger Harmoniesäle betreten und seinen Namen genannt, als man ihn sofort in das Büro des Kriegsministers bat. Schon einmal war er mit seinem Ansinnen vorstellig geworden. Die bayerische Regierung habe es nicht nötig, hatte man ihn damals kühl zurückgewiesen, auf die Hilfe des Reichs, gar auf die privater Söldner zurückzugreifen, um die Macht in München wiederzuerlangen. Dieses Mal jedoch begann der Kriegsminister das Gespräch mit einer Entschuldigung und bewilligte ohne Umschweife die geforderte Summe.

»Ich bin überzeugt, Herr Baron, daß Ihre Bewegung dazu beiträgt, wieder ordentliche Verhältnisse in unserem Land herzustellen.«

Als würde es ihn verletzen, daß der Minister je daran gezweifelt hatte, erhob sich Baron von Bottendorf mit ernster Miene. Der Herr Minister könne sich in der Tat darauf verlassen, antwortete er.

»Und ich hoffe außerdem«, sagte der Minister und versuchte zu lächeln, »daß damit auch das Gerede in bestimmten Kreisen ein Ende hat, wonach die Sozis alle vaterlandslose Gesellen seien.«

»Ich werde mich bemühen, Herr Minister. Gewisse Vorurteile sitzen allerdings tief.«

Der Minister schien betroffen.
Der Baron beschwichtigte lächelnd.
»Was wir nun jedoch mit Sicherheit sagen können, ist, daß es unter ihnen solche und solche gibt, nicht wahr?«

9

Die schmalen Straßen des Viertels am Auer Mühlbach lagen längst in tiefer Ruhe. Die Uhr der Kirche am Mariahilfplatz hatte einmal geschlagen; der Ton war von den Türmen der Münchner Altstadt weitergetragen worden. Ein heftiger feuchtkalter Nachtwind trieb Wolken vor die schmale Sichel des Mondes. In den Abendstunden war ein schwerer Aprilregen auf die Dächer der Stadt niedergeprasselt und hatte den Mühlbach anschwellen lassen. Sein Rauschen verschluckte die eiligen Schritte zweier Gestalten, die, von der Hochstraße kommend, den Lichtkegel einer einsamen Straßenlaterne durchquerten und wieder im dunklen Gewirr der Gassen verschwanden.

Aus einer der niedrigen Herbergen am Mühlbach drang noch Licht. Nun öffnete sich die Tür; als die nächtlichen Besucher in das Haus traten, fiel ein matter Schein auf die mit grobem Schotter bedeckte, von Schlamm glänzende Gasse.

»Was habts, Baumgartnerin?«

Die Gemeindeschwester sah sich in der schwach beleuchteten Kammer um. Eine magere Frau, sie mochte etwa dreißig Jahre alt sein, saß wie gelähmt auf einem Schemel und starrte ins Nichts.

»Es stirbt«, flüsterte sie, ohne den Blick zu heben,» mein Butzerl. Es stirbt...«

Jetzt entdeckte Schwester Agape das kleine Bündel, das in der Nähe des Ofens in einem abgegriffenen Weidenkorb lag. Sie trat näher und betrachtete es. Der Säugling hatte die Augen geschlossen. Die Schwester schlug das abgewetzte Laken zurück und fühlte dem Kind den Puls. Dann legte sie die Hand auf dessen Stirn und erschrak.

»Habts Ihr ihm eine warme Geißmilch gegeben, wie ich Euch gsagt hab?«

Die Baumgartnerin antwortete nicht. Das Nachbarsmädchen, das die Schwester geholt hatte, trat ruhig näher.

»Es hat schon seit ein paar Tagen nichts mehr trinken wollen und ist allerweil magerer geworden, hat bloß noch gehustet, und Rotz und Gespei ist ihm rausgelaufen.«

Die Schwester nickte besorgt. Wieder legte sie die Hand auf die Stirn des Kindes. Dann richtete sie sich auf und herrschte die leise wimmernde Frau an.

»Bring mir zwei Wannen! Schick dich!«

Die Baumgartnerin hörte nicht.

»Zwei Wannen, Baumgartnerin!«

Als die Frau noch immer nicht reagierte, trat die Schwester zornig einen Schritt auf sie zu. »Ich schmier dir gleich eine, du blödes Weib!« drohte sie böse.

Die Baumgartnerin erschrak und schien zu erwachen.

»Zwei Wannen, hab ich gesagt! Mach schon!«

»Ich... ich hab bloß eine...«

»Dann hol dir beim Nachbarn die andere! Herrgott! Bist doch sonst auch nicht aufs Hirn gefallen!«

Die Mutter erhob sich, winkte dem Mädchen und verließ eilig die Kammer. Die Schwester beugte sich wieder besorgt über den Weidenkorb. Das Kind lag im Sterben.

Nach kurzer Zeit kamen die Baumgartnerin und das Nachbarskind mit zwei Blechwannen zurück. Die Schwester wies sie an, eine der Wannen mit kaltem, die andere mit warmem Wasser zu füllen. Das kleine Mädchen packte mit an. Während die Baumgartnerin mit einem Kübel auf die Gasse lief, um am Brunnen kaltes Wasser zu holen, schöpfte das Mädchen das erwärmte Wasser in eine Wanne.

Die Schwester ließ zwei häßliche, sehnige Arme sehen, als sie ihre Ärmel hoch über die Ellbogen schob. Sie prüfte die Wassertemperatur, nickte zufrieden, entkleidete das kraftlose Körperchen und legte es hinein. Der Säugling rührte sich nicht. Mit einer schnellen Bewegung wechselte die Schwester nun die Wanne. Das Kind zuckte unmerklich, hielt aber die Augen geschlossen. Ängstlich beobachtete die Baumgartnerin jede Bewegung der Schwester, die den kleinen nackten Körper wieder in das warme Wasser tauchte. Noch immer reagierte das Kind nicht. Doch nun, als es erneut in das kalte gelegt wurde, zeigte sich unendlicher Schmerz auf dem greisenhaft ausgezehrten Gesichtchen.

»Du bringst es ja um«, flüsterte die Baumgartnerin entsetzt. Sie schlug die Hände vor ihre Augen. Schwester Agape schien die Welt um sich herum vergessen zu haben und wiederholte stur ihre Bewegungen. Schweiß troff von ihrer Stirn, lief glänzend über die häßlichen Furchen ihrer müden Wangen und sammelte sich unter dem Kinn.

Das Kind gab erneut kein Lebenszeichen von sich. Die mageren Ärmchen schlenkerten schlaff.

»Warm... kalt... warm... kalt...«, murmelte die Schwester zornig. Sie bewegte sich schneller.

»Du bringst ihn ja um!« gellte die Baumgartnerin entsetzt und fiel der Schwester, die das Kind gerade wieder in das kalte Wasser getaucht hatte, in den Arm. Mit einem schmerzhaften Tritt machte sich Agape frei. Die Baumgartnerin hatte durch den heftigen Stoß das Gleichgewicht verloren und war polternd über die Stühle gefallen. Stöhnend richtete sie sich auf. Maßloser Zorn ergriff sie.

Plötzlich entkrampften sich die Züge des Säuglings, wurden weich wie im friedlichen Schlaf. Die Baumgartnerin, die ihre Hand zum Schlag erhoben hatte, erstarrte.

Die kleinen Fingerchen bildeten eine Faust. Das Kind stöhnte. Dann schrie es.

Zwischen den geröteten Augen der Schwester bildete sich eine tiefe Falte. Ihr Kinn begann zu zittern, und Tränen liefen über ihr Gesicht. »Es wird wieder... Baumgartnerin... es wird wieder...«, stieß sie erleichtert aus und wischte sich schniefend mit dem Handrücken über Stirn und Wangen.

Der Säugling hörte nicht mehr auf zu schreien. Die Baumgartnerin schlug die Hände vors Gesicht. Ihre Schultern bebten.

Mit ruhigen, liebevollen Bewegungen begann die Schwester nun das Kleine in vorgewärmte Tücher zu wickeln und erklärte der Mutter, was sie in den nächsten Stunden zu tun habe. Dann legte sie es wieder in den Korb zurück.

Die Baumgartnerin beugte sich über ihr Kind, dessen verzweifeltes Brüllen nicht enden wollte. »Schau, Schwester«, sagte sie glücklich, »es kriegt schon wieder eine Farb.«

Auch Agape betrachtete den Säugling und nickte zufrieden. Dann stutzte sie. Ein eigenartiges Geräusch war von draußen zu hören.

»Still!« Herrisch hob die Schwester die Hand. Das Baby scherte sich nicht darum. Sie eilte zum Fenster, durch das nun eine seltsame Röte in den Raum drang.

»Es brennt«, flüsterte sie entsetzt. »Das muß beim Raschp drüben sein.«

10

Roter Schein beleuchtete bereits die Gasse. Schon waren aufgeregte Rufe zu hören. Das Viertel erwachte. Vom Turm der Mariahilfkirche setzte das Läuten der Feuerglocken ein. Beherzte Männer hatten sich bereits auf die Dächer der Nebenhäuser begeben und damit begonnen, mit Äxten eine schmale Gasse zu schlagen, um ein Übergreifen des Feuers zu verhindern. Eine Menschenkette hatte sich binnen kürzester Zeit gebildet, Eimer flogen von Hand zu Hand. Meckernde Geißen, aufheulende Hunde irrten durch die rasch anwachsende Menge.

Höllenhaftes Prasseln und Krachen erfüllte die Luft. Hitze durchflutete die Gasse. Mit zunächst noch fernem, dünnem Bimmeln näherten sich die Spritzenwagen der Feuerwehr.

Eine mächtige blaue Stichflamme fauchte plötzlich aus den Fenstern des Erdgeschosses. Die Männer, die dem Haus am nächsten standen, warfen schreiend ihre Eimer beiseite, stürzten zurück und kühlten die übermäßig erhitzte Haut ihrer Gesichter im Mühlbach.

Urplötzlich sanken die Flammen zusammen. Für Sekunden herrschten Finsternis und lähmende Stille.

Dann sprang erneut eine Flamme empor, stieß, nun höher als zuvor, Garben glimmernder Funken in den Nachthimmel. Jetzt war alles nur noch Glut, sengende, saugende, pochende Hitze, welche die Menschen immer weiter zurücktrieb. Alles war verloren.

Die Schwester stürzte nach vorn.

»Der alte Raschp!« kreischte sie außer sich, »Holts den alten Raschp raus!«

11

Gedankenverloren schloß Inspektor Paul Kajetan die Tür hinter sich und nahm an seinem Schreibtisch in der Münchner Polizeidirektion Platz.

Also doch. Nach tagelangen Verhören hatte der Setzereigehilfe Hölzl endlich den Einbruch in die Parkus-Druckerei zugegeben. Verbittert über seine Entlassung, war er nach Mitternacht über ein Dachfenster des Nebenhauses in den Speicher der Setzerei eingedrungen und hatte sich mit einem Dietrich Eingang in das Büro der Buchhaltung verschafft. Dort hatte er eine nicht eben geringe Summe frisch gedruckten Geldes, das in jenem Betrieb hergestellt wurde, an sich gebracht.

Aufgefallen war er schließlich allein dadurch, daß er seine seit Monaten ausstehende Miete auf einen Schlag bezahlen konnte. Die Verrücktheit jener Tage brachte es mit sich, daß dies dem Vermieter äußerst verdächtig erschien und er den Schutzmann Eglinger aufforderte, den überraschenden Reichtum des jungen Mannes unter die Lupe zu nehmen.

Eglinger wagte jedoch nicht, die Kammer des Gehilfen, welche sich in einem von Arbeiterfamilien bewohnten Miethaus in der Lothringer Straße befand, zu durchsuchen. Zu gefährlich war es bereits geworden, in Uniform in den Vorstädten aufzutauchen und dort gar eine Festnahme vorzunehmen. Der Schutzmann gab den Hinweis an Kriminalinspektor Gnott weiter, welcher ihn wiederum seinem Kollegen Kajetan gegenüber beiläufig erwähnte.

Zunächst hatte sich der Verdacht gegen den Betriebsrat Eckert gerichtet. Es bestand kein Zweifel, daß der Täter unter den Betriebsangehörigen zu suchen war. Daß das Druckhaus zur Straße hin bestens abgesichert war, im Speicher jedoch durch eine lächerlich dünne Dachtür fast ungehinderten Zugang erlaubte, konnten nur jene wissen, die dort arbeiteten.

Eckert hatte jedoch entrüstet erklärt, der Inhaber der Druckerei habe ihn der Tat bezichtigt, um damit einen Vorwand zu seiner Entlassung zu bekommen. Tatsächlich hatte der Betriebsrat, welcher das Vertrauen von Setzern und Druckern gleichermaßen genoß und nicht verschwiegen hatte, daß er glühender Anhänger der Unabhängigen Sozialisten war, sich zu einigen Äußerungen hinreißen lassen, die den Inhaber erschrecken mußten.

Bald werde einiges anders werden, hatte er angedeutet, als er wieder einmal einen Lehrbuben, einen gutwilligen, doch zuweilen etwas ungeschickten Jungen aus der Freyunger Gegend, in Schutz nehmen mußte. Dieser hatte mit ein paar Ohrfeigen dafür gebüßt, daß er dem Herrn Abteilungsleiter beim morgendlichen Brotzeitholen nicht das Gewünschte gebracht hatte.

»Wenn's bei ihm daheim nicht so notig wären, könnt er auch eine Rauchwurst von einem Geräucherten unterscheiden!« hatte er gesagt und hinzugefügt, daß ihm das schon die Rechten seien, die am Sonntag in christkatholischer Frömmigkeit in die Kirche rennen und unter der Woch hilflose Lehrbuben abwatschen. Die sollten bloß aufpassen, die da dem Inhaber allerweil in den Arsch hineinkriechen, es könne sich ja alles auch einmal umkehren, gell?

Inspektor Kajetan sah aus dem Fenster. Er hatte also wieder einmal recht behalten, als er den Angaben des Betriebsinhabers und dem erkauften Alibi Hölzls mißtraute. Dennoch wollte sich heute keine Zufriedenheit einstellen. Und er wußte auch genau, warum. Seine Gedanken irrten ab.

Wieder vergiftete ihn das Mißtrauen, das ihn bereits seit einigen Wochen quälte und das seinen Anfang nahm, als er Irmi mit einem jungen, etwas bohemehaft gekleideten Mann im Gasthaus auf der Isarinsel gesehen hatte. Er hatte sofort Verdacht geschöpft.

Irmi hatte ihre Überraschung schnell überwunden und die beiden Männer einander vorgestellt. Der Herr Raths, erklärte sie, wohne im Haus ihrer Freundin und habe sie beide eingeladen, mit ihm einen Ausflug auf die Isarinsel zu machen. Von der Freundin war jedoch weit und breit nichts zu sehen.

»Er ist ein Dichter!« gluckste Irmi gutgelaunt und blickte bewundernd auf Raths, der Kajetans Hand mit einem ernsten »Angenehm« geschüttelt hatte. »Und der Paule ist bei der Polizei, Herr Viktor!«

Der Dichter hob die Augenbrauen. »Ah ja?«

Kajetan nickte. Irmi sah vom einen zum anderen. Dann trat sie einen Schritt auf Kajetan zu und hängte sich bei ihm ein.

Die Weichheit ihres Körpers tat ihm gut; augenblicklich wich sein Mißtrauen.

»Der Herr Viktor schreibt nämlich grad an einem Theaterstück«, erklärte Irmi mit gespielter Ehrfurcht. »Gell, Herr Viktor?«

Raths nickte. »Doch, ja«, antwortete er zurückhaltend. Aber nun hatte auch Kajetan sich wieder gefaßt.

»Da schau her«, sagte er mit höflicher Neugierde.

»Und du wirst es nicht glauben, da kommt auch unsereins vor, Paule. Ein armes Dienstmädel, wo sich...«

»... das sich aus seinen bürgerlichen Vorstellungen löst, sich der neuen Bewegung anschließt und als Revolutionärin stirbt«, ergänzte der Dichter mit leichter Ungeduld.

»Da schau her!« wiederholte Kajetan freundlich.

»Nun, eigentlich stellt das nur den äußeren Rahmen dar. Hintergrund meines Romans werden die Machenschaften reaktionärer Kreise sein, und während das Schicksal des Dienstmädchens ein fiktives ist...« Er brach ab. »Aber das ist sicher etwas, was der Polizei wieder einmal wenig gefallen wird.«

»Oh, sagens das nicht, Herr Viktor!« widersprach Irmi. »Das wird dem Paule bestimmt gefallen! Der Paule liest viel! Gell, Paule?«

»Sie haben Interesse an Literatur, Herr Wachtmeister?« fragte Rahts, und es war nicht zu überhören, daß er daran zweifelte.

»Schon«, antwortete der Inspektor zögernd, »wann eins halt dazukommt. Ich tät halt sagen, daß es einer in meinem Beruf mit mehr erfundenen Geschichten zu tun hat, als sich ein Herr Ganghofer in seinem ganzen Leben ausdenken könnt.«

»Ganghofer!« Raths sah zur Decke.

Kajetan war beleidigt. Er verspürte wenig Lust, diesen blasierten Herrn darüber aufzuklären, daß der Heimatdichter keineswegs seinem Geschmack entsprach.

»Nun«, lenkte Raths schließlich gönnerhaft ein, »Sie haben letztlich vielleicht gar nicht so unrecht. Die Wirklichkeit ist es schließlich, aus der wir unsere Werke zu schöpfen haben. Ich darf mich empfehlen? Die Gelegenheit ist nämlich günstig.« Er ging schnell in die Mitte des Gastraums.

Irmis Augen weiteten sich. »Jetzt paß auf, Paule!«

Kajetan verstand nicht.

»Komm«, flüsterte sie amüsiert, »wir müssen in Deckung gehen. Gleich geht's wieder los.« Sie hatte recht.

Der Rumor hatte nur wenige Minuten angedauert. Raths hatte sich in der Mitte des Raums aufgestellt und dem zustimmend murmelnden bürgerlichen Publikum mit salbungsvollen Worten eine vaterländische Ode zum Anlaß der kürzlich heimgekehrten bayerischen Krieger angekündigt. Behäbige Stimmen riefen zur Ruhe.

Die Augen des Dichters blitzten vergnügt, als er mit dem Vortrag begann. Warum er jedoch auch dieses Mal nicht weiter als bis zum Beginn der zweiten Strophe kam, lag nicht etwa daran, daß das Gedicht kein besonders gutes war, daß die Reime hölzern und staksig klangen.

Bereits die erste Zeile der vaterländischen Ode endete mit »verhetzt«, das sich auf ein »zerfetzt« in der nachfolgenden Zeile reimte. Das nächste Zeilenpaar schloß mit »Arbeiterblut« und »Bürgerbrut«, als ein vielstimmiger, wütender Aufschrei ertönte. Rumpelnd rückten Stühle, und Gläser fielen klirrend zu Boden. Kuchenstücke platschten an die Brust des zufrieden grinsenden Dichters. Bald darauf zog er jedoch vor, in wilder Flucht das Weite zu suchen.

»Ja, der Herr Viktor«, flüsterte Irmi bewundernd.

Kajetan hatte sich noch nicht von seiner Überraschung erholt. Er schüttelte den Kopf. »So ein blöder Mensch«, entfuhr es ihm.

War Irmi daraufhin ärgerlich geworden? Oder bildete er sich das nur ein?

Kajetan fühlte sich plötzlich wieder unsicher. Er liebte Irmi, obwohl er bei jedem Mal, wenn er sich mit ihr traf, einen verborgenen, dünnen Schmerz, die Ahnung eines Verrats in der Brust verspürte.

12

Zornig hatte Inspektor Gnott die Tür geöffnet. Kajetan fuhr herum.

»Vorkommen muß sich einer, als hätt er selber was verbrochen!« schimpfte Gnott aufgebracht.

»Weswegen?« fragte Kajetan verdattert. »Wegen der Soldaten vor dem Eingang zur Polizeidirektion? Die stehen jetzt doch schon seit ein paar Tagen dort.«

Gnott nickte, noch immer erbost. »Eben. Und jeden Tag werden sie frecher. Wenn unsereins nicht mehr gebraucht wird, soll man uns das bitte schön sagen.«

»Auch eine Räterepublik«, beschwichtigte Kajetan, »wird eine Polizei brauchen. Warten Sie's nur ab.«

»Nein!« erwiderte Gnott, während er seinen Mantel umständlich an den Haken hängte. »Unsereins wird bald abgeschafft.«

»Gehns zu. Wie kommens da drauf?«

»Weil seit gestern der neue Mensch regiert. So hat's wenigstens der Minister Heßstätter verordnet.«

»So? Na, der wird sich brennen.«

»Oder wir uns, Herr Kollege.«

»Jetzt tuns nicht gar so schwarzsehen«, versuchte Kajetan ihn aufzumuntern. »Die Zeiten haben doch auch was Gutes.«

»Das glaubens doch wohl selber nicht«, knurrte Gnott. »Was wär das schließlich?«

Kajetan überlegte, während er seinen Kollegen betrachtete. Er kannte ihn noch nicht gut. Inspektor Gnott, ein etwa vierzigjähriger Polizeibeamter, der zwar in München zur Welt gekommen war, nach seiner Ausbildung aber längere Zeit in Passau Dienst getan hatte, war erst vor wenigen Wochen in seine Abteilung versetzt worden.

Über die Gründe war wenig zu erfahren gewesen; der Inspektor selbst deutete an, mit einem Vorgesetzten nicht sonderlich gut ausgekommen zu sein. Er wirkte beherrscht; trotz seiner Zuverlässigkeit und einer gewissen kollegialen Freundlichkeit ging eine eigenartige Kühle von ihm aus, als umgebe ihn eine unsichtbare Mauer.

»Nun«, Kajetan räusperte sich, »so wie früher hätt's doch schließlich auch nicht weitergehen können?«

Gnott schien sich wieder beruhigt zu haben. Er wiegte den Kopf. »So wie früher kann's nie weitergehen!« widersprach er sachlich. »Für mich sind das Sprüch, und sie sagen auch nicht, ob es gut ist, wie es in der letzten Zeit gegangen ist. Ist es nicht so?«

Kajetan mußte das zugeben. Gnott lächelte leicht.

»Mir kommt es ja grad so vor, als wären Sie einer von den Republikanern? Das hättens Ihnen früher gewiß nicht laut sagen getraut!«

»Ein Republikaner?« Kajetan lachte auf und hob die Hände. »Wissen Sie denn nicht, daß ich seit gestern ein überzeugter Radikaler bin?«

Gnott winkte belustigt ab. »Ich glaub's Ihnen auf der Stell. Man muß schließlich unserem neuen Herrn Polizeipräsidenten dort reinkriechen, wo's bei ihm warm rauskommt. Da wären Sie ja nicht der einzige.«

Kajetan wurde wieder ernst. »Andererseits mein ich halt doch, daß es...«, er suchte nach Worten, »...daß es fast aufregend ist heutzutag. Auf einmal... auf einmal ist alles möglich, und von einem Tag zum andern ist nichts mehr wie zuvor...«

»Da habens recht«, entgegnete Gnott trocken, »alles ist

möglich. Das ist es ja, was mir angst macht.« Er sah auf seinen Schreibtisch. »Was haben wir denn da? Brand in der Au unten?«

»Ja. Ein Herbergenhäusl. Ein Wunder, daß nicht gleich das ganze Viertel abgebrannt ist. Die Häuser dort brennen wie Stroh, kaum eines ist aus Stein gebaut.«

»Weiß ich.« Gnott war noch immer erstaunt. »Aber was hat die Kriminalpolizei damit zu schaffen?«

»Weil's beim Aufräumen einen gefunden haben, dem es, sagen wir mal, ein bisserl zu warm geworden ist.«

»Trotzdem. Mir ist immer noch nicht klar, warum da einer von uns...«

»Zwei von uns, Herr Kollege!«

Gnott fühlte sich ertappt. »Nun... ich mein halt, wo Sie doch da drunten zu Haus sind. Wohnen Sie nicht in der Au?«

»In Untergiesing«, berichtigte Kajetan. »Etwas anderes als eine verwanzte Bretterhütte kann ich mir schon noch leisten.«

»Das ist aber doch gleich hinter der Au, nicht wahr?«

»Schon«, gab Kajetan zu. »Aber trotzdem ist vorgeschrieben, daß kein Beamter mehr allein geht, wenn am Ort ermittelt werden muß. Denkens an den armen Schutzmann von neulich.«

Gnott nickte ernst. »Tu ich. Ist der übrigens schon über den Berg?«

»Er wird es überstehen, heißt es. Die Verletzungen waren doch nicht so schlimm, wie es im ersten Moment ausgeschaut hat. Überhaupts kommt mir vor, daß, wenn sich ein Beamter den Fingernagel abgebrochen hat, gleich geschrien wird, ihm sei die Hand abgehackt worden.«

»Na gut«, schloß Gnott sich in sein Schicksal ergebend ab, »dann bringen wir es hinter uns. Da hätt ich mich ja gar nicht auszuziehen brauchen.«

»Doch.« Kajetan erhob sich ebenfalls. »Weil wir nämlich in die Au besser in Zivil gehen.«

Gnott schluckte.

»Übrigens, heut schauns gar nicht gut aus, Herr Kollege. Habens schlecht geschlafen?«

»Schlecht?« brummte Gnott. »Gar nicht geschlafen hab ich. Der Föhn macht mich ganz narrisch.«

Kajetan lachte gutmütig und öffnete die Tür. »Jetzt muß der wieder dafür herhalten...«

13

Als die beiden Beamten am Brandort eintrafen, waren Feuerwehrleute noch damit beschäftigt, die auf die Gasse gestürzten Balken und den dampfenden Brandschutt zu beseitigen.

Ein erneuter Wolkenbruch hatte zum Glück verhindert, daß das Feuer auf die anderen Herbergen übergreifen konnte. Der Fäkaliengeruch, der vom nahen Stadtbach herüberdrang, vermischte sich mit dem Geruch erkalteter Asche. Immer wieder wurden Zuschauer, die sich zu nahe an die Brandstelle wagten, mit barschen Worten zurückgedrängt. Ein älterer Feuerwehrmann schien die Arbeiten zu leiten.

»Sind Sie der Brandmeister?«

Der Angesprochene antwortete unwirsch, daß man das doch wohl sehe. »Tuns mich nicht aufhalten«, raunzte er und wurde nur unwesentlich freundlicher, als sich die Beamten vorstellten.

»Ihr seids ja schnell da!« bemerkte er boshaft. »Daß wir es kurz machen: Ein Blitz war es nicht, der die Hütte in Brand gesteckt hat.«

»Sondern?«

Auf die Ruine zeigend, antwortete er: »Es gibt mehrere Brandherde. Sie befinden sich alle im ersten Stock. Dazwischen ist das Mauerwerk nicht so stark verglüht.«

»Also ist das Feuer gelegt worden?« wollte Gnott wissen.

»Es gibt keine andere Möglichkeit? Ein glühendes Kaminrohr?«

»Ganz gescheit, Herr Kommissär!« lobte der Mann höhnisch. »Vom Brennholzmangel haben die Herren Beamten noch gar nichts gehört, gell? Um die Zeit heizt von den Häusl-Leuten keines mehr ein. Wen es im Bett friert, der zieht sich ein paar Socken an. Oder er schaut sich um eine lebendige Zudeck!« Gnott schwieg verärgert.

»Und wo wurde der Tote gefunden?« fragte Kajetan.

Der Brandmeister wies auf das Gewirr aus verkohlten Balken und verbranntem Mobiliar. »Im Parterre. Wir haben ihn noch nicht bergen können, weil wir erst alles sichern müssen. Viel wird nicht mehr von ihm übrig sein. Er war übrigens der Besitzer dieses Hausteils.«

»Und der Bewohner der darüberliegenden Kammer? Von dessen Wohnung das Feuer ausgegangen ist?«

»Da dürfens mich nicht danach fragen. Ich kann nur sagen, daß er nicht da drunter liegt.«

Kajetan stutzte. »Wenn es also ein Versehen gewesen wäre, dann hätte der Bewohner...«

»... oder die Bewohnerin«, fuhr Gnott dazwischen.

»Nein.« Der Brandmeister schüttelte den Kopf. »Ein Mann soll da gewohnt haben, sagen die Nachbarn.«

»Wenn es also ein Versehen gewesen wäre«, begann Kajetan erneut, »dann hätte er doch versucht, das Feuer zu löschen oder um Hilfe zu rufen.«

»Wie mir aber gesagt worden ist, hat keiner der Nachbarn Hilferufe oder so was gehört«, berichtete der Brandmeister.

»Wenn er dagegen vom Feuer überrascht worden und ohnmächtig geworden wäre, dann müßte er jetzt da drin liegen.«

»Richtig«, bestätigte der Feuerwehrmann.

»Auf deutsch«, schloß Kajetan, »da ist was nicht ganz koscher. Der Mieter muß zu einem recht frühen Zeitpunkt schon geflohen sein. Warum?«

»Weil er den Brand mit Absicht gelegt hat«, folgerte Gnott.
»Ach woher!« Der Brandmeister machte eine abschätzige Handbewegung. »Ich sag's Ihnen, wie's war: Der arme Teufel war besoffen. Er läßt die Kerze herabbrennen oder schmeißt die Lampe um. Auf einmal sieht er, daß seine Kammer in Flammen steht. Er kriegt Angst, weiß genau, daß er zur Verantwortung gezogen wird, und haut ab. So war das, und nicht anders. Wie auch sonst?«

Gnott sah zu Kajetan. »Leuchtet mir ein. Was meinen Sie?«

Kajetan schüttelte langsam den Kopf. »Sie haben von mehreren Brandherden gesprochen, nicht wahr, Herr Brandmeister? Demnach hätte der Mieter im Besitz dreier Lampen gewesen sein müssen, die er an jeder Ecke des Zimmers aufgestellt hätte, und diese drei hätte er fast gleichzeitig umschmeißen müssen. Oder er hätte drei Kerzen an diesen Ecken aufstellen müssen, und sie müßten ebenfalls fast zum gleichen Zeitpunkt herabgebrannt sein. Nein, ich hab...«

Gnott grinste. »Ich weiß schon, was jetzt kommen wird.«

»Was denn?«

»Na, der berühmte Satz!«

Der Brandmeister sah Kajetan neugierig an. Dieser schien nicht zu verstehen. »Berühmter Satz?«

»Ich sag bloß: Gefühl!« half Gnott nach.

»Ach so!« Kajetan lachte. »Und recht haben Sie. Ich hab tatsächlich so ein Gefühl...«

»... und wenn ich so ein Gefühl hab, dann...«, ergänzte Gnott trocken.

Kajetan winkte ungeduldig ab und wandte sich wieder an den Brandmeister.

»Der Mieter ist also weder bei Brandausbruch noch danach gesehen worden?«

»Was weiß ich? Da müssens die Leut fragen, die zuerst da waren.«

14

Die zierliche Frau richtete sich mühsam auf ihrem Krankenbett auf.

»Ihn mein ich zu kennen«, sagte Schwester Agape und wies auf Kajetan. »Ist er nicht der Itaker-Bub von der Nockherstraß?«

Kajetan nickte. Gnott wandte sich erstaunt zu ihm um. »Was wollts ihr denn von mir?«

Kajetan erklärte es ihr.

»Nein«, sagte sie und schüttelte den Kopf, »ich bin kurz vorher noch am Raschp-Häusl vorbeigegangen. Der Brandmeister hat mir hinterher erzählt, daß das Feuer ziemlich genau zu diesem Zeitpunkt ausgebrochen hätt sein müssen, was man aber von draußen noch nicht hätt sehen können. Und da war niemand mehr auf der Straße. Ich kann mich auch nicht dran erinnern, Licht im Raschp-Häusl gesehn zu haben. Es wär mir bestimmt aufgefallen.«

»Was habens denn um diese Zeit dort verloren gehabt?«

»Noch dümmer fragen kannst nicht? Die Leut in der Vorstadt sterben wie die Fliegen. Die Grippe ist's, sagen die Leut. Ich aber sage, es ist die Pest.«

Kajetan wich ihrem Blick aus. »Hat das ganze Haus schon gebrannt, wie Sie nachher dort angekommen sind?«

»Ich weiß nicht mehr.« Die Schwester dachte nach. »Nein, nur der erste Stock.«

»Wie lange waren Sie dort, Schwester?«

»Bis mich die Nachbarn gepackt haben.«

Die Männer sahen sich an.

»Wieso haben die Nachbarn Sie gepackt?« wollte Gnott wissen.

»Weil ich«, antwortete Agape und sank erschöpft auf das Kissen zurück, »halt noch zum Raschp-Vater reinwollte, wo doch schon die Trümmer vom Dach gefallen sind. Ich hab ja gewußt, daß er noch drin sein muß und sich nicht rühren kann mit seiner Gicht. Aber er hat alles verriegelt gehabt, der dumme Mensch, er hat allerweil Angst gehabt, daß ihm was gestohlen wird und er sich nicht mehr helfen kann. Doch wahrscheinlich ist er ja eh schon erstickt gewesen, wie ich hingekommen bin. Ja, so geht's... das eine stirbt, das andere lebt.«

»Sie haben...«, Kajetan machte eine kleine Pause und räusperte sich dann, »... also keinen Menschen gesehen, der aus dem Haus gerannt oder aus dem Fenster gesprungen ist?«

Ihre Stimme wurde wieder schwächer.

»Ganz gewiß nicht. Ich sag's doch. Es könnt schon mal vorkommen, daß ich der Polizei nicht alles erzähl, was ich weiß. Aber diesmal stimmt's.«

»Sie kennen doch alle Leut im Viertel. Wer hat im ersten Stock gewohnt?«

»Da ist, wie die junge Beerin zu Weihnachten an der Bleichsucht gestorben ist, ein Auswärtiger eingezogen, von Ingolstadt, hat's geheißen. Aber mit dem hab ich nie was zu tun gehabt. Er ist selten daheim gewesen. Ich hab ihn bloß einmal gesehen, wie ich den Raschp-Vater besucht hab. Ein junger Mensch noch, mager, helle Haar, eigentlich gar nicht zwider – ein geistiger Mensch, tät ich sagen.«

»Was ist das, ein geistiger Mensch?«

»Einer, der nicht nach Arbeit ausschaut. So wie ihr zwei.«

Sie grinste liebenswürdig.

15

Inspektor Gnott war gereizt, als er vom Einwohnermeldebüro zurückkam. »Warum reißens denn die Fenster allerweil auf? Zu warm ist es ja weiß Gott nicht bei uns.«

Kajetan wollte etwas darauf erwidern, schwieg dann aber. Er hätte nur schwer erklären können, daß er in den vergangenen Wochen immer mehr das Gefühl bekommen hatte, in einem Gefängnis zu sitzen. Er stand auf und schob die Fensterflügel zu.

»Und? Was sagt das Register?«

Gnott sah auf ein Stück Papier. »Er heißt Meininger, Vorname Eugen. Er ist von Ingolstadt gebürtig und, wartens, neunundzwanzig Jahr alt. Gemeldet in München seit dem ersten Februar dieses Jahres. Als Beruf gibt er Journalist an. Eltern bereits verstorben. So, jetzt wissen wir's.«

»Aber haben tun wir ihn noch nicht.«

»Wie Sie nur allerweil recht haben, Herr Kollege!«

»Was kann man machen, wenn einem die Gescheitheit so zufällt?«

»Ich mein fast, Sie glauben selbst dran!« bemerkte Gnott unwillig. »Eins tät mich aber doch interessieren.«

»Was denn?«

Gnott beugte sich vor und lächelte ein wenig. »Was hat die Schwester eigentlich mit dem Itaker-Buben gemeint?«

Kajetan zog die Stirn kraus und sah auf seinen Schreibtisch. »Das«, er räusperte sich, »das war mein Spitznam.«

»Ah so.«

»Weil ich ein bißl dunkler ausschau und nicht so ein breites Bräuochsengestell wie die andern gehabt hab, hat's geheißen.«

»Ah so.«

»Drum habens mich den Itaker-Buben genannt.«

Gnott hob abwehrend die Hände. »Hab's schon, hab's schon. Wie oft sagen Sie's noch?«

»Finden Sie auch, daß ich dunkler ausschau?«

»Schmarren.«

»Gell.«

»Wie Kinder halt sind, nicht wahr.«

Kajetan fühlte sich unwohl. »Eben.«
Gnott sah ihn amüsiert an und warf wieder einen Blick auf den Anmeldezettel. »Also, was stellen wir jetzt an mit dem Brandstif...«
»Ist es außerdem eine Schand, wenn der Vater nicht von da ist?«
»Was? Ah so!« Gnott grinste breit. »Nein. Wieso auch? Woher ist er denn?«
»Aus dem Friaul ist er.«
»Ah? Von da? Nun, eigentlich interessiert's ja auch keinen, nicht wahr? Ich bin bloß der Meinung gewesen, daß Ausländer bei unserer Polizei nicht eingestellt werden dürfen.«
»Bin ich ja auch nicht.«
»Na? Aber ein halberter.«
»Halberte Menschen gibt's nicht. Ich bin in Föhring geboren, wenn Sie's genau wissen wollen. Und meine Mutter war eine Hiesige. Der Vater hat die Ziegelei in Föhring mit aufgebaut. Den Münchnern war's nämlich zu batzig da draußen.«
»Na, von mir aus«, beendete Gnott das Thema. »Trotzdem tät ich endlich gern wissen, was wir mit dem Meininger anfangen sollen. Er wird über alle Berg sein. Wenn ich ehrlich sein muß, versprech ich mir wenig davon, nach ihm zu suchen.«
»Immerhin hat er den alten Mann auf dem Gewissen. Was meint eigentlich der Herr Rat?«
Gnott hob die Schultern. »Was wird der schon meinen. Ich hab den Eindruck, daß ihm alles wurscht ist und er Angst davor hat, etwas zu tun, was den neuen Herren nicht passen könnte. Vorgehen wie üblich, sagt er halt. Und Obacht geben.«
»Respekt.« Kajetan klang bitter. »Es ist halt doch immer wieder beruhigend, wenn man sich auf vorbildliche Vorgesetzte verlassen kann. Meinetwegen, gehen wir vor wie immer. Wir könnten zuerst einmal rausfinden, bei welcher Zeitung er gearbeitet hat. Vielleicht erhalten wir dann einen Hin-

weis, wo er sein könnte. Dafür werden wir schon nicht vor das neue Revolutionstribunal gestellt werden.«

»Wer weiß«, höhnte Gnott. »Wundern tät mich gar nichts mehr.«

»Warten wir's ab«, meinte Kajetan. »Auf jeden Fall müßte dieser Meininger dabei ein weitaus schlechteres Gewissen haben als unsereiner. Vernichtung von Proletarierunterkünften! Wenn das kein Kapitalverbrechen ist!«

»Oder er kriegt einen Orden wegen besonders gründlicher Expropriation bürgerlichen Eigentums. Kann auch sein.«

»Jaja«, sagte Kajetan grinsend, »beweglich muß man heutzutage sein, wenn's drum geht, was recht und was unrecht ist.«

Inspektor Gnott schien nicht mehr darüber diskutieren zu wollen. »Also? Die Frage ist, was wir tun können. Was ist zum Beispiel, wenn er einen schweren Schock hat und deshalb nicht auftaucht?«

»Sie meinen, wir sollten in der Nußbaumstraße drüben, im Psychiatrischen Krankenhaus...?«

»Vielleicht, Herr Kollege?«

Kajetan überlegte. »Andererseits – wie alt ist er? Neunundzwanzig? Meinens nicht, daß er da in seinem Leben schon einiges gesehen hat, gegen das eine brennende Bretterbude ein Nichts ist? Der Krieg ist schließlich erst seit ein paar Monaten aus. Da hat's schließlich ganz andere Feuer gegeben.«

»Er hat also Dreck am Stecken?«

»Danach schaut's aus, wenns mich fragen.«

Gnott hob uninteressiert die Schultern. »Meinetwegen, dann suchen wir ihn halt, den geistigen Menschen. Wenn er bei einer Zeitung in München in Arbeit ist, dürft's ja nicht so schwer sein.«

»Das glaube ich auch«, bestätigte Kajetan.

»Weit weg wär das ja nicht, gell?« begann Gnott unschuldig.

»Was?«

»Die Redaktion der Münchner Zeitung, meine ich.«

»Ach so! Nein, gleich drüben in der Sendlinger Straße.«

»Gell? Das ist doch nicht weit?«

»Wie oft sagens das jetzt noch? Ach so!« Kajetan mußte lachen. »Jetzt versteh ich Ihnen. Lassen wir's gut sein. Ich geh allein rüber. Ich bin eh viel lieber in der frischen Luft. War's das?«

Gnott nickte erleichtert. »Das braucht's ja wirklich nicht, daß wir zu zweit... Und außerdem ist es heut schon wieder viel ruhiger geworden. Die neue Regierung arbeitet...«

»Glauben Sie?« Kajetan war aufgestanden und hatte nach seinem Mantel gegriffen. »Geredet wird halt, wie schon seit Wochen, sonst nichts.«

»Solangs nicht aufeinander schießen, ist das allerweil noch vernünftiger. Ich mein wirklich, daß sich jetzt alles zum Besseren wendet.«

Kajetan öffnete die Tür. »Jaja. Jetzt dürfens schon damit aufhören. Aber das nächstemal sind Sie dran.«

»Selbstverständlich, Herr Kollege!«

16

»Der Herr Schriftleiter ist heute nicht zu sprechen. Aber schon wirklich nicht.« Die Sekretärin im Verlagsgebäude an der Sendlinger Straße machte nicht den Eindruck, als wäre sie sonst freundlicher. »Es hat einen Haufen Verdruß gegeben. Das könnens Ihnen überhaupt nicht vorstellen.«

»Ob's einen Verdruß gegeben hat oder nicht, interessiert mich so viel, wie wenn ein Spatz einen Roßbollen pickt. Ich sag's noch mal: Ich bin Inspektor Kajetan von der Kriminalpolizei. Wegen irgendwas werd ich schon nicht daherkommen! Sagens jetzt bitte schön gefälligst dem Herrn Schriftleiter, daß es wichtig ist. Sehr wichtig sogar. Er wird Sie schon nicht beißen.«

»Wer mich beißt, den möcht ich erst mal sehen«, bemerkte sie schnippisch. »Na, wenns meinen. – Herr Fellner? Lebens noch?«

Hinter einer hohen Ablage tauchte ein junger Mann auf. »Was gibt's?«

»Der Herr Inspektor möcht den Herrn Schriftleiter sprechen. Hat er sich schon wieder abgeregt?«

»Der Herr Stein regt sich nie ab, das wissen Sie doch.« Er winkte Kajetan. »Kommens mit, Herr Inspektor.« Er wies zum Flur und öffnete die Tür.

»Was hat er denn, Ihr Herr Stein?« wollte Kajetan wissen.

»Habens denn heute die Münchner Zeitung noch nicht gelesen?«

»Nein.«

»War auch nur ein Scherz. Das hättens auch gar nicht können, gell? Weil die heute nämlich nicht erschienen ist. Die Regierung hat die Zensur verhängt. Und weil sich der Herr Stein zunächst dagegen gestemmt hat, ist erst einmal gar nichts gedruckt worden. Dann aber hat die Anzeigenabteilung wohl den Verleger angerufen, der wiederum mit dem Herrn Stein geredet hat.«

»Und jetzt erscheint die Zeitung wieder, nehm ich an?«

»So ist es. Aber mit dem Zusatz: ›Unter Regierungsaufsicht‹. Täten Sie sich da nicht aufregen? Soll es das sein, was die neue Regierung unter Freiheit versteht?«

Kajetan antwortete nicht. Das Thema interessierte ihn nicht sonderlich. Sie hatten das Büro des Schriftleiters erreicht.

Fellner stellte den Inspektor vor.

»Kriminalpolizei, höre ich? Ist es jetzt schon so weit? Werden wir verhaftet?« Das Gesicht des Schriftleiters, eines dicklich untersetzten, offenbar cholerisch veranlagten Mannes in den Vierzigern, war fleckig gerötet.

Der Inspektor hob lächelnd die Hände. »Habens denn was angestellt?«

»Das fragens besser den Zigeuner, der uns das neue Pressegesetz eingebrockt hat! Noch lieber wär mir allerdings, daß Sie ihn dabei gleich mitnehmen und nach Stadelheim stecken.«

»Gern. Wen, haben Sie gesagt?«

»Den sauberen Herrn Raths! Er ist seit ein paar Tagen Pressebeauftragter der neuen Regierung, und was tut er als erstes?«

Kajetan hatte, als er diesen Namen hörte, einen leichten Stich verspürt.

Fellner pflichtete Steins Verachtung eifrig bei. »Der Raths! Grad der! Nichts als Bosheit und Neid ist das bei dem! Sitzt gestern noch auf seinem Schmierblattl, das ihm keiner abnehmen will, und heut spielt er sich zum Herrn über...«

Stein unterbrach ihn heftig. »Wird sich zeigen, Fellner, wird sich zeigen!« Prophetisch hob er den Zeigefinger. »Die Gäng gehen schnell heutzutag! Auf diesem Pösterl wird er, wie die anderen vor ihm, nicht lang zu sitzen kommen! Aber«, besann er sich, ohne wesentlich freundlicher zu werden, »was führt Sie zu mir, Herr Inspektor. Machen Sie es bitte kurz.«

Kajetan erklärte es ihm.

»Meininger? Eugen Meininger? Nie gehört. Tut mir leid, Herr Inspektor.«

»Bitte denkens nach.«

»Wenn ich was sag, dann hab ich nachgedacht. Und ich hab gesagt: Nie gehört!«

Fellner sah von einem zum anderen. Dann hob er schüchtern die Hand. »Äh... Herr Schriftleiter...«

»Fellner? Was wollens? Ist Ihnen der Name vielleicht bekannt?«

»Vielleicht, ja. Herr Inspektor, woher, sagten Sie, ist dieser... Meininger gebürtig?«

»Von Ingolstadt.«

»Ein hochgeschossener, blonder, noch ziemlich junger...?«

»Stimmt. Genauso wurde er von den Nachbarn beschrieben!«

Fellners Stimme klang nun aufgeregt. »Herr Schriftleiter, das war der junge Kerl, der uns einmal wegen einer Anstellung aufgesucht hat. Mitte Januar oder Anfang Februar dürfte das gewesen sein!«

Stein schien verärgert. »Soll ich mir jetzt jeden merken, der sich bei mir um eine Anstellung bewirbt? Ich weiß schon, warum ich die meisten gleich wieder vergeß!« Dann lenkte er jedoch ein. »Aber ja, ich entsinn mich schwach. Ein recht ehrgeiziges Bürscherl. Hat, glaube ich, eine Reverenz von einem Blatt in Ingolstadt dabeigehabt. Ich hab ihm aber nicht weiterhelfen können.« Er wischte heftig über die Tischplatte.

»Also hat er nie bei Ihnen gearbeitet?«

»Nein.« Beide Männer schüttelten den Kopf.

»Dann haben Sie vermutlich auch keine Ahnung, wo er sich aufhalten könnte.«

Wieder verneinten beide. »Er hat uns seinerzeit sicher seine Adresse hiergelassen. Aber es würde mich wundern, wenn wir die aufbewahrt haben«, erklärte Stein kühl. »Was sinds denn eigentlich...«, der Schriftleiter schien plötzlich zu zögern, »...gar so scharf auf den? Hat er was angestellt?«

»Nun, es hängt mit dem Brand in der vergangenen Nacht zusammen.«

»Das Feuer in der Au?« Die Stimme des Schriftleiters war rauh geworden. »Ist er etwa das... das Opfer?«

Kajetan schüttelte den Kopf.

»Wie also hängt alles zusammen?«

Der Inspektor erklärte es mit wenigen Worten.

»Fellner, morgen erscheinen wir wieder. Notieren Sie das nachher, und holen Sie von der Feuerwehr zusätzliche Information ein«, befahl Stein mit undurchdringlicher Miene.

»Mich entschuldigen Sie jetzt bitte. Fellner, begleiten Sie den Herrn Inspektor nach draußen? Ich habe zu tun, wie Sie sehen.«

17

»Wir gehen zum Altheimer Eck raus«, hatte Fellner vorgeschlagen, »da habens nicht so weit zur Direktion.«
Sie liefen den düsteren Flur entlang.
Der Redakteur öffnete Kajetan die Tür zum Treppenhaus. Er sah sich prüfend um.
»Mir hat der junge Kerl ja leid getan«, begann er zögernd.
»Wieso?«
Fellner schien nach Worten zu suchen.
»Wieso hat er Ihnen leid getan?« wiederholte der Inspektor neugierig. »Ein Haufen Leut suchen heut eine Arbeit. Da käm man aus dem Leidtun gar nicht mehr heraus!«
»Schon. Wer weiß, wie's mir selber morgen ergeht. Aber das ist es nicht. Der Herr Schriftleiter hat nämlich hie und da einen seltsamen Humor. Einen, über den nicht jeder lachen kann.«
Sie durchquerten den dämmrigen Setzereisaal. Die Arbeiter lehnten unschlüssig an den Letterschränken und sprachen miteinander. Ein Metteur wandte sich um, als er die beiden entdeckte.
»Was ist jetzt, Fellner?«
»Was soll sein«, antwortete der Redakteur mißmutig, ohne seine Schritte zu verlangsamen, »der Herr Minister hat die Korrektur noch nicht zum Zeug gebracht. So lang müßts halt noch warten mit dem Umbruch.«
»Und was tun wir derweil?« wollte ein anderer wissen. Die Stimmung war gereizt.
»Das fragts am besten den Minister selbst.«

»Das werden wir auch tun!« sagte der Metteur und wandte sich unter dem zustimmenden Gemurmel seiner Kollegen wieder ab.

Fellner öffnete die Tür der Setzerei und ließ Kajetan in den Flur vorausgehen. »Seit der Zentralrat das Sagen hat, geht's drunter und drüber«, erklärte er dabei, »und der Minister Heßstätter, der schreibt gar die halbe Zeitung allein voll. Möcht gern wissen, wann der eigentlich zum Regieren kommt.«

»Sie wollten mir vom Meininger und dem seltsamen Humor Ihres Schriftleiters erzählen.«

»Ah ja... Also, der Herr Schriftleiter... er ist kein übler Mensch, verstehens mich recht, ich will da nichts gesagt haben...«

»Ich hab was anderes zu tun, als das dem Herrn Stein zu stecken«, beruhigte ihn Kajetan. »Also, warum hat Ihnen der Meininger leid getan?«

»Na ja!« Fellner wirkte verlegen. »Der Herr Schriftleiter hat mit ihm das gemacht, was man mit den jungen Kerlen macht, die noch ein wenig feucht hinter den Ohren sind.«

Kajetan sah ihn neugierig an. »So? Und was tut man mit denen?«

»Er hat ihm Hoffnungen gemacht. Hat ihm gesagt, wenn er einen ganz bestimmten Bericht bringen tät, dann würde er ihn einstellen. Da war der Narr natürlich gleich Feuer und Flamme und wollt wissen, welcher Bericht das denn wär. Er würde alles rauskriegen, hat er angegeben. Da hab ich schon ein wenig grinsen müssen, gell?«

»Und? Was war es, das er hätt bringen sollen?«

»Nun, das war ja, wie der Präsident noch gelebt hat...«

Kajetan verlangsamte seinen Schritt und musterte den jungen Redakteur aufmerksam. »... also der Meininger sollte einen Beleg dafür finden, daß das Gerücht stimmt, welches seinerzeit über den Präsidenten im Umlauf war.«

»Was für ein Gerücht denn?«
»Habens nicht davon gelesen?«
»Wo? Was? Um welches Gerücht geht's denn. Müssens denn alles so spannend machen?« Kajetan war ungehalten geworden. Fellner schien es bemerkt zu haben.
»Na, überall hat man doch lesen können, daß der Präsident ein Jud ist...«
»Daraus hat man doch nie ein Geheimnis gemacht. Und seit wann wär das eine schandbare Sach?«
Fellner hüstelte. »Das war ja noch nicht alles. Zu lesen ist auch gewesen, daß der Präsident in Wirklichkeit ein geflohener Bankrotteur und sein eigentlicher Name Schmuel Koslowski gewesen sei.«
»Wenn Meininger die Richtigkeit des Gerüchts hätte beweisen können, dann hätt er die Stelle gekriegt?«
Der Redakteur nickte.
»Und wo ist jetzt da der Spaß? Ich komm noch nicht ganz mit. Außerdem, das ist mir neu.«
»Was? Das mit dem Bankrott und dem falschen Namen?« Fellner fühlte sich unwohl. »Ist ja auch kein Wort wahr. Der Präsident ist nachweislich in Berlin geboren. Er ist gelernter Journalist, war früher mal Chefredakteur der Nürnberger Zeitung. Und einen Bankrott bringt ein Journalist schon deswegen nicht zusammen, weil man dafür zuerst ein Geld verdient haben muß. Das weiß jeder. Ihn als untergetauchten Bankrotteur zu entlarven, ist«, der Redakteur lächelte verkrampft, »als ob man einen Ochsen zum Milchgeben bringen wollt.«

Kajetan erwiderte das Lächeln nicht. »Obwohl also jeder in Ihrem Gewerbe weiß, daß das Ganze eine Verleumdung ist, sollte der Meininger...?«
Fellner lächelte noch immer dümmlich. »Freilich. Das war ja der Spaß, den sich der Herr Schriftleiter mit dem Meininger gemacht hat.«
»Er scheint tatsächlich Humor zu haben, der Herr Stein.«

»Gell? Und der Kasper hat das auch noch für bare Münz genommen!«

»Sinds da sicher?«

Sie traten auf das Altheimer Eck hinaus. Die Straße war still. Die Druckmaschinen, die hinter den geöffneten Fenstern des Erdgeschosses zu erkennen waren, waren abgestellt.

»Bin ich«, bekräftigte der Redakteur. »Der dumme Mensch hat mich sogar noch einmal aufgesucht.«

Kajetan, der sich schon zum Gehen gewandt hatte, blieb stehen. »So?«

»Er hat sich nach einem Lokal erkundigt. Ob ich das kenne, fragt er. Kenn ich freilich, sag ich und zeig ihm, wo es zu finden ist. Das Komische war bloß, daß es sich dabei um ein ganz bestimmtes Lokal gehandelt hat.«

»Und um was für eins?«

»Das Albergo in Schwabing draußen. Kennens das?«

»Ist das nicht die Beize, in der sich die Völkischen treffen? Und danach hat er sich erkundigt? Seltsam.«

»Gell? Obwohl sich da auch allerlei Wahnmochinger und ›Enorme‹ treffen, wär das doch gewiß nicht der Ort gewesen, an dem er etwas über den Präsidenten hätte herausbringen können. Der hat sich nie in Schwabing aufgehalten. Seltsam ist aber auch, daß er mich das wenige Tage nach dem...«

»Mord?« half Kajetan. »Sinds da sicher? Wenige Tage, nachdem der Graf Arco den Präsidenten erschossen hat, hat er sich bei Ihnen nach dem Albergo erkundigt?«

Fellner nickte bestimmt.

»Und seither habens nichts mehr von ihm gehört, nehm ich an.«

Wieder nickte der Redakteur. Kajetan verschränkte die Arme vor der Brust und überlegte.

»Sagens einmal, Herr Fellner«, fragte er in beiläufigem Ton, »in welcher Zeitung ist denn das mit der Koslowski-Sache gestanden?«

»In jeder!«
»Auch in eurer?«
Wieder schien sich Fellner unbehaglich zu fühlen. »Nun, es hätte ja auch stimmen können, nicht wahr?«
»Daß aber manche Zeitungsleut arge Dreckhammel sind, habt ihr noch nicht geschrieben. Hab ich recht?«
Der Redakteur holte Luft. »Wie... wie...?«
»Na, könnt doch auch stimmen. Oder? Habe die Ehre, Herr Fellner.«

18

Der Riemer hatte den Vormittag damit verbracht, die Zaunpfähle für das Frühjahr vorzubereiten. Die Arbeit hatte ihn angestrengt, er fühlte sich erschöpft und fror trotz des Feuers, das er im Rauchkamin der Küche angefacht hatte.

Mit langsamen Bewegungen nahm er eine Pfanne aus dem Regal, setzte sie auf und begann sich ein Mus zuzubereiten. Milch hatte er noch genügend, jedoch das Mehl ging langsam zur Neige. Der Winter hatte in diesem Jahr länger als üblich gedauert, und so hatte er Futter für seine Tiere hinzukaufen müssen. Nun hatte er kaum mehr Geld.

Wenn nur seine Rente bewilligt werden würde. Der Steinhauser hatte auf ihn eingeredet und ihn dazu gebracht, gegen den Ablehnungsbescheid Einspruch zu erheben. Nach einigen Wochen war dem Bauern die Vorladung zu einer erneuten Untersuchung beim Dornsteiner Versorgungsamt zugestellt worden, und morgen früh würde er sich mit dem Fahrrad dorthin aufmachen.

Während er in der Pfanne rührte, versuchte er seine Gedanken von jener Begebenheit fernzuhalten, die seine Schwermut noch verstärkt hatte. Es gelang ihm nicht.

Der Steinhauser war in ihn gedrungen und hatte schließlich

erreicht, daß sich der junge Riemer wieder einmal unter den Leuten sehen ließ. Obwohl zur Unzeit, wie viele Perthenzeller meinten, hatten die Schützen zur Feier ihrer neuen Fahne geladen; ein wohlhabender Bürger, dem man soviel Gemeinsinn nicht zugetraut hatte, hatte sie gestiftet. Er war der Meinung, daß gerade in diesen Tagen und Monaten ein Zeichen für den Wehrwillen des Landvolkes wichtig sei.

Die Leute nahmen gern die Gelegenheit zu dieser harmlosen Vergnügung wahr, um die Erinnerung an die vergangenen harten Jahre abzuschütteln. Die Bewohner der Hallberger Gnotschaft waren ebenfalls ins Tal gekommen und strömten nach der Weihe, bei der auch Baron von Bottendorf eine Ansprache gehalten hatte, in den Saal des Postwirts, wo die Schellenberger Musikanten zum Tanz aufspielten. Unter den Besuchern befand sich ein Dutzend junger Männer, die seit einigen Wochen in einer der Baracken auf dem Bottendorfschen Anwesen wohnten und die der Baron als landwirtschaftliche Hilfskräfte ausgewiesen hatte. Die Hallberger hatten sich darüber gewundert, da sie bisher nie derartige Aktivitäten feststellen konnten.

»Wo kommst jetzt du her?« fragte das Mädchen, das sich an den Tisch des jungen Riemer gesetzt hatte. Der Bauer nahm einen Schluck aus seinem Bierkrug und wischte sich über den Mund. »Vom Hallberg droben.«

»Redst ned viel, gell?«

Er versuchte zu lächeln. »Was willst denn hören?«

»Mei, so halt. Man möcht halt ein bisserl eine Unterhaltung, wenn eins neben einem Mannsbild zu sitzen kommt.«

Der Riemer sah sie mit einem verstohlenen Blick an. »Magst trinken?« bot er an. Sie nahm einen kräftigen Schluck und setzte den Krug wieder ab.

»Tanzen mag er nicht, der Hallberger?« fragte sie keck. Er schüttelte den Kopf.

»Ah geh!« Sie lachte ungläubig.

»Nein. Ich kann's nicht.«

Sie ließ es nicht gelten und zog ihn mit sich. So erlebten die erstaunten Hallberger den verschrobenen Riemer seit langer Zeit wieder auf dem Tanzboden, auf dem er früher, vor dem Krieg, häufiger zu finden war. Auch der Steinhauser, der den Riemer wie einen Sohn mochte, war zufrieden. Der junge Bauer hatte wieder sein schönes Lachen mit schiefem Mund.

Doch während das Mädchen sich mühte, mit dem ungelenken Bauern in den Rhythmus zu finden, meinte dieser zu bemerken, daß sie beobachtet wurden. Der Mann lehnte an einer der Säulen, die den Tanzboden umgaben, und schien mit unbewegter Miene auf das Paar zu starren.

»Kennst du den?« wollte der Riemer wissen.

»Wen?«

Er machte eine Kopfbewegung. »Den da hinten. Der da allerweil zu uns herschaut?«

Sie schaute kurz in die angedeutete Richtung. Dann lächelte sie, faßte sein Kinn und zwang ihn mit sanftem Druck, sie anzusehen.

»Da denk dir nichts. Das ist bloß ein Bekannter von mir.« Sie drückte sich an ihn. »Der tät vielleicht mögen. Aber ich nicht.«

Die Musik wurde schneller. Tastend stieg im Riemer wieder Lust am Leben auf. Er begann den Rhythmus wahrzunehmen und packte das Mädchen fester. Es jauchzte vergnügt auf. Der junge Bauer stöhnte fast unhörbar vor Glück.

»Was?« schrie sie lachend in sein Ohr.

Er preßte die Lider zusammen. Ein heißer, feinadriger Schmerz war hinter seine Augen geschossen. Ein leichter Schwindel wogte heran. Er stockte.

»Was hast denn?«

»Nichts«, sagte er heiser. »Ich muß jetzt aufhören.«

»Brauchst eine frische Luft? Ist dir schlecht?«

Er nickte schwer. Sie folgte ihm, als er in den Wirtsgarten

ging. Wieder war ihm dabei, als hätte er den Mann gesehen, den er bereits beim Tanz bemerkt hatte.

In der klaren, kalten Frühlingsluft wich seine Benommenheit.

»Wer... wer ist das denn, dein Bekannter?«

»Bloß ein Bekannter, sonst nichts«, beruhigte sie ihn und sah nach oben. »Da... schau«, sagte sie mit weicher Stimme. Er hob sein Gesicht zum Sternhimmel. »Schön, ja.«

Sie gingen einige Schritte weiter. Der Wirtsgarten grenzte an ein kleines Waldstück. Das Rauschen der Ache übertönte nun bereits den Lärm des Festes. Es schien kälter geworden zu sein. Sie zitterte.

»Bleiben wir stehen«, flüsterte sie plötzlich.

»Fürchst dich?«

Ihre Augen schimmerten dunkel. Sie nickte und drückte ihren Körper leicht an seine Seite. Voller Sehnsucht sah er sie an. Er umarmte sie tastend und suchte über kühle Wangen ihren Mund.

Er konnte sich später nicht mehr genau erinnern, was danach geschehen war. Er wußte nur noch, daß er glücklich war und sich in gefährlicher Weichheit gelöst hatte, als er überfallen wurde. Das Mädchen hatte einen eigenartigen Ausruf getan. Zwei kräftige Arme hatten sich um den Riemer gelegt und ihn zu Boden gezerrt. Während er von dem einen Unbekannten auf der Erde gehalten wurde, packte ihn ein anderer an den Haaren und rieb ihm eine stinkende Masse ins Gesicht. Ein dritter trat auf ihn ein. Der Riemer wehrte sich verzweifelt, doch ein weiterer, dessen Gesicht er ebensowenig wie das der anderen erkennen konnte, stemmte seine Knie auf seine Oberarme, hielt ihm die Nase zu und preßte ihm, als er erstickend den Mund öffnen mußte, den Kuhmist zwischen die Zähne. Minutenlang ließen die roh lachenden Männer nicht von ihm ab. Dann verschwanden sie in der Dunkelheit. Als sich der Riemer weinend aufrichtete, war er allein.

In den folgenden Tagen hatte er das Haus nicht mehr verlassen. Er fühlte sich als Verlierer, und eine brennende Scham quälte ihn lange. Je mehr sie schließlich wich, desto stärker wurde sein Zorn gegen Gassner, an dessen Urheberschaft an diesem Überfall er keinen Zweifel hatte. Ein verzehrender Haß erfüllte ihn, und nüchtern entschloß er sich, nie mehr zu lieben. Er hatte keine Kraft mehr dafür, er wollte sie nicht mehr haben, er war kalt geworden. Nichts fehlte ihm; er träumte nicht mehr. Alles, was er nun noch wollte, war zu überleben, um sich, wenn die Zeit dafür günstig war, zu rächen. Die Vorstellung davon bescherte ihm ein närrisches Vergnügen.

Endlich hatte er das Gefühl, wieder bei sich zu sein. Nein, er war nicht zerstört. Er rüstete zum Kampf, sein Haß stärkte ihn. Er lächelte wieder sein schönes Lächeln mit schiefem Mund.

19

Die Bedienung des Albergo hatte sich mit eigentümlich schleppendem Gang genähert.

»Was kriegt der Herr?«

»Eine Melange, Fräulein.«

»Milch gibt's heut keine«, sagte sie freundlich. »Habens noch nichts von der Blockade gehört? Die Bauern schicken nichts mehr in die Stadt.«

»Dann eben einen Schwarzen. Kaffee wird's doch noch geben?«

»Die ungesunden Sachen gehn nie aus«, sagte sie sarkastisch und kehrte zur Schänke zurück. Fast unmerklich hinkte sie.

Kajetan sah sich um. Das Lokal war nahezu leer. An einem der hohen Fenster zur Schellingstraße saß ein in sich gekehrter, bärtiger Mann. Als Kajetans Blick auf ihn fiel, wandte er sich ab.

Das Mädchen brachte den Kaffee. »Ich tät gleich zahlen, Fräulein!«

»Ist recht«, sagte sie und nannte den Preis. Als sie die Münzen, denen Kajetan noch ein Trinkgeld beigefügt hatte, über die Tischplatte in ihre Börse schob, lächelte sie ihn an.

»Danke schön, der Herr.«

»Wartens, Fräulein. Ich hätt noch einen Wunsch!«

Sie war im Begriff zu gehen, wandte sich nun um und blickte den Inspektor fragend an. Sie ist schön, schoß es ihm durch den Kopf. Sie hatte einen schlanken Hals, ein ovales, eindrucksvolles Gesicht mit kleinem Mund, vollen Lippen und hoher, zum Haaransatz leicht gerundeter Stirn. Ein Paar dichter dunkler Brauen schwang sich über ihre Augen und gab ihr ein fast südländisches Aussehen. Das kräftige schwarze Haar hatte sie im Nacken zusammengebunden, und unter ihrer weit geschnittenen Kleidung war eine frauliche Gestalt zu erahnen. Ihr Blick ruhte in freundlicher Gelassenheit auf ihm.

»Ja?«

»Ich... möcht Sie gern was fragen.«

Sie legte den Kopf schräg. »Na, dann fragens.«

»Ich bin auf der Suche nach einem, eh, Freund, der sich bei Ihnen öfter aufgehalten hat.«

»So?« Sie sah ihn unverwandt an. »Und wer soll das sein?«

Kajetan nannte den Namen des Verschollenen. Sie straffte die Schultern.

»Über unsere Kundschaft geb ich keine Auskunft.«

»Sie brauchen mir bloß zu sagen, ob er hin und wieder...«

Ihr Gesicht hatte sich verschlossen. »Nichts brauch ich.«

»Heißt das, daß Sie ihn kennen?«

»Heißt es nicht. Was wollens überhaupt von diesem...?«

»Meininger, Fräulein. Was halten Sie von einem Tausch?

Ich erzähl Ihnen, was ich von ihm möcht, und Sie sagen mir, wo ich ihn finde. Einverstanden?«

Die Tür, die von der Küche in den Schankraum führte, wurde aufgestoßen. Ein großgewachsener, mürrisch wirkender Mann betrat den schmalen Gang hinter der Schänke und wischte sich am Schurz die Hände ab.

Das Mädchen hob ihre Stimme. »Ich hab Ihnen gesagt, daß ich keine Auskunft über die Kundschaft geb!«

Der Schankkellner war aufmerksam geworden. »Was ist, Jule? Was möcht der?«

»Mich ausfragen.«

Der Schankkellner kippte die Lade zurück und näherte sich. »Dann geb ich Ihm gleich den Rat, sich zu schleichen, und zwar auf der Stell. Gezahlt hat er?«

Das Mädchen nickte.

Schani stützte sich vor Kajetan auf die Tischplatte. »Was bistn überhaupt für einer?«

»Kriminalpolizei, wanns recht ist, und...«

»Ist es schon gleich dreimal nicht«, unterbrach Schani ihn drohend und zeigte auf die Tür. »Schleich dich.«

»Ich hab gesagt: Kriminalpolizei! An der Schanklizenz ist uns doch gelegen?«

»Hätt Er noch ein paar Spaßettl parat?« Ein harter, überraschender Griff riß den Inspektor vom Stuhl. Er verlor das Gleichgewicht. Der Schankkellner packte ihn am Kragen und zog ihn, die in hilflosem Zorn kreisenden Fäuste Kajetans von sich haltend, zur Tür. Das Mädchen öffnete sie, und der Kellner gab dem Inspektor mit einem gleichmütigen »So!« einen heftigen Tritt. Kajetan stürzte auf das Trottoir. Nachdem ihm auch noch sein Mantel hinterhergeworfen worden war, fiel die Tür zur Gaststätte krachend zu.

20

Als er wenig später in die Ludwigstraße einbog, hatte er sich wieder halbwegs beruhigt. Durch den langen, baumlosen Boulevard kroch Nebel, und über ihm lasteten Wolken, die Schnee ankündigten. Dann und wann lösten sich einzelne Automobile, Gruppen von Passanten und Berittene aus dem Grau. Die Gebäude entlang der Straße, von den Vorfahren des vor wenigen Monaten vertriebenen Königs errichtet, schienen verlassen. Es begann zu graupeln; winzige blinkende Splitter tanzten in der kalten, feuchten Luft.

Am Odeonsplatz wechselte Kajetan die Straßenseite und passierte das Bazarsgebäude. Vor einem Plakatanschlag hatten sich ein paar Leute gesammelt und diskutierten erregt darüber.

Kajetan überflog den mit großen Lettern auf leuchtend rotem Papier gedruckten Text, der zum Eintritt in die Rote Armee aufforderte. Die schreiend aufgemachten, doch gleichzeitig so unpersönlich wirkenden Botschaften der neuen Regierung berührten ihn wenig. Was in diesen Tagen geschah, verwirrte ihn. Ein unbestimmtes Gefühl sagte ihm, daß es klüger sei, allem zu mißtrauen, was von der einen oder der anderen Seite verlautbart wurde, und sein stets zweifelnder Verstand fand, kaum daß er sich zu einer Einsicht durchgerungen hatte, sogleich wieder etwas, was dieser widersprach. Vielleicht, so kam es ihm in den Sinn, würde er alles mit anderen Augen sehen können, wenn er einer der Arbeiter der großen Werke im Norden der Stadt wäre? Hatten diese nicht zuvor täglich zehn und mehr Stunden arbeiten müssen, und hat ihnen der Umsturz nicht den Achtstundentag gebracht? Vielleicht würde er auch anders denken, wenn er in einem der elend armen Quartiere in der Haidhauser Grube oder in der Au zu leben hätte. Nun, das tat er eben nicht.

Der Inspektor ging weiter. Längst kreisten seine Gedanken wieder um die Frage, welches Geheimnis sich wohl hinter der brennenden Herberge am Mühlbach verbarg. Noch hatte er keinen Anhaltspunkt für die Lösung des Falles gefunden. Er wußte nur eines: Was immer das Albergo mit dieser Sache zu tun haben mochte, das Mädchen und der rabiate Schankkellner hatten einen Fehler gemacht. Sie mußten etwas wissen. Kajetan hatte bereits eine Idee, wie er weiter vorgehen könnte.

»Postkarten! Bitte schön, der Herr! Suchen wir was Bestimmtes?«

Kajetan blieb überrascht stehen. Der Postkartenverkäufer, an dem Kajetans Blick gedankenverloren hängengeblieben war, trat einen Schritt auf ihn zu.

»Ein Porträt des verstorbenen Ministerpräsidenten für den Herrgottswinkel? Die Bestattungsfeierlichkeiten vor dem Ostfriedhof? Die große Freiheitsdemonstration auf der Theresienwiese? Kriegsbeschädigtendemonstration? Charakterköpfe der Münchner Revolution?«

Kajetan lehnte freundlich ab. »Nein, danke schön.«

»Oder den Minister Heßstätter, unseren Ersatzchristus? Wollens den? Gehns, kaufens einem Kriegsversehrten doch was ab.«

Kajetan ging rasch weiter. Der Mann rief ihm ärgerlich hinterher: »Oder die große Erwerblosendemonstration? Ist er da vielleicht auch drauf?«

Als er sich bereits vor dem Portal der Theatinerkirche befand, verlangsamte Kajetan seinen Schritt. Dann blieb er plötzlich stehen, überlegte und kehrte zu dem Verkäufer zurück. Dieser sah ihn mißtrauisch an.

»Zeigens mir noch mal Ihre Postkarten.« Der Inspektor deutete auf einen der Abzüge. »Die da, die hätt ich gern.«

»Den Präsidenten auf dem Weg zum Landtag? Von mir aus. Zwanzig Pfennig, weil's Sie sind.«

Kajetan kramte in seiner Hosentasche. »Sagens, wer ist denn da drauf?«

»No, das sehns doch. Der Präsident, und daneben, das ist seine Frau. Die anderen kenn ich nicht.«

Kajetan reichte ihm die Münzen. »Und von wann ist das Bild?«

»Sie fragen mich was. Wie er halt noch gelebt hat, unser Präsident, gell?«

»Aber wer das Bild gemacht hat, das werdens wissen, oder?«

»Steht's nicht drauf? Schauns: Photobericht Hermann! Theresienstraße. Übrigens, wenn der Herr daran ein Interesse hätt, da könnt ich ihm auch noch ein paar Kunstaufnahmen offerieren... Schauns: die nackte Diana beispielsweis, oder...«

21

»Der Polizei helf ich gern«, sagte der schmächtige Mann, der sich als Besitzer des Ateliers vorgestellt hatte, »aber wir machen so viele Fotografien, da kann man sich nicht mehr an jede einzelne erinnern. Zeigens trotzdem einmal her. Das? An das erinnere ich mich freilich. Und Sie wollen wissen, wer neben dem Ministerpräsidenten geht?«

»So ist es.«

Der Fotograf beugte sich über das Bild. »Links von ihm, das dürft der damalige Minister Oberleitner gewesen sein. Ja, genau. Rechts geht die Gattin des Präsidenten. Die Dame ganz links? Vermutlich eine Passantin, die zufällig ins Bild gekommen ist. Die Herren dahinter, da müßt ich jetzt raten. Der da, der sich gerade zu einem der Soldaten umdreht, scheint der Heißenberger zu sein...«

»Der Kriegsminister?«

»Genau, das ist er. Und der, der da halb verdeckt ist, das könnte der Minister Achenbach sein. Aber da legens mich jetzt nicht fest.«

»Und die beiden Bewaffneten?«

»Na, alles was recht ist, Herr Inspektor. Sie werden doch nicht von mir erwarten, daß ich jeden einzelnen Soldaten kenne? Außerdem sind sie nicht besonders scharf getroffen. Es sind halt welche von der Republikanischen Schutztruppe, nicht wahr?«

»Wann wurden die Aufnahmen gemacht?«

Der Fotograf beugte sich wieder über das Bild. »Auf den Tag genau kann ich es Ihnen nicht mehr sagen. Es dürfte Mitte Februar gewesen sein. Ja! Sehen Sie! Ein Plakat vom Volkstheater. ›Liliom‹ wird gegeben. Das Stück hat meines Wissens erst Mitte Februar Premiere gehabt. Also ist die Aufnahme zwischen diesem Zeitpunkt und dem Attentat entstanden.«

»Haben Sie noch mehr Aufnahmen gemacht?«

»Mit dem Präsidenten? Natürlich. Er ist allweil ein gutes Geschäft gewesen, wenn auch die Karte, die sich am besten verkauft hat, von der Konkurrenz gemacht worden ist. Ärgerlich.«

»Ich meine, ob Sie ihn am selben Tag noch öfter aufgenommen haben.«

Hermann schüttelte den Kopf. »Nein. Einige Tage vor seinem Tod habe ich noch ein paar Bilder gemacht. Aber die sind leider nichts geworden. Soweit ich mich erinnere, war es an diesem Tag ziemlich dunkel, und die Gruppe mit dem Präsidenten hatte es eilig.«

»Haben Sie die Platte noch?«

»Vielleicht habe ich sogar noch irgendwo einen Abzug herumliegen«, sagte der Fotograf ungeduldig und verschwand im Hinterzimmer.

Bald darauf kam er mit einer Mappe zurück, öffnete sie und legte ein Bild auf den Ladentisch.

Kajetan beugte sich darüber. Die meisten Personen waren unscharf.

»Ich könnt Ihnen sagen, wer drauf ist, Herr Inspektor. Links von ihm, das ist sein Büroleiter, der Doktor Marx. Auf der anderen Seite sein Sekretär, der junge – wie heißt er gleich wieder – Seebach, genau. Davor und dahinter Soldaten. Die sieht man fast noch am besten. Einer davon scheint derselbe zu sein, der auch auf dem anderen Bild ist. Aber, wie gesagt, die kenne ich natürlich nicht.«

»Macht nichts«, murmelte Kajetan. »Dafür kenn ich sie. Einen wenigstens.«

»Ach?«

Der Inspektor kannte ihn sogar sehr gut. Noch immer schmerzte sein linkes Knie. Es war auf die Straße geprallt, als er aus dem Lokal geworfen wurde – von dem Mann, der auf dem Foto zu sehen war.

22

»Ziehens Ihnen aus!«

Der Arzt des Dornsteiner Versorgungsamtes hatte den Riemer keines Blickes gewürdigt. Er war verärgert, daß er sich mit diesem von ihm bereits abgelehnten Fall noch einmal beschäftigen mußte. Der Bauer zögerte.

»Hamm Sie's auch an den Ohren? Sie haben doch eine Kriegsbeschädigtenrente beantragt. Dann ziehns Ihnen gefälligst aus. Nackert.«

Der Riemer zögerte noch immer. »Aber...«, stammelte er, »...aber da sehns doch nichts. Es ist... es ist was anderes.«

»Überlassens das mir, was ich seh und was nicht! Wird's jetzt? Von mir aus könnens auch gern wieder heimfahren.«

Der Bauer unterdrückte einen kurzen, wütenden Impuls. Dann streifte er seine Jacke ab, knöpfte das Hemd auf und zog es aus. Eine Krankenschwester öffnete schwungvoll die Tür, warf einen teilnahmslosen Blick auf den bereits halb Entkleideten und legte dem Arzt eine Mappe auf den Tisch. Der Riemer drehte sich leicht ab.

»Was ist das?« wollte der Arzt wissen. Die Schwester erklärte, daß es sich um Riemers Unterlagen handle. Der Arzt öffnete unwillig den Umschlag, sah wieder hoch und herrschte den Bauern, der beim Eintreten der Schwester aufgehört hatte, sich weiter zu entkleiden, an: »Ich hab meine Zeit nicht gestohlen, mein Herr! Wenn das nicht gleich was wird, könnens Ihr Zeug wieder zusammenpacken!« Mißbilligend suchte er den Blick der Schwester, die den jungen Bauern nun ebenfalls unverschämt musterte.

Zögernd löste dieser den Gürtel und stieg aus den Hosen. Eine unangenehme Hitze überkam ihn; sein Herz schlug heftig gegen seine Rippen.

»Wo ist das Gutachten des Perthenzeller Kollegen, Schwester?« wollte der Arzt wissen und deutete mit dem Finger auf den schmalen Akt. »Ah, da. Vermutlich wieder eine Gefälligkeit. Wieviel Geräuchertes hat's denn gekos...«

Er sah auf.

Mit brennendem Gesicht stand der Bauer vor ihm. Er war nackt.

»Ja, Sie... Sie Kerl, Sie!« schrie der Arzt, »Und Sie wollen mir weismachen, daß Ihnen eine Rente zusteht?«

»Ich kann doch... nichts dafür!« stammelte der Riemer in höchster Scham.

»Raus! Will mir was von einem inneren Schaden weismachen, und da steht ihm, wenn er ein Weibsbild sieht, gleich die ganze Weltgeschicht in die Höh? Ich erzähl Ihnen, was Sie für mich sind! Ein elendiger Simulant, jawohl, ein Vertrenzter! Der einmal einen Granaten hat pfeifen hören und meint, ihm ganz allein sei so was widerfahren! Raus! Aber auf der Stell!«

Mit raschen Bewegungen packte der Riemer seine Kleidungsstücke und zog sie sich über. Wieder schlug sein Herz schmerzhaft in der Brust, drohte eine innere Hitze ihn zu verbrennen. Er fühlte, wie sein Gesicht anschwoll und Tränen aus seinen Augen drängten. Gleichzeitig wuchs eine verzehrende Wut in ihm. Er zog seine Jacke über und trat wankend an den Tisch des Arztes. Dieser sah kalt auf.

Der Riemer griff stumm zu. Er packte den entsetzten, vor Angst nun wie gelähmten, erbärmlich wimmernden Arzt mit einer Hand am Kittel, zog ihn in die Höhe, gab ihm mit der anderen Hand eine krachende Ohrfeige und warf ihn mit Wucht auf den Stuhl zurück, der unter dem Gewicht des gutgenährten Mediziners zerbrach. Die Schwester war zur Wand gewichen und hatte einen schrillen Schrei ausgestoßen.

Der Bauer schlug die Tür hinter sich zu und stapfte zufrieden in Richtung Ausgang. Er lächelte, und es ging ihm gut.

23

Ohne genau zu wissen, warum er es tat, hatte Kajetan bei seinem Rückweg den Ort aufgesucht, an dem der Präsident niedergeschossen worden war. Er versuchte sich vorzustellen, wie die Tat abgelaufen war, wie Graf Arco am Eingang der Vereinsbank gewartet hatte, bis die fünf Männer an ihm vorbeigegangen waren, dann von hinten auf den Präsidenten zugelaufen war und drei Schüsse abgegeben hatte.

Wie konnte das geschehen? Der Präsident war einer der bestbewachten Politiker des Landes. Stets war er von bewaffneten Soldaten begleitet. Waren sie an diesem Tag unaufmerksam? Das Regierungsviertel war damals zudem vollständig abgesperrt. Nur wer sich mit einer Genehmigung ausweisen konnte und keine Waffen trug, durfte die Sperren passieren. Dazu gehörten die Mitglieder des Landtags und vielleicht noch einige Journalisten. Wie kam der Attentäter überhaupt in die Nähe des Präsidenten? Noch dazu mit einer Waffe?

Ratlos stand Kajetan an der Stelle, an welcher der Präsident gestorben war. Auch heute waren da einzelne Passanten, unterhielten sich flüsternd und wiesen auf das Pflaster, auf dem noch immer Spuren dunklen Bluts erkennbar zu sein schienen. An der Hauswand hing ein kleines gerahmtes Porträt des Toten, vor dem manche ehrerbietig den Hut zogen. Andere wiederum grinsten in unverhohlener Zufriedenheit. Der Inspektor setzte seinen Weg fort. Was suchte er hier? Sein Fall war ein völlig anderer. Es ging um den Tod eines alten Mannes und um das Verschwinden eines Journalisten, der dafür vermutlich verantwortlich war.

Kajetan versuchte sich in den jungen Mann hineinzuversetzen. Natürlich wäre einleuchtend, daß sich dieser, nachdem er seine Wohnung im Rausch oder aus Versehen in Brand gesteckt hatte, aus dem Staub gemacht hat. Der Mann von der Feuerwehr jedoch hatte von mehreren Brandherden gesprochen, und dies ließ zumindest die Möglichkeit zu, daß hier Absicht im Spiel war. Doch warum sollte Meininger das tun? Wollte er sich umbringen? Auf eine Weise, die nicht nur einen alten Mann, sondern ein ganzes Stadtviertel gefährdete? Nein. Es mußte eine zweite Figur geben. Eine Person, die Gründe dafür hatte, Meininger zu attackieren. Nur – dies würde den Verschwundenen wiederum entlasten, und es gäbe keinerlei Gründe mehr für ihn, sich nicht zu stellen. Also?

Wieder spürte Kajetan eine ermüdende, rastlose Ungeduld. Warum eigentlich fiel es ihm in diesen Tagen so schwer, seine Gedanken auf eine Sache zu richten? Warum fügte sich nichts zueinander? Weil ihm immer wieder Irmi in den Sinn kam, die Frau, die er liebte, der er aber nicht vertrauen konnte und deshalb jeder Gedanke an sie schmerzte? Weil sich, wenn er mit ihr zusammen war, seine Zärtlichkeit und eine erbärmliche Angst vor dem Verlassenwerden mischten und ein bitteres, verzehrendes Gift ergaben? Sie wisse nicht, zu wem sie gehöre, hatte sie einmal ganz zerknirscht gesagt und war seiner Antwort zuvorgekommen: »Ich glaub ... ich gehör nur mir allein.«

»Ausweis!«

Kajetan fuhr zusammen. Der Soldat an der Pforte der Polizeidirektion hatte sich ihm in den Weg gestellt. Nachdem er einen Blick auf die Legitimation des Inspektors geworfen hatte, nickte er gnädig und trat zur Seite.

»Wenn man fragen darf«, meinte er freundlich, »was wollens denn eigentlich noch da drinnen?«

»Was?« Kajetan, der schon im Portalbogen stand, machte einen Schritt zurück. »Wie meinens das?«

»Na ja«, antwortete der Soldat lachend, »ich wunder mich halt, nicht wahr. Tag für Tag wird's da drinnen leerer. Bloß Ihnen und Ihren Kollegen seh ich noch immer aus und ein gehen. Und da frag ich mich halt, was da drin eigentlich noch geschieht.«

»Jeden Tag leerer?« Kajetan war ganz verblüfft. »Meinens das echt?«

»Echt!« bestätigte der Soldat. »Kann's sein, daß da einer was übersieht? Daß sich in der Welt draußen was getan hat? So kommt's mir manchmal vor.«

»Und da meinens mich damit, was?«

»Wie kommens da drauf?« Der Soldat grinste gutmütig.

»Schon recht«, sagte Kajetan mürrisch und betrat die Direktion. Als er mit hallenden Schritten den düsteren Flur entlangging, erkannte er, daß der Soldat recht hatte. Es war still geworden. Viele Beamte kamen seit Tagen nicht mehr zum Dienst.

Aus einem der Räume im ersten Stockwerk drangen ungewohnte Geräusche. Musik in der Polizeidirektion? Ein Beamter kam ihm entgegen.

»Sagens einmal, Herr Kollege, was ist denn heut los?«

»Nichts Besonderes. Der Herr Präsident hat Geburtstag. Da wird halt ein bisserl gefeiert. Gönnens ihm das nicht?«
»Doch. Dürfen wir das dann auch einmal?«
»Bestimmt. Bald wird bloß noch gefeiert. Die Auflösung der Polizei nämlich. Haben Sie überhaupt Ihr Gehalt für den April schon gekriegt?«
Kajetan schüttelte den Kopf »Eine Anzahlung. Wie alle.«
»Und Sie meinen, Sie kriegen das andere auch noch?« Der Beamte ging schnell weiter. Kajetan sah ihm verdattert hinterher. Auch darüber hatte er in den vergangenen Tagen nicht nachgedacht.

24

»Jetzt habens aber lang gebraucht«, empfing ihn Gnott launisch. »Habens wenigstens etwas rausgekriegt?«
»Na ja.«
»Wollen Sie's mir nicht sagen?«
»Doch. Ich bin mir bloß noch nicht sicher, ob das, was ich erfahren habe, von Bedeutung ist.«
Nachdem ihm Kajetan von seinen Besuchen erzählt hatte, lehnte sich Gnott zurück und sah sein Gegenüber zweifelnd an.
»Sie sind, nehmens mir das nicht krumm, irgendwie eine Ausnahm, Herr Kollege. Wegen so einer pinzligen Geschicht stöbern Sie gleich halb München durch? Machens das allerweil so?«
»Pinzlige Geschicht?« fuhr Kajetan ärgerlich auf. »Ein Toter, das soll eine pinzlige Geschicht sein? Das seh ich anders.«
Gnott hob abwehrend die Hände. »Sie haben ja recht. Ich mein doch nur, daß andere da nicht so ein Gschiß drum machen würden.«
»Ist mir ziemlich wurscht.«

Gnott legte die Fingerspitzen aneinander und betrachtete sie. »Ich kenn Ihnen zwar jetzt noch nicht so gut, aber ich hab bei Ihnen hie und da den Eindruck, daß es Ihnen im Grunde gar nicht so sehr drum geht, einem Verbrecher das Handwerk zu legen.«

»So? Um was denn? Das tät mich jetzt interessieren.«

Gnott suchte nach Worten. Er stand auf und trat ans Fenster. Dann drehte er sich wieder um. »Ich weiß nicht recht«, begann er zögernd, »mir ist manchmal, als ob alles für Sie eine Art Spiel wär. Und Sie kommen mir zuweilen vor wie einer, der sich das Leben am liebsten wie eine Käfersammlung hinlegen möcht, Viecherl für Viecherl nach Größe und Farb geordnet. Und der draus ein System finden möcht, etwas, was wahr ist, was immer wahr bleibt. Sie sind ein Tüftler, der das Leben und die Menschen austüfteln möcht. Aber ist nicht alles bloß ein Haufen aufs Geratewohl hingeworfener Dinge?«

25

Kajetan verließ die Direktion früher als gewohnt. Was er in dieser Nacht vorhatte, konnte länger dauern.

Er war unentschlossen, und noch immer fühlte er sich müde. Sollte er nach Untergiesing fahren und sich für ein paar Stunden auf dem Kanapee in seiner Wohnung ausruhen? Er machte sich auf den Weg, doch bereits am Isartor kehrte er um und begann ziellos durch die Stadt zu streifen.

Die Dämmerung hatte früh eingesetzt, der Schneeregen aufgehört. Die Wolken waren tiefer gesunken; die Türme der Frauenkirche waren nur noch in pastellenen Umrissen zu erkennen. Die Straßen der Altstadt begannen sich zu füllen. Erstaunt glaubte Kajetan festzustellen, daß sich die Gesichter der Menschen verändert hatten. Hatte er in den vergangenen Monaten geträumt?

Nein, die Stadt schien nicht mehr dieselbe zu sein, spielte kein Theater mehr, log nicht mehr. Eine gläserne Klarheit ging von ihren Bewohnern aus, noch gebrechlicher wirkten die abgezehrten Alten, und den wenigen, deren Äußeres sie als Angehörige des Bürgertums erkennen ließ, leuchtete dies deutlich wie nie aus ihrer Erscheinung. Es gab Frauen und Männer mit hungrigen, offenen Gesichtern, mit einer verzweifelten und wagemutigen Bereitschaft, für ein kurzes Glück alles zu geben. Auch immer mehr Bewaffnete hatten die Straßen bevölkert. Kajetan stellte erstaunt fest, daß die meisten, die nun die Binde der Roten Armee trugen, noch sehr jung waren, Bürschchen von sechzehn, siebzehn Jahren waren darunter. Sie reihten sich nun in einen Zug lebhaft debattierender Menschen, der sich auf das Mathäser-Brauhaus zubewegte. Von einer plötzlichen Neugier getrieben, folgte Kajetan der Menge und betrat wenig später den großen Saal. Alle Plätze waren bereits besetzt, und die Zuhörer standen schon an den Wänden. Die Eingänge wurden durch eine ständig anwachsende Traube zu spät gekommener Menschen verstopft; die Kellnerinnen hatten Mühe, mit ihren Krügen die Reihen zu durchqueren. Der hohe, von Rauch erfüllte Raum war hell erleuchtet, die Luft heiß.

An einer Tischreihe auf der Musikantenbühne saßen einige Männer, die Mitglieder der Kapelle hatten an der Seite Platz genommen. Die Diskussion hatte bereits begonnen.

Kajetan hatte keinen Stuhl mehr gefunden und stand in einer Gruppe in der Nähe des Küchenzugangs. Er stellte sich auf die Zehenspitzen, konnte aber noch immer nichts erkennen und kämpfte sich einige Schritte nach vorn.

Der erste Redner hatte seine Ansprache beendet. Aus der träg wogenden Masse erklang bedächtiger Beifall. Er ebbte bald ab, wandelte sich aber urplötzlich zu einem bedrohlichen Sturm, als in den vorderen Reihen ein Zuhörer etwas eingeworfen hatte, was den Anwesenden nicht gefiel. Der Tumult wuchs. Kajetan konnte nicht verstehen, was da gerufen wurde. Plötzlich fühlte er eine Hand auf seiner Schulter.

»Sie sind auch da, Herr Kollege?« rief Gnott gegen den Lärm. »Heut trifft man da halb München!«

Kajetan war verlegen. »Man muß sich halt doch ein bisserl informieren«, rief er zurück. »Und Sie? Daß ich Ihnen hier treff, hätt ich auch nicht erwartet.«

Gnott grinste. Von der Bühne ertönte eine laute Stimme, die um Ruhe bat und den nächsten Redner ankündigte. Der Lärm ebbte ab, einige Zuhörer klatschten. Ein hochgewachsener, vollbärtiger Mann in gepflegtem bürgerlichem Habitus, der etwa fünfunddreißig Jahre alt sein mochte, trat an den Bühnenrand.

»Was ist das für einer?« flüsterte Kajetan.

»Der Doktor Levermann«, antwortete Gnott und fügte gedämpft hinzu: »Ein ganz Radikaler! Und obendrein Jud!«

26

Aus einem Spitzelbericht für die Reichswehr, dem ein stenographisches Protokoll beigelegt war.)

... Auf die Ausführungen der Minister Heßstätter und Bergheimer antwortete der Spartakusführer Dr. Levermann.

»Genossen! Ich verhehle nicht meine Achtung vor dem Genossen Heßstätter, von dem alle Welt weiß, welche Taten des Geistes er vollbracht hat. Doch so nahe ich seinem Geist auch sein mag, so sehr muß ich ihm entgegentreten, wenn er sagt: Nicht die Banken, nicht die Arbeitsstätten müssen sozialisiert werden, sondern der Mensch. So klug dies ist, weil es in die Zukunft weist, so dumm ist es, weil es uns die Augen verschließt vor jenen Dingen, die wir jetzt – und nicht in der Zukunft – vorfinden. Ich frage den Genossen Heßstätter: Wie kann der Mensch je zu jenem ideal sozialisierten Wesen wer-

den, wenn man ihm die einfachsten Würden, ja die einfachsten Dinge des Alltags vorenthält? Wenn er die Kraft seines Körpers und seines Geistes opfert, bis am Ende eines Tages nur mehr eine erschöpfte Hülle bleibt? Wie kann jener Tolstoi und Shakespeare seine Seele öffnen, wenn das Geschrei hungernder Kinder keine Worte der Liebe, geschweige denn der Kultur vernehmen lassen? Nein, Genosse Heßstätter, nein, Genossen! Die Aufgabe, die sich uns in diesen bewegten Zeiten stellt, ist einfach und schwierig zugleich. Sie ist einfach deshalb, weil ihr Urgrund jedem, der zu sehen bereit und in der Lage ist, offenliegt: Es sind nur einige wenige, die über uns, unsere Körper und unsere Seelen, verfügen, weil sie im Besitz der Produktionsmittel sind! Schwierig hingegen ist sie deshalb, weil diese wenigen über ein machtvolles Flechtwerk verfügen, das zu durchschauen uns nicht leichtfällt und das zu zertrennen wir wohl das Recht und den revolutionären Zorn, nicht aber die nötige Entschlossenheit haben.« (Starker Beifall) *»Der Urgrund unseres Bemühens ist nichts anderes als die soziale Frage, Genosse Heßstätter! Und wenn Sie als Kulturminister dieser ersten bayerischen Republik erreicht haben, daß in jedem Arbeiterhaushalt die Partitur eines Beethoven, die Werke eines Shakespeare, eines Shaw, eines Tagore stehen – mag dies in einem Jahr sein, was wir Ihnen wünschen, mag dies in zehn Jahren sein, was wir erhoffen, oder erst im Jahr 2000, was wir nicht erwarten – dann werden wir immer noch die Fragen stellen: Wer ist es, der die Werte schafft? Und wer ist es, der sie sich aneignet? Und solange diese einfachen, doch alles entscheidenden Fragen nicht im Zentrum der bayerischen Republik stehen, verweigert meine Partei die Beteiligung an der neuen Regierung.«* (Beifall. Empörte Zurufe. Als nächstes ergreift Dr. Heßstätter das Wort.)

»Genossen! Keiner von Ihnen, die mein Schaffen kennen, wird ernsthaft von mir erwarten, daß ich nur einem Wort meines Vorredners widerspreche. Wie recht hat der Genosse

Levermann! Wie sehr ist er aber auch davon überzeugt, daß seine Partei die einzige ist, die über politischen und sozialen Verstand verfügt. Und wie sehr fällt bei ihm auf, daß, während er die drängenden Dinge unserer Epoche skizziert und – mit Recht – zu ihrer Verwirklichung mahnt, seine Worte damit enden, daß er die Räteregierung eben nicht unterstützen werde! Ich versuche mein Bestes zu geben, um mir diesen Widerspruch zu erklären. Ja, es ist nicht nur ein Widerspruch, Genosse Levermann, sondern geradezu widersetzliche Blindheit gegen das, was an geschichtlicher Möglichkeit und Aufgabe vor uns liegt!« (Unverständlicher Zwischenruf Dr. Levermanns) »Lassen Sie mich ausreden! Nein, Genosse Levermann, ich habe Sie vorhin lediglich mit dem zweisilbigen Wort ‚Nanu' unterbrochen und erlaube mir dieses ‚Nanu' immer dann, wenn frühere Revolutionen wie etwa die große Französische zu unstatthaftem Vergleich herbeigezogen werden. Erlauben Sie mir, wenn ich mich diesbezüglich als kundig bezeichne. Erlauben Sie mir auch, Ihnen dafür zu danken, daß ich damit vortrefflich gegen Ihren Einwand sprechen kann. Denn gerade die große Französische Revolution ist eine, von der man nun keineswegs sagen kann, sie sei, geplant wie eine militärische Aktion, von Massen mit geschultem, die revolutionäre Zukunft vorwegnehmendem Bewußtsein auf die Bühne der Weltgeschichte getreten. Lesen Sie die Schriften eines Mirabeau!« (Unverständlicher Zwischenruf Dr. Levermanns) »Haben Sie? Das darf mich zwar etwas verwundern, da sich die Übersetzung von meiner Hand derzeit noch in Korrektur befindet!« (Gelächter. Unverständlicher Zwischenruf Dr. Levermanns) »Lassen Sie mich ausreden! Gut, ich nehme zur Kenntnis, daß Sie der französischen Sprache durchaus mächtig sind. Lassen Sie mich nun aber darauf zurückkommen, daß ich behaupte, daß gerade die große Französische Revolution sich dadurch auszeichnet, daß sie eine gewordene ist. Von entschiedenem Willen beseelt, nur fühlend, daß nun Zeit und Stunde gekommen waren, taten sich Männer und Frauen zusammen und riefen: Wir wagen es! Und sie riefen: Es wird sein! Es wird sein, die Abwesenheit feudaler Unterdrückung! Es wird sein, Freiheit, Gleichheit, Brüderlichkeit!« (Starker Beifall) »Und noch niemand wußte, als über der Bastille die Flammen der Befreiung loderten, wie sie auszusehen hätte, diese neue, freie, gleiche, brüderliche Gesellschaft! Gab es ein Beispiel? Gab es ein Lehrbüchlein, aus dem dies zu erlernen gewesen wäre? Nein! Schritt für Schritt kämpfend, wandelte sich die Gesellschaft vom Absolutismus zur Republik. Zuweilen unter schrecklichen, tragischen Irrtümern, das gestehe ich zu. Und doch ist auch hier wieder ein Unterschied zu unseren Tagen, da wir nämlich zu unserem Glück aus diesen Erfahrungen lernen können. Ich höre: Rußland! Ich höre: Lenin! Jawohl, gewiß! Doch lassen Sie uns einen Moment in unserem schönen Lande bleiben! Und hier sehen Sie mich und viele Tausende! Und Sie sehen uns optimistisch, daß es sich bei der alten Ordnung um ein Verfallsgebilde einer untergehenden Welt handelt, das von der Idee einer wirklichen Demokratie, eines wirklichen Sozialismus hinweggefegt wird. Die Räterepublik ist noch nicht, Genossen, sie wird! Und sie wird – das verspreche ich – nicht wie der Esel sein, der ewig unentschieden zwischen zwei Heubündeln steht und verhungert!« (Starker Beifall. Als nächster betritt das Podium der Pressebeauftragte und Vertreter des Aktionsausschusses revolutionärer Künstler, der Schriftsteller Raths / Ende der stenographischen Mitschrift)

27

Raths bebte vor Nervosität. Er fuhr sich mit den Fingern durchs Haar und warf den Kopf zurück.

»Genossen! Arbeiter! Der Aktionsausschuß revolutionärer

Künstler wird nur für euch arbeiten! Alle Tore der Schönheit werden euch, den Proletariern, geöffnet werden! Für immer! Vor allem das Theater soll euch gehören!«

Er mußte Luft holen. Einige Hände rührten sich zum Beifall. Kajetan, der sich mittlerweile einen etwas besseren Platz erkämpft hatte, sah zu Minister Heßstätter, der an der Bühnenseite Platz genommen hatte und dem jungen Dichter hingerissen lauschte. Im Saal machte sich Unruhe breit.

»Kennt ihr...«, begann Raths wieder, »...kennt ihr Mozarts sonnige Weisen, die euch in den Himmel heben? Kennt ihr den Faust? Kennt ihr das Jammerelendslied der Weber? Kennt ihr die Werke eurer geistig kämpfenden Brüder? Georg Kaisers ›Von Morgen bis Mitternacht‹?«

Die Zuhörer schauten sich an. Der Minister nickte versunken.

»Und ihr, die ihr in der Provinz lebt, ihr Bauern und Kleinstädter, auch euch muß die Schönheit, die allen zugedacht ist, nahegebracht werden!«

Eine stämmige Kellnerin hatte sich durch die dichten Reihen gekämpft und lauthals geschrien: »Wer hat das gebackne Rindshirn bestellt?«

»Kunst!« rief Raths, dessen Stimme nun immer schwächer zu hören war. »Kunst ist weder Luxus noch Vergnügen! Kunst ist Brot! Der unterdrückte und leidende Mensch hungert nach Wahrheit und nach Schönheit! Deshalb ist die Kunst allen Menschen zugänglich zu machen und rein zu halten von den leeren, überflüssigen, schlechten und verseuchenden Erzeugnissen der alten Gesellschaft.«

Der Körper des Sprechers bog sich nervös vor und zurück. Seine Stimme war heiser geworden. Kaum jemand hörte noch zu.

»...Wandertheater müssen in die entlegendsten Winkel Bayerns reisen! Auch in München wird sich's bald regen. Das bisherige Prinzregenten-Theater wird als erstes wahres Theater des Volkes für euch geöffnet werden. Dabei darf ich verkünden, daß ich die Ehre habe, ein Stück im Geiste des kämpferischen Aufbruchs unserer Zeit, ein Stück, das die dunklen Ränke der alten Gesellschaft...«

Von dem jungen Dichter Raths war nun auch in den vorderen Reihen nichts mehr zu hören. Die Gespräche an den Tischen übertönten seine Stimme. Ratlos sahen sich die Musikanten an. Der Wirt, der am Eingang zur Küche stand, gab ihnen ein Zeichen.

Levermann erhob sich und setzte seinen Bowler auf. Als er an Heßstätter vorbeikam, beugte er sich zu ihm. »Hören Sie? Nicht die Marseillaise wird gespielt, sondern der Badonviller...«

Der Kulturminister lächelte gequält.

28

Die Debatte hatte danach an Schärfe zugenommen. Levermann war noch einmal auf die Bühne zurückgekehrt und hatte, diesmal unverhohlener, betont, daß seine Partei sich nur dann an der Regierung beteiligen werde, wenn man ihr Zugang zu den entscheidenden Positionen einräume. Auf Heßstätters bissige Frage, ob er dabei mit dem Präsidentenposten zufriedenzustellen wäre, hatte Levermann kühl genickt.

Die Versammlung war noch lange nicht zu Ende, als Kajetan nach Schwabing aufbrach. Wieder hatte ein leichter Schneeregen eingesetzt. Kajetan schlug den Kragen seines Mantels hoch.

Was für eine seltsame Revolution, dachte er. Obwohl ihre Mißachtung von Strafe bedroht war, schien sich niemand an die frühe Sperrstunde zu halten.

Noch immer waren viele Menschen in den Straßen Schwabings unterwegs, und auch etliche Automobile waren noch zu sehen. Vor einem Lokal in der Türkenstraße, in dessen Fenstern ein Kabarettprogramm angekündigt war, drängten sich schimpfende Besucher, die nicht mehr eingelassen wurden.

Einige der Gaststätten hatten jedoch bereits geschlossen. Und der Gastraum des Albergo war nur noch schwach beleuchtet. Jetzt wurden auch diese Lichter gelöscht.

Der Nebenausgang des Gasthauses führte auf eine dunkle Gasse. Kajetan stellte sich in einen gegenüberliegenden Hauseingang und beobachtete die Tür. Er war rechtzeitig gekommen, denn schon nach etwa einer Viertelstunde wand sich eine schmale Silhouette aus dem Türrahmen. Ein leiser Abschiedsgruß, der von einer dunklen Männerstimme erwidert wurde, war zu hören, dann schloß sich die Tür der Gassenschänke und wurde von innen verriegelt.

Das Mädchen sah sich um, verschränkte fröstelnd die Arme und bog mit schnellen Schritten in die Schellingstraße ein. Kajetan hatte sie schon bald eingeholt. Sie schien nicht überrascht, ihn zu sehen.

»Ah?« meinte sie nur und ging weiter.

»Fräulein...«

»Ich sag nichts.« Sie beschleunigte ihren Schritt. Kajetan folgte ihr und sah sie von der Seite an. Nach einer Weile fing sie, neugierig geworden, seinen Blick auf, wandte sich aber sofort wieder ab. Schweigend gingen sie nebeneinander her. Sie wurde langsamer, und ihr Hinken schien sie von Schritt zu Schritt stärker zu behindern.

»Ist nicht einfach, den ganzen Tag in der Wirtschaft auf den Füßen zu sein...?«

»Weshalb fragst?« schnitt sie ihm das Wort ärgerlich ab. »Weil ich ein bisserl humpl? Was sollt ich sonst tun als in die Arbeit gehen? Verhungern?«

Er antwortete nicht.

Bald hatten sie den Platz vor der Feldherrnhalle erreicht und tauchten in das Gewirr der schmalen Altstadtgassen ein. Sie schien sich sicher zu fühlen.

»Wie kommst denn eigentlich drauf, daß ich deinen Freund kennen müßt?« brach sie das Schweigen in gleichgültigem Ton.

»Ganz einfach.«

Sie schaute ihn belustigt an. »Ganz einfach?«

»Ja. Erstens, weil du zum Lügen zuwenig raffiniert bist. Ich hab's dir am Nasenspitzl angesehen. Zweitens...«

»Zweitens?«

»... weiß ich es seit eben.«

»Ach geh?«

»Ja. Ich weiß es, weil du dich eben überhaupt nicht gewehrt hast, wie ich dich abgepaßt hab.«

»Warum sollt ich mich wehren? Die Straß ist noch voller Leut. Was hättest du mir da schon antun können?«

»Genau. Wenn du rumgeschrien hättest, hätten wir sofort ein Riesengeschau gehabt, und bis ich den Leuten erklärt hätte, daß ich von der Polizei bin, wärst du längst auf und davon gewesen.«

»Und warum hab ich es nicht getan, du gescheiter Mensch?«

»Weil du selber neugierig bist.«

»Ich wüßt aber gar nicht, auf was.«

»Ich schon.«

Sie blieb stehen und musterte ihn hochmütig. »Krampf!« sagte sie ärgerlich und wollte weitergehen. Er faßte ihren Ärmel. Sie wich zurück.

»Laß mich!« Aus ihrer Stimme klang plötzlich Angst. Sie befreite sich aus seinem leichten Griff und ging langsam weiter. Wieder schwiegen beide. Sie liefen nun durch die Pfisterstraße, überquerten das Platzl und bogen in die Ledererstraße ein. Vor einem Haus im Tal hielt das Mädchen plötzlich an. Sie deutete auf ein heruntergekommenes Wohngebäude. Der Inspektor sah sie fragend an.

»Ich geh jetzt rauf«, sagte sie müde »und laß die Tür auf. Du läufst weiter um den Block in die Westenriederstraß. Dort siehst du die Wageneinfahrt vom Soller-Wirt. Die gehst du rein und danach zum Treppenhaus, das zu unserem Haus gehört. Ich wohn unter dem Dach. Aber sei leise!«

Schon war sie im Flur verschwunden. Aus dem Gasthof Soller drang noch Lärm. Kajetan tat, was sie ihm gesagt hatte. Die breite Wageneinfahrt des Soller stand offen. Gedämpft drangen die Stimmen der Gäste und das Klappern der Küchentöpfe in den dunklen Innenhof. Tastend bewegte sich Kajetan vorwärts. Im Schein eines Streichholzes entdeckte er die beschriebene Tür. Er betrat das Nebenhaus, dessen Flur mit dem Aufgang des Vorderhauses verbunden war.

Die Tür einer Wohnung im obersten Stockwerk stand einen Spaltbreit offen. Schwacher Lichtschein fiel auf die groben Bohlen des Treppenabsatzes.

»Schick dich!« Jule schloß die Tür hinter ihm und ging in die Mitte des Raums, in dem außer einem schmalen Bett, einer kleinen Anrichte mit einer Wasserkaraffe, einem Schemel und einem Bettkasten nichts stand. Sie setzte sich auf die Bettkante und zeigte auf den Schemel. Der Inspektor nahm Platz.

Sie betrachtete ihn schweigend. Dann zog sie die Schultern hoch und verschränkte die Arme vor der Brust.

»Und? Jetzt?«

»Du bist dran.«

»Ich?« Sie schien sich zu amüsieren. »Du gefällst mir!«

Er erwiderte ihr Lächeln. Sie gefiel ihm auch.

»Na, von mir aus«, sagte er aufgeräumt, »machen wir halt das Spiel miteinander.«

»Gern. Wie soll das gehen?«

»Wirst schon sehen. Wie heißt du überhaupt?«

»Jule? Und du?«

Kajetan nannte ihr seinen Namen. »Nachnamen gibt's keinen?«

»Steht an der Tür. Was willst jetzt für ein Spiel machen?«
Der Inspektor beugte sich leicht vor und legte seine Hände auf die Knie. Aufmerksam verfolgte sie seine Bewegungen.

»Also, Jule«, begann er, »der Meininger ist öfter zu euch reingekommen.«

»Zu uns kommen ein Haufen Leut.«

Sie hatte es nicht verneint.

»Er ist dir aufgefallen.«

Sie sah ihn mit undurchdringlicher Miene an und schwieg.

»Er hat dir gefallen.«

Sie lächelte. »Mir gefallen viele.«

»Er aber hat dir schöngetan.«

»Es tun mir viele schön.«

»Ich glaub's dir. Es stimmt also?«

»Kein Wort. Du bist auf dem Holzweg.«

Er seufzte.

»Also, weiter. Er hat...«

»Ich hab gesagt, daß du auf dem Holzweg bist.«

»Na gut. Von mir aus können wir auch bis morgen früh so weiterratschen.«

»Von mir aus aber nicht.« Sie war ungeduldig geworden.

»Das liegt an dir. Er hat also...«

Sie unterbrach ihn. »Nein. Wenn, dann hätt ich...!« Sie lächelte stolz. Kajetan richtete sich zufrieden auf.

»Auch recht. Du hast ihn also mit dir gehen lassen?«

»Hab ich das gesagt? Nichts hab ich gesagt.«

Kajetan grinste. »Merkst jetzt, wie das Spiel geht? Und daß du es schon fast verloren hast?«

Sie sah ihn böse an. Ihr Atem war plötzlich heftiger geworden.

»Jetzt sag endlich«, brach es aus ihr heraus, »was mit ihm ist.«

»Du weißt bestimmt, daß es in seiner Wohnung in der Au gebrannt hat.«

Sie nickte. »Aber wo ist er?«
»Das wollte ich dich fragen, Jule. Könnte er bei einem Freund untergekrochen sein?«
Sie schüttelte den Kopf. »Nein. Ich hab mich schon erkundigt.«
»Wo?«
»Bei einem Schriftsteller, mit dem er sich angefreundet hat. Er hat ihn Wigg genannt. Mit dem war er viel zusammen. Allerdings in letzter Zeit nicht mehr. Sie haben sich zerkriegt. Vielleicht ist er trotzdem da, habe ich gedacht.«
Auf seine Frage hin nannte sie ihm eine Adresse am Josephsplatz.
Ob sie auch Wiggs Nachnamen kenne, wollte Kajetan wissen. Als sie ihn nannte, spürte er wieder einen Stich im Herzen.
»Warum hat er sich mit dem Raths zerkriegt?«
»Weiß ich nicht. Ich weiß bloß, daß Eugen ziemlich enttäuscht von ihm gewesen ist. Sonst nichts.«
»Wieso ist er überhaupt untergetaucht? War er es, der seine Kammer angezündet hat? Und warum?«
Sie schüttelte ärgerlich den Kopf. »Krampf. Wieso sollte er das tun? Und warum er abgehauen ist, weiß ich auch nicht.« Sie sah ratlos zu Boden und preßte ihre Lippen aufeinander.
»Was hat er dir erzählt, Jule?« drängte der Inspektor.
»Nichts. Was soll er mir erzählt haben?«
»Was weiß ich. Ob es ihm schlechtgeht. Ob... Was war das?« Ein leises Geräusch war aus dem Flur in die Kammer gedrungen. Jule war ebenfalls herumgefahren und hatte einige Sekunden lang angestrengt gelauscht. Dann entspannte sie sich.
»Das wird die Christine gewesen sein. Die arbeitet auch beim Schani.«
»Der Schani, das ist der Schankkellner bei euch.«
»Nein. Er ist Pächter.«

»Ah so?« staunte Kajetan. »Aber erst einmal zurück zum Meininger.«

»Ich sag's dir doch, er hat mir nichts erzählt, außer daß er einen wichtigen Auftrag bekommen habe. Er hat für die Zeitung gearbeitet. Für welche, weiß ich nicht.«

»Und welcher Auftrag war das?«

Wieder schüttelte sie den Kopf.

»Was Politisches, Jule?«

»Möglich.«

»Wieso?«

»Weil er einmal, kann ich mich erinnern, gesagt hat: ›Betrüger sinds alle.‹ Was kann's also sonst gewesen sein? Er hat gemeint, daß er mich da nicht reinziehen möchte, weil es gefährlich werden könne.«

»Hat er denn was rausgekriegt?«

»Ich denk mir, schon, ja. Weil, er war so...«, ihr Blick wurde weich, »...so voller Hoffnung, der Eugen.«

»So, als hätte er eine wichtige Sache entdeckt, die für seine Arbeit bedeutend sein könnte?«

»Ja, auch.«

»Was noch?«

»Weil wir miteinander gehen. Weil wir ein Glück miteinander haben. Deswegen.«

Kajetan sah sie zweifelnd an. »Kann's auch sein, daß er dir nicht alles gesagt hat? Daß er dir was vorgemacht hat? Ich hab rausgekriegt, daß er bei keiner Münchner Zeitung angestellt war. Zeitungsleut können rechte Windhunde sein. Eine einfache Lieb hast dir da jedenfalls nicht ausgesucht.«

Sie sah schnell auf. »Eine Lieb, wenn's eine ist, ist allweil einfach«, erklärte sie ihm.

Kajetan wich ihrem Blick aus. Er grinste dümmlich und senkte den Kopf.

Krachend flog die Tür hinter ihm auf. Mit einem unartikulierten Laut stürzte Schani in den Raum. Kajetan war herumgefahren. Jule hob ihre Hand zum Mund und unterdrückte einen Schrei.

Der Inspektor wich dem ersten Schlag aus. Schani hatte alle Wucht in ihn gelegt und verlor das Gleichgewicht, war aber sofort wieder auf den Beinen und stürzte sich in blindem Zorn auf Kajetan. Hart landete ein Faustschlag auf dessen Brust und warf ihn an die Bettkante. Jule sprang entsetzt auf.

Der Inspektor zog die Knie an, stieß den rasenden Schani, der sich auf ihn werfen wollte, mit den Füßen zurück und sprang schnell wieder auf die Beine. Erneut sah er Schanis bärenhafte Gestalt auf sich zukommen und zum Schlag ausholen. Er fing den Schlag ab, nützte eine Lücke in der Deckung seines Gegners und traf krachend dessen Kinnlade. Schani schien nichts zu spüren.

Er wich nur kurz zurück, um sich ein weiteres Mal auf Kajetan zu stürzen. Dieser streckte nun die Linke aus und setzte sofort mit der anderen Faust einen Haken nach. Schani schüttelte überrascht den Kopf, taumelte leicht, wich einen halben Schritt zurück und hob erneut beide Fäuste. In diesem Moment sprang Kajetan vor, trat auf Schanis rechten Fuß, wandte sich seitlich und stieß mit der Schuhspitze in eine der Kniekehlen des Wirts, der daraufhin zusammensackte und mit dem Gesicht auf den Boden knallte. Der Inspektor griff nach seinen Armen, riß sie nach hinten und kniete sich auf Schanis Rücken.

»Noch ein Spaßettl übrig, Schani?« fragte Kajetan schwer atmend.

»Laß mich aus!« ächzte der Wirt.

Kajetan nickte grimmig. »Freilich, Schani.« Er zog dessen Arme höher, so daß er aufschrie. Der Inspektor gab leicht nach. Schani versuchte den Kopf zu drehen. Er stöhnte.

»Was ... suchst denn überhaupt?«

»Sag du mir erst mal, wieso du so närrisch wirst, wenn man sich über die Leut erkundigt, die bei dir einkehren.«

»Ich...«, antwortete Schani geschlagen »...ich mag keine Spitzel nicht, die überall ihre Nasen reinstecken. Und... wie ein Polizist hast mir auch nicht grad ausgesehen... und...« Er stöhnte wieder. Kajetan lockerte den Griff.

»Und?«

»...wenn einer die Jule angeht, macht einen das halt zornig. Was tätst jetzt du sagen, wenn du mitten in der Nacht ein anderes Mannsbild in der Schlafkammer von deinem Mädel findest?«

Kajetan stutzte. Er stand langsam auf, ohne Schani, der nun seine Arme mühsam nach vorn zog und sich ebenfalls erhob, aus den Augen zu lassen.

»Ihr zwei? Du – und die Jule?«

Der Wirt nickte. Der Inspektor faßte sich wieder. War das die Lösung des Falls?

»Dann sag mir jetzt, wo du gestern nacht gewesen bist.«

»In meiner Wirtschaft, wo sonst?«

»Die Wirtschaft macht um zehn zu. Wo warst du danach?«

»Wenn die Wirtschaft zumacht, kann der Wirt noch lang nicht heimgehen.«

»Hast recht. Also, wie lange warst du noch da?«

»Bis zwölf.«

»War jemand dabei?«

»Gestern nicht.«

Der Inspektor dachte daran, daß das Feuer kurz nach ein Uhr nachts ausgebrochen war. »Gut. Und wo warst du danach?«

»Bei...«

»Bei der Jule etwa?«

»Nein«, Schani wirkte jetzt verlegen, »bei einer anderen. Mit der Christine war ich zusammen.«

»Da schau her.«

»Ja mei.« Der Wirt senkte den Kopf. »So ist's halt. Aber das ist nichts Ernstes.«

»Nichts Ernstes, freilich«, wiederholte Kajetan. »Die Jule wird das wahrscheinlich anders seh... Jule?« Er schaute sich im Zimmer um. Das Mädchen war verschwunden. Der Inspektor trat eilig in den Flur und lauschte in die Tiefe. Es war nichts mehr zu hören außer dem gedämpften Schlagen einer schweren Außentür.

Er hatte Schani herankommen hören und konnte gerade noch dessen Schlag ausweichen. Er duckte sich, stellte einen Fuß vor und traf mit seiner Faust auf den schweren Körper, der mit einem unterdrückten Ruf an ihm vorbei über die Stufen stürzte und benommen liegenblieb.

Im ersten Stock öffnete ein alter Mann die Tür. »Ist jetzt nachert endlich eine Ruh da oben? Ich laß die Polizei holen!«

Kajetan ging nach unten. Der Alte zitterte vor Angst.

»Wir sind schon da. Was gibt's denn?«

»Des... des geht aber schnell, Herr Wachtmeister...?«

»Und es ist auch schon alles erledigt. Jetzt kannst wieder schlafen«, sagte Kajetan lächelnd und verließ das Haus.

29

»Wollens wissen, was ich mir denk?« Inspektor Gnott lehnte sich zurück und fuhr fort, ohne die Antwort seines Kollegen abzuwarten: »Die Sach scheint mir jetzt sehr einfach. Der Wirt vom Albergo kriegt mit, daß dieser geistige Mensch seiner Jule ganz ungeistig nachsteigt und daß die das auch noch gern geschehen läßt.«

»Also zündet er ihm das Haus an?«

Gnott nickte. »Vielleicht hat er sich seine Adresse besorgt und wollt ihn aufsuchen. Der Meininger ist aber nicht da, er findet einen Liebesbrief, und, rasend vor Eifersucht...«

Inspektor Kajetan schüttelte den Kopf. »Schmarrn. Sinds mir nicht bös, Herr Kollege.«

»Überhaupt nicht«, gab Gnott giftig zurück.

»Und wieso ist das ein Schmarren?«

»Weil's so ist! Erstens«, Kajetan hob den Finger, »ist der Schani einer, der bloß einmal zuzuhauen braucht, damit nirgendswo mehr ein Gras wächst, was sein Gspusi kitzeln könnt. Er muß sich deswegen nicht feig in die Wohnung vom Meininger schleichen, noch dazu in einem Viertel, wo er alles andere als sicher sein kann, daß ihn nicht jemand sieht. Es ist da nämlich ein feiner Unterschied zu den Häusern in Bogenhausen, wo bei jedem ein halber Hektar Park drum herum ist. Nein, das wär ihm alles zu umständlich. Zweitens«, wieder hob er einen Finger, »bin ich mir sicher, daß er, bevor ich mit der Jule geredet hab, nichts von einer Beziehung zwischen ihr und dem Meininger gewußt hat.«

»Das schließen Sie woraus?«

»So, wie die beiden im Albergo miteinander umgegangen sind, gehen nicht zwei miteinander um, von denen die eine sich denken kann, daß der andere womöglich ihren Geliebten auf dem Gewissen hat. So ginge auch nicht der Schani mit der Jule um, wenn er gewußt hätt, daß sie einen anderen hat. Und drittens, Herr Kollege: Was täten jetzt Sie, wenn Ihnen einer das Dach über dem Kopf anzündet, jemand dabei umkommt und es so aussehen würde, daß Sie dafür verantwortlich sind? Richtig! Sie würden sich sofort bei der Wache melden und den Täter anzeigen, schon allein deswegen, damit Sie nicht unter die Räder kommen. Einem anderen die Geliebte auszuspannen, ist schließlich kein Verbrechen, keins zumindest, was die Polizei was angeht. Warum versteckt sich der Meininger trotzdem?«

Gnott überlegte. »Weil er's mit der Angst zu tun gekriegt hat, vielleicht?«

»Angst wovor?«

»Vor dem Schani natürlich. Wie rücksichtslos dieser sein kann, hat Er doch am eigenen Leib erfahren. Schani hat ihn einschüchtern wollen, und es ist ihm auch gründlich gelungen.«

Kajetan dachte darüber nach, schüttelte dann aber wieder den Kopf.

»Nein, das glaub ich nicht, denn nun, nachdem ein alter Mann gestorben ist, ist es doch der Meininger, der Schani in der Hand hat. Und der müßte doch jetzt Angst haben.«

»Na, wer fürchtet sich heutzutag noch vor der Polizei?« fragte Gnott mißmutig und wischte mit der Hand über seinen Schreibtisch. »Nein, Herr Kollege. Manche Sachen schauen kompliziert aus, sind aber ganz einfach. Diese Geschichte ist eine davon. Und kommens mir jetzt bitte nicht wieder mit Ihrem Gefühl!«

»Doch, das tu ich. Ich geb zu, daß ich noch keinen einzigen Beleg für das hab, was ich mir denk, aber...«

Gnott verdrehte die Augen. »Und was ist das? Was für andere Möglichkeiten gibt es noch? Daß es irgend etwas mit diesem lächerlichen Auftrag zu tun haben könnte? Daß jemand auf den Meininger losgegangen ist, weil er über den Präsidenten nachforschen wollte? Was soll das für einen Sinn machen, jetzt, da dieser doch schon seit zwei Monaten tot ist? Auch wenn die Münchner ihm eine Martyrerkrone aufgesetzt haben – er ist tot, und es gibt keinen vernünftigen Grund mehr, ihm irgendwelche saudummen Gerüchte anzuhängen. Ebensowenig gibt es einen Grund, die Veröffentlichung dieser Gerüchte zu verhindern. Sie schaden niemandem mehr.«

Kajetan nickte bedächtig. »Da haben Sie recht.«

»Aber bleiben wir noch ein wenig auf Ihrem Holzweg«, fuhr Gnott in sarkastischem Ton fort, »weil's grad so schön ist. Wenn wir also weiter drauf gehen, kämen dafür nur die Leute in Frage, die auf seiten des Präsidenten sind. Und weil Sie einen eifersüchtigen Wirtshauspächter als Leibgardisten des Präsidenten sehen, halten Sie das für einen Beweis? Das glaubens jetzt doch selber nicht!«

»Herrgott!« entfuhr es Kajetan, »Ich glaub gar nichts! Ich hab bloß...«

»...wieder so ein Gefühl, ja? Hat es Sie eigentlich noch nie getrogen?«

Doch, dachte Kajetan. Er stand betroffen auf, trat ans Fenster, legte einen Arm vor die Brust, stützte den anderen darauf und zupfte nachdenklich an seinem Kinnbart. Dann wandte er sich um.

»Nein, ich bleib dabei. Die Tat paßt nicht zum Schani, selbst wenn er ein Motiv hätte. Sein Alibi ist schließlich auch noch nicht überprüft. Aber meine Geschichte haut nicht wirklich hin. Was ist, wenn alles nur zufällig miteinander zu tun hat? Nein, der Punkt ist, daß der Meininger verschwunden ist. Wäre er unschuldig, dann würde er nicht untertauchen.«

»Ein Schock?« überlegte Gnott laut. »Er hat nicht erwartet, daß Schani derart außer sich gerät...«

»Vielleicht.«

Gnott holte tief Atem und stieß ihn hörbar aus. »Also? Was tun wir?«

»Was können wir schon tun? Nachdenken. Und vielleicht diesem blasierten Dichterling noch einmal auf die Finger schauen. Obwohl sich der Meininger angeblich seit einiger Zeit nicht mehr bei ihm hat sehen lassen.«

»Von wem reden Sie?«

»Von diesem... diesem Ratz, oder wie er sich nennt.«

»Viktor Raths? Den Dichterfürst, dem alle Frauen zu Füßen liegen? Den scheinens nicht zu mögen, was?«

Gnott grinste lauernd. »Aber trotzdem␣ tät ich das gern Ihnen überlassen. Der ist schließlich neuerdings nicht mehr irgendwer.« Gnott fuhr sich durchs Haar. »Überhaupt wird die ganze Geschicht immer verrückter. Am liebsten tät ich alles stehen- und liegenlassen. Wär das nicht am gescheitesten?«

Kajetan überhörte es. Er wanderte nachdenklich umher.

»Meininger könnte sich versteckt haben. Aber wo? Er ist erst seit kurzem in der Stadt, kennt kaum Leut, außer eben diesen zotteligen Dichter und...«

Er schlug auf den Tisch. »Die Jule!«

»Aber Sie erzählten mir doch, daß das Mädel Sie glauben gemacht hat, sie wisse selber nicht, wo er steckt!«

»Ja, das hat sie. Es gibt aber auch noch die Möglichkeit, daß sie gelogen hat und mit dem Schani unter einer Decke steckt!«

»Es wird allerweil interessanter«, höhnte Gnott.

»Allerdings. Die beiden sind der Schlüssel. Lassen wir sie vorführen! Das Alibi von dieser Christine sollten wir auch überprüfen. Obwohl ich den Schani nicht für so dumm halt, daß er dabei gelogen hat.«

»Das Vorführen dürfen aber die Schutzleut machen. Wenn's noch welche gibt.«

»Meinetwegen machen es die Schutzleut.«

Es klopfte. Ein Beamter trat ein, sah unentschieden von einem Inspektor zum anderen und legte zwei Schriftstücke auf den Tisch. »Die Anmeldezettel, meine Herren.«

»Ist das alles?« fragte Kajetan. »Wo bleibt der Akt, den wir beordert haben?« Der Beamte hob die Schultern.

»Was soll das heißen?«

»Ich hab keinen Akt nicht gekriegt, Herr Inspektor.«

»Hör ich schlecht?« Kajetan sah zu Gnott, der ebenso verblüfft zu sein schien.

»Mit dem Akt«, erklärte der Beamte, »mit dem wär irgendwas, hat es im Archiv geheißen.«

»Und was, bitte schön?«

Wieder zuckte der Beamte mit den Schultern. »Jetzt machens mich doch nicht dafür verantwortlich. Ich bin bloß der...«

»Eine Schlamperei ist das!« schimpfte nun auch Gnott. Er gab dem Beamten ein Zeichen, daß er gehen könne. »Und noch was. Schickens uns doch zwei Schutzleut rauf!« Der Beamte nickte erleichtert und verließ das Büro.

Kajetan stützte sich auf die Tischplatte. »Lassens sehen. Erst den Klepsch.« Er las laut vor. »Klepsch, Jean. Gebürtig aus Fürth. Jahrgang 88. Angemeldet in München seit dem 1. Januar 1919. Von Beruf Metzger, zuletzt Soldat beim Infanterie-Leibregiment, Mitglied der Republikanischen Schutztruppe. Wohnhaft in der Maxvorstadt, zur Untermiete bei einer Frau Beck. Was nicht mehr stimmen dürfte. Es steht auch nichts davon drin, daß er Gastwirt ist. Kann also noch nicht so lang her sein.« Er nahm den zweiten Zettel. »Da haben wir sie ja, die Jule. Gebürtig aus Perthenzell, Jahrgang 96. Angemeldet seit Mai 1912. Hausgehilfin bei einer Frau von Tautberg in der Praterstraße. Das stimmt ja wohl auch nicht mehr...«

Es klopfte. Auf Zuruf der Inspektoren betraten zwei mürrisch dreinblickende Schutzleute den Raum. Kajetan notierte die beiden Namen und die Adressen auf einen Zettel und reichte sie den Männern.

»Diese beiden Personen werden zum Verhör vorgeführt.«

Die Schutzleute sahen auf den Zettel, dann sich an. Einer der beiden räusperte sich. »Muß das jetzt noch sein?«

»Was sind das für Töne?« Gnotts Stimme klang schneidend.

Kajetan blickte ihn überrascht an. »Die möchten wir überhört haben, gell?« fuhr Gnott fort. »Noch gibt's die Polizei, und noch haben Sie Befehle auszuführen. Daß Sie dabei vorsichtig zu sein haben, wissen Sie selber.«

Die beiden fügten sich in ihr Schicksal und verließen den Raum.

»So muß man mit denen reden«, sagte Gnott zufrieden. »Aber... was grinsens denn so?«

»Nichts«, antwortete Kajetan. »Ich hör mir jetzt an, was die im Archiv oben zu berichten haben. Kommens mit?«

30

»Es stimmt«, bestätigte der Archivar, »über einen Klepsch Jean gibt es einen Akt. Aber er ist nicht da.«

»Haben Sie auch alles durchsucht, Herr Auer?«

Der Beamte sah mißmutig über seine Brille. »Habe ich, meine Herrschaften. Alles, was ich gefunden habe, ist diese Notiz.« Er reichte den Deckel des Akts über den Tisch.

Kajetan las und zog die Augenbrauen erstaunt nach oben. »Da schau her!«

»Was steht da?« wollte Gnott wissen und beugte sich ebenfalls über das Schriftstück.

»Daß der Akt wahrscheinlich gesperrt ist«, antwortete der Archivar trocken. »Bei uns geht nämlich nichts verloren, damit Sie's wissen.«

Kajetan deutete auf ein Unterschriftszeichen. »Und wer ist dafür verantwortlich?«

Der Beamte zog den Akt wieder zu sich und las. Dann setzte er eine bedenkliche Miene auf.

»Der Staatsanwalt persönlich.«

»Und wieso läßt der den Akt nicht nur sperren, sondern sogar entfernen?«

»Er ist nicht entfernt worden, sondern liegt wahrscheinlich im Büro vom Doktor Hahn, dem Staatsanwalt.«

»Wozu soll das gut sein?«

Der Archivar wurde unruhig. »Fragens mich doch nicht. Üblicherweise wird das so gehandhabt, wenn ein Prozeß ansteht.«

»Und? Tut er das? Und um welchen geht es?«

»Wie soll ich das wissen? Sagt mir einer was? Nein! Der Auer soll sein Archiv im Aug behalten, und sonst geht ihn nichts an, heißt es! Und das tut der Herr Auer dann auch, verstehens? Um was anderes kümmert er sich nicht!«

Kajetan sah ihn aufmerksam an. »Um was anderes? Was meinens damit?«

»Wie?«

»Sie haben gesagt«, erklärte Kajetan geduldig, »um was anderes kümmern Sie sich nicht. Also, um welche anderen Sachen geht es?«

Der Archivar schwieg. Seine Lider zuckten leicht. Kajetan wurde ärgerlich.

»Jetzt haltens uns nicht für ganz deppert, und rückens raus mit der Sprach!«

Rote Flecken blühten nun auf Auers sonst fahlem Gesicht. Er hob abwehrend die Hände. »Ich halt mich da raus!«

»Aus was, Herrgott noch mal?«

»Aus eurem politischen Krampf! So!« Die Stimme des Archivars hatte sich überschlagen. Er zitterte. Die Inspektoren sahen sich verblüfft an.

»Ich sag ja, es wird immer verrückter!« murmelte Gnott.

Kajetan erhob sich und ging zur Tür. Sein Kollege folgte ihm.

»Tja, wenns nichts dagegen haben«, sagte Gnott, »dann tät ich dem Staatsanwalt einen Besuch abstatten.«

»Von mir aus«, antwortete Kajetan. »Aber habens nun auf einmal keine Angst mehr, auf die Straße zu gehen?«

Gnott verneinte ärgerlich. »Und was tun Sie jetzt?«

Kajetan zuckte mit den Schultern. Er zögerte mit der Antwort. Er mochte sich nicht wieder lächerlich machen. Denn wieder war es lediglich eine unbestimmte Eingebung, der er nun folgen wollte.

31

Zwei Stunden später trafen sich die Männer wieder. Kajetan saß bereits an seinem Tisch, als Gnott eintrat und seinen Mantel an den Haken hängte.

»Das Gespräch mit dem Doktor Hahn, dem Staatsanwalt, war nicht sehr aufschlußreich«, erzählte er. »Der Akt ist und bleibt gesperrt. Wir sollen eben warten, meint er. Wie lang, wollte er nicht sagen; die Ermittlungen in dieser Sache seien äußerst schwierig. Was haben Sie?«

»Was ich hab?«

»Sie sehen aus wie ein Weißkäs«, sagte Gnott mitfühlend. »Geht's Ihnen nicht gut?«

Kajetan winkte müde ab. »Weiß nicht. Ich denk mir bloß, ich müßt's eigentlich längst gewohnt sein, aber...«

»Was, Herr Kollege?«

Kajetan hob langsam den Kopf. »Ich war noch einmal in der Au. An der Brandstelle.«

»Und?« Gnott hätte nicht zu fragen brauchen; er ahnte, was Kajetan nun erzählen würde.

32

Die Ruine war nur notdürftig abgesichert. Die Straße vor dem zerstörten Haus, von dem bloß die Mauern des Erdgeschosses das Feuer überstanden hatten, war mit Brocken verkohlten Holzes übersät, die bereits von Tritten und Wagenspuren zermahlen waren. Asche lag auf den Dächern der angrenzenden Häuser, auf schmalen Fenstersimsen und den Büschen über dem Viertel am Mühlbach.

Der Raum im Obergeschoß, in dem der Vermißte gewohnt hatte, existierte nicht mehr. Was einmal die Tür zur Kammer des alten Mannes war, hing mit geplatztem und von der Hitze in die Holzfaserung gesogenem Lack und zersprungenen Kassetten in den Angeln. Kajetan schob die Tür auf und warf einen Blick in die Kammer. Die Feuerwehrmänner hatten zwischen verbrannten Balken und Bohlen und dem von oben heruntergestürzten Mobiliar eine Gasse freigeräumt, um die Leiche bergen zu können. Von der einfachen Lagerstatt war nichts mehr übriggeblieben. Auf den Bodenbrettern von Meiningers Kammer mußte ein Fleckenteppich gelegen haben. Seine Reste zerfielen, als Kajetan mit einem Stock dagegenstieß. Sie schwebten mit noch in der Luft zerfallenden Fetzen verbrannten Papiers zu Boden.

»Was sucht Er denn da?«

Kajetan fuhr herum. Die Stimme war von oben gekommen. Nun tauchte der Kopf einer jungen Frau in der Laibung eines zerstörten Fensters auf. Sie war mißtrauisch.

»Da findest nichts mehr, was du brauchen könntst! Schleich dich weiter!«

»Das wirst schon mir überlassen, ob ich was brauchen kann!« erwiderte Kajetan ärgerlich. »Wie kommst du überhaupt da rauf?«

»Geht's dich was an?« entgegnete sie patzig. »Was bist denn überhaupt für einer?«

»Polizei, wann die Madam nichts dagegen hat.«

»Das soll ich Ihnen glauben?«

»Glaub's oder glaub's nicht«, gab der Inspektor zurück. »Wie kommst du in den ersten Stock rauf? Die Treppe ist doch abgebrannt?«

Die junge Frau lenkte ein. Sie deutete nach hinten. »Was soll da dabei sein? Über die Stiege vom Nachbarn halt.«

»Und wo fängt die an?«

Sie erklärte es ihm. Kajetan verließ die Brandstätte und ging zu der von der Frau beschriebenen Lücke zwischen zwei angrenzenden Häusern. Eine schmale Steintreppe führte nach oben. Dort kam ihm die Frau entgegen. Sie trug einen gefüllten Wäschekorb.

»Da geht's zum Ziegenstall und zu den Gemüsgärten, die zu jedem Haus gehören«, sagte sie. Der Inspektor schob sie zur Seite. Nach wenigen Schritten erreichte er die Stelle, von der aus sie ihn gerufen hatte.

»Was suchens denn, Herr Kommissär?« Die Frau war ihm neugierig gefolgt. Der Inspektor anwortete nicht. In den Resten des verkohlten Dachgebälks konnte er nun erkennen, daß sich ein kleiner Flur hinter der Kammer des verschwundenen Journalisten befunden haben mußte. Von ihm ging eine Tür zu einem schmalen Hof hinter dem Haus, der auf der Hangseite von einem aus rohen Brettern gezimmerten niedrigen Stall begrenzt wurde. Neben dieser Hütte führten mit Holzbohlen befestigte Stufen nach oben.

»Und diese Stiege? Wo kommt man da hin?«

»Da gibt's nur noch ein paar Gärten, sonst nichts.« Sie wechselte den schweren Korb auf die andere Hüftseite.

Kajetan sah sich um und überlegte. Das Haus war auch von hinten zu erreichen. Meininger hätte seine Wohnung also verlassen können, ohne auf der Straße gesehen zu werden. Und um zu verschwinden, würde er den kürzesten Weg gewählt haben, nämlich diese Stiege.

»Jetzt sagens mir halt, was Sie eigentlich suchen?« riß ihn die Wäscherin wieder aus seinen Gedanken.

»Hast nichts zu tun?« knurrte er. »Häng deine Wäsch auf, und laß mich zufrieden.«

Sie wandte sich beleidigt ab. Kajetan betrat nun den steilen Pfad, der nach wenigen Minuten in einer kleinen Waldung auf dem Isarhochufer endete. Unter ihm lagen, dicht aneinandergedrängt, die Viertel der Au. Die Geräusche der darin lebenden Menschen klangen fern, vom engen Gewirr der niedrigen Gebäude gedämpft. Die Luft war dunstig, und gegen Norden hoben sich in zartem Umriß die Türme der Frauenkirche über die Stadt. Ein leichter Wind fuhr raschelnd durch das Geäst.

Der Boden des kleinen Plateaus war mit filzigem Buschwerk bewachsen. Es lief auf der dem Viertel abgewandten Seite an einer steilen Böschung aus, an deren unterem Ende, teils von bereits knospenden Sträuchern verdeckt, die Gleise der Mühldorfer Bahnlinie zu erkennen waren. Kajetan kümmerte sich nun nicht mehr um die Frau, die ihren Korb abgestellt hatte und ihm wieder gefolgt war. Seine Tritte sichernd, stieg er langsam in die Tiefe. Sein Puls beschleunigte sich.

Aus der Ferne war der Pfiff einer Lokomotive zu hören. Über den Gleisen wuchs ein dünnes Summen; eine feine Vibration schien die Luft erzittern zu lassen. Eine Brombeerranke hakte sich in Kajetans Mantel. Als er ihn befreite, gab die feuchte Erde unter ihm nach.

Der Zug kam stampfend näher. Ein Schwarm Vögel stob lärmend empor, als sich ein heftiger Luftstoß durch den Gleisgraben preßte und die hohen, weichen Gräser entlang des Bahndamms peitschte.

Durch das schmutzige Grün blitzte ein Stück hellen Stoffes. Die Räder des Zuges schlugen dröhnend an die Gleisnähte. Dann ebbte der betäubende metallene Lärm ab. Als er sich hinter der nahen Biegung verlor, schrie die Frau immer noch.

Meiningers Augen waren weit geöffnet. Seine Züge waren nichts als geronnene, unendliche Verzweiflung. Seine Rechte hatte sich tief in das Erdreich gekrallt, und ein winziger Käfer kroch über sein wächsernes Gesicht.

33

»Als ich anschließend wieder auf die Straße bin«, sagte Kajetan in die Stille, die nach seiner Erzählung eingetreten war, »da hat mich übrigens ein Postbote angehalten und gefragt, ob ich wisse, wo die Leut sich jetzt befänden, die früher hier gewohnt haben. Er hätt nämlich einen Brief. Für einen Herrn Meininger.«

Gnott räusperte sich. »Machen Sie's nicht so spannend. Von wem ist er?«

»Von einer Zeitung. Da, lesens selbst.« Kajetan schob den Brief über den Tisch. Gnott überflog die Zeilen. Der

Schriftleiter der Münchner Nachtpost teilte mit, daß man mit größtem Interesse auf den angekündigten Bericht warte, über einen Vorschuß jedoch erst gesprochen werden könne, wenn man wenigstens einen Teil des Materials zu Gesicht bekommen habe.

Gnott starrte auf das Blatt. »Das ist ja...«

»Na? Jetzt fällt Ihnen nichts mehr ein?«

»Ich geb's ja zu. Heißen muß es natürlich noch nichts.«

»Natürlich, Herr Kollege.«

Gnott beugte sich erneut über den Brief. Dann reichte er ihn wieder Kajetan.

»Äh... noch etwas, Herr Kollege. Ich habe doch vorhin von meinem Besuch beim Staatsanwalt erzählt. Wollen Sie wissen, warum der Akt gesperrt ist? Es steckt, wie gesagt, tatsächlich ein Prozeß dahinter, der gerade in Vorbereitung ist.«

»Was zu vermuten war.«

»Natürlich. Doch bei diesem Prozeß...«, Gnott machte eine bedeutungsschwere Pause, »... geht es um den Mord an dem Präsidenten.«

Kajetans Augen weiteten sich.

»Und weil's grad so schön ist«, fuhr Gnott fort, »nicht nur sein Akt, sondern der Klepsch selbst ist verschwunden, und seine Kellnerin ebenfalls. Das Albergo ist verrammelt. Die Schutzleut haben es mir auf dem Gang gesagt. Schön langsam muß ich Ihnen doch recht geben. Die Geschichte wird immer verzwickter. Sie ist womöglich nicht so einfach, wie ich gedacht habe.«

»Da geht's mir anders. Ich find langsam, daß Sie recht gehabt haben. Die Geschichte kommt mir immer einfacher vor«, bemerkte Kajetan. »Aber bis wir das werden beweisen können...«

Gnott beobachtete ratlos, wie Kajetan sich seinen Mantel überzog und zur Tür ging. Dort wandte er sich noch einmal um.

»Täten Sie bei der Gendarmerie in Perthenzell anrufen? Vielleicht ist sie daheim untergekrochen. Wir sollten nichts unversucht lassen.«

Gnott nickte. »Wenn das Telefon nicht grad wieder gesperrt ist. Und was ist mit dem Klepsch? Soll ich in Fürth...?«

»Beim Schani können wir uns das, glaub ich, sparen. Die dortige Polizei arbeitet bereits nicht mehr. Außerdem hat er keine Verwandten.«

»Und Sie, was haben Sie vor?«

Kajetan hob den Brief in die Höhe, steckte ihn ein und verließ das Büro.

34

»Zeigens her.« Schriftleiter Löw streckte den Arm aus. Er entfaltete den Brief. Dann sah er auf.

»Der Brief ist von Herrn Manz unterzeichnet. Ich bin mit dieser Sache leider nicht befaßt und kann Ihnen daher nicht sagen, worum es bei dem Bericht gehen sollte. Der Herr Manz«, kam er der Frage des Inspektors zuvor, »ist außerdem nicht im Haus.«

Er gab Kajetan das Schriftstück zurück. »Vielleicht erklären Sie mir aber, in welchem Zusammenhang dieses Schreiben für Sie wichtig ist? Was ist mit dem Empfänger? Hat er etwas angestellt?«

»Man hat etwas mit ihm angestellt. Eugen Meininger ist ermordet worden.«

Löw, dessen Hände zuvor unruhig auf dem mit Schriftstücken überladenen Schreibtisch umhergewandert waren, hielt inne. Seine Augen verengten sich. Als er nach einer Weile antwortete, klang seine Stimme kalt.

»Ich bin nicht der Langsamste, Herr Inspektor. Ich sehe nun, daß Sie in Betracht gezogen haben, wir könnten etwas damit zu tun haben.« Er wartete Kajetans Entgegnung nicht ab. »Das ist eine Frechheit, die ich nicht auf mir sitzen lassen werde. Fräulein Roth?!« Er hatte seine Stimme erhoben und sich an eine junge Bürogehilfin gewandt. »Ein Gespräch mit dem Polizeipräsidenten. Sofort!«

Kajetan war überrascht. »Lassen Sie doch den Unsinn, Herr Löw! Habe ich gesagt, daß ich Sie verdächtige?«

»Das ist kein Unsinn«, donnerte der Schriftleiter. »Für wie blöd halten Sie mich? Wie geht es nun weiter? Durchsuchung der Redaktionsräume? Präventive Festnahme? Öffentliche Bekanntmachung, daß die Nachtpost ihr Erscheinen wegen verbrecherischer Machenschaften einstellen mußte? Wissen Sie eigentlich, was Sie tun? Und wissen Sie, wo Sie sich befinden?«

»Beides, verehrter Herr Löw!« entgegnete der Inspektor scharf. »Und ich stelle fest, daß Sie mich auf hochinteressante Ideen bringen!«

Löw beugte sich lauernd vor. »Auf welcher Seite steht die Polizei eigentlich? Ist es möglich, daß zu ihr noch nicht durchgedrungen ist, daß die Wittelsbacher Zeiten vorbei sind? Daß der alte Millibauer von Leutstetten und seine ganze Sippschaft längst aus der Mod sind? Bayern ist keine Monarchie mehr! Es ist ein Freistaat, eine Republik! Soll ich Ihnen das Wort buchstabieren?«

»Nicht nötig, Herr Löw. Man merkt's auch daran, welche Frechheiten sich die Polizei heutzutag gefallen lassen muß!«

»Und das wundert Sie? Zeit ist es geworden! Zeit, daß der Polizei auf die Finger geschaut wird. Was, glauben Sie, ist früher in den Wachstuben geschehen, wenn einer, der nichts getan hat, als für das Ende des Krieges zu demonstrieren, das Pech hatte, Ihnen in die Finger zu fallen? Was ist mit der Genossin Lerch geschehen?«

Kajetan schüttelte ratlos den Kopf. »Mit wem?«

»An jenem Abend, als sie nach der großen Demonstration

auf der Theresienwiese verhaftet worden ist?« Löw war aufgesprungen und stemmte seine Arme auf die Tischplatte.

Der Inspektor wich unwillkürlich zurück. »Ich sage es Ihnen: Am nächsten Morgen wurden ihre Angehörigen davon benachrichtigt, daß sie sich in der Zelle erhängt hat. Ich kannte sie. Eine mutige, mitreißende Frau, voller Hoffnung, voller Optimismus, daß die Zeit kommen würde, in der jeglicher Despotismus hinweggefegt sein würde. Was also ist in der Polizeidirektion mit ihr geschehen? Was?!«

»Bei der Polizei meldet sich keiner, Herr Löw«. warf das Mädchen schüchtern ein. Der Schriftleiter winkte ab und nahm wieder in seinem Sessel Platz.

»Damals war ich noch im Feld«, sagte der Inspektor betroffen.

»Hab ich behauptet, daß Sie es waren? Nein. Ich hab ja schließlich Augen im Kopf. Aber Sie wissen jetzt, warum man mit der Polizei heute anders umgeht, und Sie wissen jetzt auch, daß das berechtigt ist.«

Kajetan sah zur Seite. Er nickte langsam und erhob sich.

Löw schien sich wieder beruhigt zu haben.

»Lektion verstanden, Herr Inspektor? Können wir jetzt wieder normal miteinander sprechen?«

Kajetan, der schon einige Schritte zur Tür gemacht hatte, blieb stehen.

»Nehmens wieder Platz, Herr Inspektor.« Löw zeigte auf den Stuhl. »Ich habe Sie möglicherweise falsch eingeschätzt. Entschuldigen Sie. Würden Sie mich jetzt bitte darüber informieren, was es mit der Sache auf sich hat?«

Kajetan setzte sich wieder. Als er davon erzählte, daß Meininger den Auftrag hatte, in der Sache Koslowski zu recherchieren, sah Löw auf.

»Der Stein hat ihm den Auftrag erteilt, dem Koslowski-Gerücht nachzugehen? Soll das ein Witz sein? Was hätte es da zu recherchieren gegeben?«

»Sie kennen das Gerücht?«

»Natürlich. Völliger Unsinn. Eine geradezu klassische Verleumdung.«

»Wer hat das Gerücht eigentlich aufgebracht?«

»Soweit ich weiß, stand es zuerst im Kurier und wurde dann von der meisten anderen Zeitungen übernommen, und...«, Löw sah auf seine Hände, »...es hat seine Wirkung schließlich nicht verfehlt.«

»Sie... Sie können mir also nicht...«

Löw unterbrach ihn. »Augenblick, Herr Inspektor! Seh ich das richtig? Stein hat den jungen Mann damit beauftragt, den Nachweis für die Wahrheit eines Gerüchts über den Präsidenten zu erbringen? An uns wendet dieser Journalist sich jedoch daraufhin mit der Andeutung, eine offensichtlich brisante Entdeckung gemacht zu haben? Wie paßt das zusammen? Natürlich war unsere Zeitung kein Freund des Präsidenten. Für eine Neuauflage dieses dummen Gerüchts hätten wir uns aber keinesfalls hergegeben.«

»Vielleicht sah er es anders?«

»Danke. Aber für die Verwirrtheit eines Provinzschreibers dürfen Sie uns nicht verantwortlich machen. Und jetzt habe ich zu tun, wie Sie sich denken können. Auf Wiedersehn, Herr Inspektor.«

»Eine letzte Frage noch, Herr Löw.«

»Machen Sie's kurz.«

»Wo finde ich den Mann, der den Brief unterschrieben und mit dem Meininger offensichtlich Kontakt aufgenommen hat? Den Herrn...«, er sah auf den Brief, »...Manz?«

Löw preßte die Lippen aufeinander und blickte über den Rand seiner Brille.

»Eine gute Frage, Herr Inspektor...«

»Ich weiß.«

»Manz ist verschwunden. Schon seit einigen Tagen. Wir machen uns die größten Sorgen.«

35

Kajetan hatte noch nie etwas vom »Kurier« gehört. In einem kleinen Laden wurde ihm schließlich gesagt, daß dieses Blatt schon seit einigen Wochen nicht mehr erschienen sei. Im Telefonverzeichnis entdeckte er schließlich eine Eintragung, die ihn zu einer kleinen Straße hinter dem Gasteig-Spital führte. Bald hatte er das Haus in der Comeniusstraße gefunden. Ein schlichtes, bereits stark verwittertes Schild ließ auf einen Verlag im Rückgebäude schließen. Kajetan durchquerte einen schmalen, heruntergekommenen Hinterhof und suchte vergeblich nach einem Hinweis. Schließlich klopfte er an eine der Türen, die zu einer Wohnung zu führen schien. Erst nach geraumer Zeit hörte er Schritte hinter der Tür. Sie wurde einen Spalt geöffnet. Ein schmächtiger, blasser junger Mann erschien.

»Ja. bitte?« Er hatte eine weiche, mädchenhafte Stimme.

Kajetan wollte wissen, wo er den Franz Not Verlag finden könne.

Der junge Mann schien erleichtert. »Da sinds hier falsch, Herr. Hier ist bei Apfelböck.«

»Und der Verlag? Gibt's den nicht mehr?«

Ein eigenartiger Geruch drang aus der Wohnung. Der junge Mann lächelte. »Da müssens in den nächsten Hof gehen. Dort sehens dann schon das Schild, gell?«

Kajetan bedankte sich. Noch immer hatte er diesen seltsamen Geruch in der Nase. Woher kam er? Er erinnerte ihn an Wäsche, die in der Lauge zu faulen begann. Der Gestank hatte sich verloren, als er schließlich vor der Tür des Verlags stand.

»Was wollens?« Die grämliche, schwarz gekleidete ältere Frau sah ihn nicht an. Der Inspektor stellte sich vor. Sie bat ihn herein.

Der Verlag existierte offenbar nicht mehr. Auf Tischen und Ablagen hatte sich Staub gesammelt.

»Was soll ich altes Weib damit. Ich hab ihn halt verkauft, unseren Verlag«, erklärte die Frau, die sich als die Witwe des Verlegers vorgestellt hatte. »Viel hat's ja nicht gebracht. Aber so wird das Werk von meinem Franz selig wenigstens weitergeführt, nedwahr? So hab ich's mir wenigstens gewünscht...«

»Aber im Telefonverzeichnis steht Ihr Verlag noch als Herausgeber des Kuriers drin?«

»Es ist ja grad ein gutes Dreivierteljahr her, daß mir mein Franz gestorben ist. Verkauft hab ich unser Blattl erst ein paar Monat danach. Es ist mir hart angekommen, das dürfens mir glauben. Es ist das Lebenswerk von meinem Franz gewesen. Und jetzt?« Sie schwieg bekümmert.

»Wer hat Ihnen die Zeitung denn abgekauft, Frau Not?«

»Das war eine Geschäftsfrau aus... no, woher war die jetzt gleich wieder?... von irgendwo da drunten halt. Sie hat mir nicht übel gefallen, obwohl ich gemerkt hab, daß sie vom Zeitungsmachen nicht viel versteht. No, mir war's dann auch wurscht. Gezahlt hats schließlich.«

»Wie hat sie denn geheißen?«

»Müssens das unbedingt wissen? Dann müßt ich nachschauen, Herr Inspektor.« Sie ging in einen Nebenraum und kam nach einigen Minuten mit einem Schriftstück zurück.

»Wo hab ich mein Leseglas? Da, schauns. Eine Frau Katharina Weinbaum. Aus Perthenzell ist sie.« Sie reichte ihm den Vertrag. Kajetan überflog ihn.

»Aber der Verlag ist doch nicht nach Perthenzell umgezogen?«

Die Witwe schüttelte den Kopf. »Nein, nein, der ist schon noch in München. Es ist alles eine recht eigenartige Geschicht damit. Wo ist der denn jetzt gleich noch mal? Wartens, vielleicht hab ich eine Ausgabe, in der das drinsteht.«

Wieder ging sie in den Nebenraum und kam mit einer Nummer des Kuriers zurück. »Marstallstraße 2, Hotel Vier Jahreszeiten«, las sie mühsam vor. »Eine noble Adreß, nicht wahr?« Die Witwe lächelte bitter. »Ich wollt, ich hätt's nicht getan. Schauns, mein Mann selig tät sich doch im Grab umdrehn, wenn er wüßt, was aus seinem Blattl geworden ist. Lesens doch, was die über unseren Präsidenten geschrieben haben. Ich hab mir danach keine Ausgab mehr kaufen wollen. Nie hat mein Mann was gegen die Juden gehabt, das wär ihm nicht reingekommen, und wenn's noch soviel dumme Menschen gibt, die so was lesen möchten. Solang es sie gibt, waren wir bei den Sozis.« Sie seufzte und sah wieder auf die Zeitung. »Und da, schauens, die Frau Weinbaum erscheint da gar nicht mehr im Kopf. Vielleicht hat sie den Kurier gleich wieder weiterverkauft. Jemand anders ist jetzt der Besitzer. Wie heißt er? Es ist so winzig gedruckt.«

Sie reichte ihm die Zeitung.

»Herausgeber ist ein Baron von Bottendorf. Schriftleiter ein Herr Lohmann«, las Kajetan vor.

»Ich kenn keinen von denen. Die Frau Weinbaum hat mir seinerzeit gesagt, sie tät ein Sportblatt draus machen wollen, für die Jugend, hats gesagt.«

»Das ist es auf jeden Fall nicht geworden«, stellte der Inspektor fest.

»Nein«, stimmte sie zu, »ein Dreck ist draus geworden. Ein ganz mieser, verfaulter, dreckiger Scheißdreck.«

Kajetan verabschiedete sich. Doch die Frau hatte noch ein Anliegen. »Herr Inspektor...« Er drehte sich fragend um.

»Wenns einmal Zeit haben sollten... Beim jungen Apfelböck drüben, da stimmt irgendwas nicht...«

Der Inspektor versprach, sich bei Gelegenheit darum zu kümmern, hatte es aber bereits vergessen, als er wenig später vor dem Hotel Vier Jahreszeiten in der Maximilianstraße stand.

36

Was seinen Verlagssitz betraf, so war aus dem Kurier etwas geworden. Das zur Marstallstraße offene Treppenhaus des Hotels war mit weichen, offenbar teuren Teppichen ausgelegt. Der Verlag residierte jedoch nicht allein in den Räumen des letzten Stockwerks. Auch ein »Verein zur Pflege deutscher Kunst« hatte hier seinen Sitz. Kajetan beschloß, sich nicht als Polizist auszugeben.

Eine elegant gekleidete Frau musterte den Inspektor kühl. »Der Herr Baron hält sich derzeit nicht in München auf«, erklärte sie. »Sie können jedoch auch mir sagen, worum es geht.«

Das wolle er nicht, lehnte Kajetan ab. Ob Herr Lohmann im Hause sei? Sie schüttelte den Kopf.

»Nein. Der Herr Schriftleiter ist in der Redaktion, und die befindet sich nicht hier, sondern in seinem Haus in Harlaching. Aber Sie wissen, daß der Kurier derzeit nicht erscheint?«

»Ich gehe doch davon aus, daß sich das bald ändern wird, Frau...?«

»Weinbaum ist mein Name. Und Sie wollen mir nicht sagen, worum es sich handelt?«

Kajetan verneinte und bat sie um Lohmanns Adresse. Sie schien verärgert, schrieb sie ihm aber schließlich auf.

»Auf Wiedersehn.«

37

Der Inspektor verließ die Straßenbahn. Von der Haltestelle hatte er nur wenige Minuten zu Fuß zu gehen. Die im Landhausstil erbaute Villa ruhte friedlich in der nachmittäglichen Sonne. Sie war von einem großen, von alten Kastanien bewachsenen Park umgeben. Ein gekiester Weg führte zum Portal.

»Bitte warten Sie einen Augenblick, Herr Inspektor. Herr Lohmann wird Sie umgehend empfangen.« Der Sekretär, ein junger Mann mit militärisch kurzem Haarschnitt, zog sich zurück. Kajetan sah sich um. Das Haus war luxuriös ausgestattet. Durch hohe Fenster flutete das Licht des strahlenden Tages in den Raum; nur behindert durch wenige Büsche, erlaubten sie einen Blick in das südliche Isartal.

»Sie wollten mich sprechen?« Ein älterer, nicht sonderlich großer, drahtig wirkender Mann mit Schnurrbart stand im Türrahmen.

»Herr Lohmann?« Der Inspektor ging auf ihn zu und stellte sich vor.

»Der bin ich. Was kann ich für Sie tun?«

»Sie sind doch der Herausgeber des Kuriers?«

»Der Schriftleiter.«

Lohmann antwortete auf Kajetans Frage, daß er den Namen Meininger noch nie gehört habe. Mitarbeiter seines Blattes sei dieser keinesfalls gewesen.

»Und wie sagten Sie? Er hat nach einem Gerücht geforscht? Welches Gerücht? Und wieso sollte er deswegen zu mir gekommen sein?«

»Weil das Koslowski-Gerücht, dessen Wahrheitsgehalt er prüfen wollte, durch einen Bericht des Kuriers in die Welt gesetzt worden ist.«

Lohmanns Gesicht rötete sich. »Wir hatten Beweise, Herr Inspektor. So glaubten wir jedenfalls«, verteidigte er sich.

»Beweise, die Sie nicht überprüft haben.«

»Jeder kann sich irren. Sie nicht?«

»Ich gebe keine Zeitung heraus.«

»Nein, wenn Sie sich irren, kommt ein armer Teufel höchstens aufs Schafott, nicht wahr?« bemerkte Lohmann boshaft.

»Würden Sie mir deshalb den Gefallen tun, mich mit mögli-

chen Irrtümern Ihrerseits zu verschonen? Ich erklärte Ihnen bereits, daß ich den Namen dieses Mannes nie gehört habe.«
»Die Namen Klepsch und Manz, sagen Ihnen die etwas?«
Lohmann schüttelte wieder den Kopf. »Auch nicht. Tut mir leid. Sie sind umsonst hergekommen.«
»Sie meinen, ich hätte mich soeben wieder geirrt?«
»Allerdings. Sehen Sie? Auf Wiederschaun, Herr Inspektor!« Er nahm die Türklinke in die Hand. »Ach, noch etwas, Herr Inspektor ... wie war doch gleich der Name?«
»Kajetan. Paul Kajetan.«
»Ich muß Ihren Mut bewundern. Wieso, werden Sie fragen. Nun, ich habe den Eindruck, daß Sie sich möglicherweise derart irren, daß Ihnen das einmal nicht mehr verziehen werden wird. Geben Sie acht auf sich. Tun Sie lieber, was die meisten Ihrer Kollegen bereits tun.«
»Und das wäre?«
»Nichts, Herr Inspektor Kajetan. Ruhen Sie sich einfach aus. Und gehen Sie vor allem, wenn Sie andere für beschränkt halten, nicht von sich aus.«
Er lächelte. Dann wandte er sich brüsk um und schlug die Tür seines Zimmers hinter sich zu.

38

Erleichtert hängte Wachtmeister Wallner ein. Noch immer hegte er einen Widerwillen gegen diese Apparatur, die Stimmen über Hunderte, ja Tausende von Kilometern transportieren konnte. Und obwohl die Perthenzeller Gendarmerie nun schon seit guten zwei Jahren über ein Telefon verfügte, vermied es der alte Gendarm noch immer, es zu benutzen. Als dieser Inspektor aus München anrief, war Wachtmeister Stöckl jedoch gerade nicht da. So blieb ihm nichts anderes übrig, als selbst an das nervtötend klingelnde Gerät zu gehen.

»Was hat's gegeben, Schorsch?« Stöckl, ein ernster, hochgewachsener und hagerer Gendarm in den Vierzigern mit linkisch unsicheren Bewegungen, welche seiner respektheischenden Erscheinung jedoch nicht abträglich waren, war eingetreten. Er klopfte sich den Schnee von seinem Umhang und rieb sich die frierenden Hände.

»Ein Inspektor aus München hat angerufen.«

»Aus München?«

»Ja. Von der Kriminalpolizei.«

»Da schau her. Daß es die da droben überhaupt noch gibt?«

»Gell«, bestätigte Wallner, »man soll doch meinen, dort geht's jetzt drunter und drüber. Sollen wir überhaupt...?«

»Was, Schorsch?« Stöckl hatte sich am Ofen hingesetzt.

»Ich mein, sollen wir den Anruf überhaupt noch ernst nehmen? Wer weiß, wie es da droben ausschaut?«

»Na jetzt aber. Wie soll's denn da droben ausschauen?«

»Du liest doch auch jeden Tag die Zeitung, oder nicht?«

»Freilich. Und?«

»No ja, man liest halt...«, Wallner zögerte, »...also neulich hab ich gelesen, daß sie in München die Polizei abschaffen wollen und...«

»Da wird die bayerische Regierung ja wohl noch ein Wörterl mitreden, meinst nicht? Und was hast noch gelesen?«

»Daß alles sozialisiert werden soll. Auch die...«, er schluckte, »...die Weiber.«

Stöckl lachte schallend. »Die Weiber sollen sozialisiert werden? Woher hast denn des? Also ich hab das nirgendwo gelesen. Was soll denn das überhaupt heißen?«

»No, daß halt die Weiber jedem gehören sollen, der... na, ders grad braucht.«

»Sag, woher hast des, Schorsch? Alles was recht ist.«

Wallner kramte ein Flugblatt hervor. »Da. Lies selber.«

Stöckl nahm es interessiert entgegen und überflog es. Er wurde wieder ernst. »Kinderei. Wer verteilt denn so was?«

»Vorhin, auf dem Markt. Der Gassner vom Hallberg hat's mir gegeben.«

»Aus der Eck also? Na dann. Man darf nicht alles glauben, Schorsch.«

Der alte Gendarm nickte. Dann zeigte sich ein Grinsen auf seinem breiten Gesicht. »Also, wenn ich mir vorstell«, sagte er lachend, »daß einer meine Alte sozialisieren möcht, dem ging's wahrscheinlich schlecht!«

»Also, was hat er jetzt gewollt, der Inspektor aus München?«

Wallner sah auf den Zettel mit seinen Notizen. »Nach einer jungen Frau aus unserem Bezirk ist die Fahndung ausgeschrieben. Es sei möglich, hat der Inspektor gemeint, daß sie an ihren Geburtsort zurückgekehrt ist und sich hier versteckt hält.«

Stöckl machte eine besorgte Miene. »Aha? Und wer soll das sein?«

»Die Riemer Jule.«

»Riemer? Vom Riemerlehen in der Gnotschaft Hallberg droben? Ist das eine Schwester vom Riemer?«

Wallner bestätigte nickend. »So ist es. Daß wegen der was sein sollt, kann ich mir nicht vorstellen. Ich kenn sie von früher. Die ›Feldstein-Jule‹ hats bei uns immer geheißen.«

»Wie kommt sie zu dem Namen?«

»Man hat sich erzählt, daß sie einmal, wie sie als kleines Mädchen zum Steineklauben aufs Feld geschickt worden ist, gefragt hätt, wozu das gut sei. Worauf ihr wohl gesagt worden ist, das tät man halt deswegen, daß wieder was wachsen kann. Im Jahr drauf, wieder beim Steineklauben, da hätt sie auf einmal den Kübel hingeschmissen und die Großen angeschrien: Ihr lügts mich ja an, ihr lügts mich ja an! Und wie die anderen sie fragen, warum sie sie denn anlügen, hätt sie zum Weinen angefangen und gesagt: Es sind ja bloß die Steine, die wachsen!«

Wachtmeister Stöckl hatte interessiert zugehört. Er mochte die Art, wie Wallner erzählte. »Und dann...?«

»Na, dann hat sie alles natürlich ausgelacht. Aber der alte Riemer, was ja ein grundguter Mensch gewesen ist, soll sie verteidigt und gesagt haben, daß sie so unrecht gar nicht hätt. Aber der Nam, der ist ihr geblieben.«

Stöckl nickte lächelnd. Dann wurde er wieder ernst. »Und die Feldstein-Jule wird jetzt gesucht wegen was?«

»Tja. Wegen was. Ich kann's gar nicht glauben. Wegen einer Mordgeschicht.«

Stöckl schnalzte mit der Zunge. »Da schau her.«

»Nicht, daß sie selber jemanden umgebracht hätt, aber sie muß was damit zu tun haben, hat der Inspektor gemeint, und besonders verdächtig sei halt, daß sie nach der entsprechenden Geschicht abgehauen ist. Mehr hat er mir nicht sagen wollen. Oder können. Außerdem war auf einmal die Leitung unterbrochen. Seither ist sie tot. Die Leitung, mein ich.«

Stöckl wiegte besorgt den Kopf. Er erhob sich und nahm an seinem Schreibtisch Platz. »Eine ernste Sach!« murmelte er.

»Wegen Mord...?«

»Es wär nicht das erstemal, daß ein junges Ding in der Stadt unter die Räder gekommen ist«, meinte Wallner bedrückt, »aber bei der Feldstein-Jule kann ich's mir so gar nicht vorstellen.«

Stöckl sagte nichts. Auch Wallner schwieg. Nur das beruhigende Ticken der Regulators war zu hören.

Stöckl stand auf und ging langsam zum Fenster. »Sag, Schorsch, haben die noch Schnee in Hallberg droben?«

Wallner bejahte. »Da oben ist noch Winter.«

Stöckl sah wieder aus dem Fenster. Am Hohen Götschen stauten sich dunkle, regungslose Wolken und verdeckten das Oberland. Gegen Westen bildeten sie einen seidigen Schleier, hinter dem die gewaltigen eisgrauen Kegel des Totkönigs in den Himmel ragten. Feine Graupel tanzten vor der Scheibe.

Stöckl streckte sich und drehte sich um. »Also dann, Schorsch«, sagte er mit ernstem Gesicht, »wie packen wir es an? Du bist schon doppelt so lang wie ich in Perthenzell, und du kennst dich in Hallberg droben aus.«

Wallner überlegte kurz. »Wenn sie tatsächlich hier ist, dann gibt's nur eines: Sie ist bei ihrem Bruder untergekrochen.«

»Das denk ich mir auch. Aber in dem Fall müßt sie doch mindestens einmal gesehen worden sein?«

»Ist nicht gesagt. Der Riemer ist in letzter Zeit recht sonderbar geworden. Er geht kaum noch aus dem Haus. Obwohl ... das Riemerlehen ist zwar ganz hinten am Berg, aber so versteckt kann ein Hof gar nicht sein, daß die Nachbarn nicht mitkriegen, was drauf vorgeht. Das Steinhauslehen ist dem Riemer am nächsten. Wenn jemand was gesehen hat, dann kann es nur der Steinhauser sein. Ich hab ihn vorhin ins Gasthaus Post hineingehen sehen. Da wird er noch sein.«

»Dann wird's zuerst am gescheitesten sein, du fragst ihn ein bisserl aus.«

Wallner war nicht sehr begeistert. »Das muß ich wohl, was? Aber viel lieber tät ich ich hier im Warmen bleiben.« Er stand auf und griff nach seinem Umhang. Bevor er seinen Helm aufsetzte, zog er sich eine schwarze Zipfelmütze übers Haar. »Es ist zwar untersagt und schaut saublöd aus«, erklärte er mit trotzigem Grinsen, »aber wenn's so kalt ist, ist mir das wurscht.«

»Schorsch, du wirst ja gar noch ein Revolutionär auf deine alten Tag!« sagte Stöckl mit gespielter Besorgnis.

»So ist's. Was die Münchner können, bringen wir Perthenzeller noch allweil zusammen!«

39

Mehr als eine Viertelstunde war nicht vergangen, als der alte Gendarm wieder zurückkehrte. Er stampfte sich den Schneematsch von den Schuhen und fluchte.
»Und? Was hat der Steinhauser gesagt?«
»Nichts hat er gesagt. Ich sollt selber nachschauen, wenn's mich interessiert, meint er, und ist sogar recht patzig geworden dabei. Allerdings ist auch der Müllner vom Hallberg daneben gesessen, der ein wenig moderater gewesen ist. Er meint, daß vom Riemer keiner was Genaues wüßt und er schon seit Tagen nicht mehr aus dem Haus gehen tät. Es soll ihm nicht gutgehen, heißt es. Und, was tun wir jetzt? Doch nicht mit dem .... bei dem Wetter?«
»Was sonst, Schorsch. Hast eine bessere Idee?«
»Hab ich«, brummte Wallner. »Dableiben! Mir gefällt die Sach nicht.«

40

»Nein, die gefällt mir wirklich nicht!« Wachtmeister Wallner war ins Schwitzen gekommen. Schon ab der Hälfte des Weges hatten die beiden Beamten von ihren Fahrrädern absteigen müssen. Je höher sie kamen, desto mühevoller war es geworden, auf der schneebedeckten Straße vorwärts zu kommen.
»Und nachher? Was ist, wenn wir sie tatsächlich bei ihrem Bruder gefunden haben?«
»Dann muß sie auf München geschafft werden«, antwortete Wachtmeister Stöckl sachlich. Er bewegte sich mit ruhigen, bedachten Schritten.
Im Gegensatz zu seinem Kollegen schien ihm die Anstrengung wenig auszumachen.

»Aber wenn's dort tatsächlich drunter und drüber geht?« Wallners Atem rasselte. »Wer weiß, was dieser Inspektor für einer ist? Und was ist, wenn er sie bloß wegen irgendeinem politischen Blödsinn...?«

»Es geht um Mord, hat der Inspektor doch gesagt, oder? Ein Blödsinn ist so was ja wohl nicht.«

»Schon. Aber er hat nicht erwähnt, an wem.«

»Das muß uns ja auch nicht interessieren. Was meinst eigentlich damit?«

»No ja«, ächzte Wallner, »man hat halt heutzutag das Gefühl, als tät sich alles umdrehen...«

»Ich versteh dich immer noch nicht ganz, Schorsch.«

»No, schau: Die Geschicht mit dem Präsidenten. Da sagen die einen, daß es ein Mord gewesen ist. Die anderen aber lassen gleich eine Mess lesen vor lauter Freud. Was also war's jetzt?«

Stöckl hielt an und sah seinem Kollegen streng ins Gesicht. »Was das war, Schorsch? Das fragst mich?«

Wallner wich seinem Blick aus und schob das Fahrrad weiter. Stöckl folgte ihm. »Mord war es. Nichts anderes.«

»Ich... ich hab ja bloß gemeint. Nein, trotzdem, mir gefällt die Gschicht überhaupt nicht.«

Endlich hatten sie das Dorf erreicht. Sie stellten ihre Fahrräder beim Gasthof Moritz ab und gingen zu Fuß weiter. Auf dem Grat der Anhöhe, hinter der das Riemerlehen verborgen war, trennten sie sich. Wallner stapfte allein auf das Gehöft zu.

Der Riemer war alarmiert vor das Haus getreten.

»Habe die Ehre, Hans!« grüßte Wachtmeister Wallner freundlich.

»Was hat Er beim Riemer heroben zu suchen?« fragte der Bauer finster. Der Gendarm wand sich.

»Mir ist's ja selber zwider, Riemer. Aber ich hab eine Such nach deiner Schwester, der Jule.«

»Die ist auf München«, entgegnete der Bauer schnell und wollte sich schon wieder abwenden.

»Mir ist's ja wirklich arg zwider«, wiederholte Wallner, »aber ich muß nachschauen. Geh weiter, laß mich rein.«

Der Bauer stemmte seine Arme in die Hüften. »Wird dem Riemer jetzt nichts mehr geglaubt?«

»Mach's mir nicht noch ärger, Hans, und laß mich nachschauen. Ich tu ja auch bloß, was ich tun muß.«

Stöckl hatte sich während dessen von der Waldseite an das Gehöft herangeschlichen. Eine niedrige Holzscheune trennte das Gebäude vom Hang. Der Wachtmeister näherte sich gebückt. Seine Schritte waren im Schnee fast unhörbar.

Das Mädchen kauerte hinter einem Stapel von Baumstämmen und lauschte dem lauter werdenden Streit vor dem Haus. Es war leicht bekleidet und schien zu zittern.

»Jule!«

Ihr Kopf flog herum. Sie sprang auf und rannte auf den Wald zu. Mit wenigen Schritten hatte Stöckl sie erreicht.

Als er sie vor das Haus führte, verfärbte sich das Gesicht des Bauern.

»Ihr seids zwei ganz Raffinierte«, sagte er mit Verachtung.

»Wann sie sich nichts zuschulden kommen hat lassen, geschieht ihr nichts«, erklärte Wallner hilflos, »das garantier ich dir, Hans.«

41

Inspektor Gnott sah neugierig auf. »Schon zurück? Wie ich Sie kenn, haben Sie wieder halb München umgegraben. Was sagen die in der Zeitung?«

Kajetan setzte sich. »Der Schriftleiter meint, daß der Brief von einem Mitarbeiter, der sich seit Tagen nicht mehr habe sehen lassen, geschrieben worden sei.«

»Doch nicht schon wieder ein verschwundener Journalist?« stöhnte Gnott.

Kajetan berichtete ihm von seinen anderen Besuchen. Gnott kniff die Augen zusammen. »Beim Lohmann waren Sie? Was wolltens denn von dem?«

»Ich hab versucht, das zu tun, was Meininger bei seiner Recherche vermutlich auch getan hat, nämlich den Urheber des Gerüchts aufzutreiben. Natürlich hat Lohmann abgestritten, daß Meininger bei ihm war. Und so, wie er das getan hat, nehm ich ihm das sogar ab.«

»Sie dachten also, daß Meininger im Grunde nicht mehr danach gesucht hat, ob an diesem Gerücht etwas Wahres ist, sondern...«

»Genau. Er muß auf eine andere Sache gestoßen sein. Etwas, was mit dem Auftrag der Münchner Zeitung nichts mehr zu tun hat.«

»Das vermuten Sie«, meinte Gnott zweifelnd. Kajetan nickte.

»Und was gibt's bei Ihnen Neues, Herr Kollege?«

»Eine gute Nachricht. Sie können's sich sparen, den Dichterkönig zu besuchen. Er hat erfahren, daß Meininger erschlagen worden ist, und hat sich beim Herrn Rat danach erkundigt. Nach dem, was der mir gesagt hat, scheint ihn die Sache ziemlich mitgenommen zu haben. Als Täter scheide er aus, behauptet der Herr Rat. Er wisse mit Sicherheit, daß Raths in der Mordnacht bis um drei Uhr in der Früh bei einer Konferenz im Kulturministerium gewesen sei. Der Minister Heßstätter sei ebenfalls dabeigewesen.«

»So. Und was ist die weniger gute Neuigkeit?«

»Wies Ihnen denken können, ist der Klepsch nicht freiwillig bei der Tür hereingekommen und hat ›Grüß Gott‹ gesagt. Dafür bin ich selber zu der Christine, seinem Gspusi.«

»Und? Was ist mit Schanis Alibi?«

»Das scheint in Ordnung zu sein. Es deckt sich genau mit den Angaben, die auch der Wirt gemacht hat.«

»So.« Kajetan sah enttäuscht auf die Tischplatte.

»Noch was, übrigens«, fügte Gnott hinzu, »ab jetzt bekommt jeder Beamte einen Soldaten als Aufpasser, wenn er außerhalb der Direktion zu tun hat.«

»Zu unserem Schutz natürlich.«

»Sie sagen es«, stimmte Gnott giftig zu. »Aber vielleicht sind wir noch mal ganz froh drum?« Er stand auf. »Ich hab jetzt einen Mordshunger. Beim Bäcker in der Neuhauser Straße wird's doch noch was geben. Was meinens?«

»Wenns bei ihm hinten reinschleichen, bestimmt.« Kajetan grinste anzüglich.

Gnott sagte, daß er es versuchen wolle.

Kaum hatte er den Raum verlassen, läutete das Telefon. Schriftleiter Löw meldete sich.

»Gott sei Dank geht das verfluchte Telefon jetzt wieder. Einmal ist die Leitung tot, dann wieder nicht. Und wenn's grad einmal funktioniert, dann sind Sie nicht da!«

»Was gibt's denn, Herr Löw?«

»Noch zu meinem vorherigen Anruf, Herr Inspektor. Meiningers Besuch im Archiv hat noch im Februar stattgefunden. Zwei Tage vor der Ermordung des Präsidenten.«

Kajetan war überrascht. »Der Meininger war also doch bei Ihnen?«

»Natürlich. Das sagte ich ja bereits. Er hat um Archivnutzung gebeten, was ihm als auswärtigem Kollegen nicht ausgeschlagen wurde.«

»Wann haben Sie mir das erzählt?«

»Nicht Ihnen, Ihrem Kollegen habe ich das doch vorhin gesagt. Hat er es nicht weitergegeben?«

»Nein.«

»Seltsam. Na, er hat es wohl vergessen. Ich dachte nur, daß es vielleicht nicht unwichtig ist.«

»Wirklich nicht!« stimmte Kajetan zu. »Wonach hat Meininger denn gesucht?«

»Das habe ich Ihrem Kollegen ebenfalls gesagt. Nach Auskunft unserer Archivarin hat er sich eine Biographie des Präsidenten geben lassen. Und nun dachte ich, daß es vielleicht von Bedeutung ist, wann dieser Besuch stattgefunden hat. Betreut hat ihn übrigens der Herr Manz.«

»Ist der mittlerweile aufgetaucht?«

»Nein. Leider. Er scheint nicht mehr in München zu sein.«

Kajetan bedankte sich und legte nachdenklich auf.

Seit wann war Gnott vergeßlich?

Eine Gelegenheit, ihm von Löws Anruf zu berichten, hätte es doch gegeben? Und dessen Nachricht, das mußte auch Gnott erkannt haben, bedeutete, daß Meininger schon zu einem sehr frühen Zeitpunkt gewußt hatte, daß das Gerücht jeder Grundlage entbehre. Trotzdem schien er weitergeforscht zu haben.

Doch wonach?

Kajetans Blick fiel auf ein zusammengefaltetes Stück Papier, das auf dem Boden neben Gnotts Schreibtisch lag und das dieser verloren haben mußte. Gedankenverloren griff der Inspektor danach, entfaltete es und betrachtete es ratlos. Gnott hatte seine Notizen stenografiert. Kajetan legte das Blatt auf den Schreibtisch seines Kollegen und lehnte sich zurück.

Obwohl er sich dagegen wehrte, irrten seine Gedanken wieder ab. Er hatte lange über seine Liebe zu Irmi nachgedacht und festgestellt, daß Enttäuschung und seine Zweifel begonnen hatten, diese zu überdecken.

Er war nicht glücklich. Sie raubte ihm Kraft, und die Augenblicke, da er sich des Lebens freute, waren seltener geworden. Wenn er an sie dachte, vermischte sich seine Sehnsucht immer häufiger mit urplötzlichem, unbändigem Zorn. Er würde sich von ihr trennen, hatte er beschlossen. Es würde ihm schwerfallen, aber er sah keinen anderen Weg.

42

Unwillig hatte Irmi auf Kajetans Frage erklärt, daß sie von einem Streit zwischen Raths und einem Journalisten nichts wisse. Sie hätte außerdem keine Lust, jetzt über den Dichter zu sprechen. Als würde sie ahnen, was Kajetan ihr zu sagen sich vorgenommen hatte, saß sie still und niedergeschlagen am Tisch der Torggelstube. Ihr Glas berührte sie kaum. Kajetan war verwirrt; er fühlte, wie seine Wut schmolz.

»Was hast?« fragte er kühl.

Sie sah zur Seite und seufzte.

»Ist wieder was mit deinem Dichter?«

Irmi senkte den Kopf. Sie holte ein Tuch aus ihrer Tasche und hielt es an ihre Nase. »Der... der dumme Mensch, der...«, schniefte sie nach einer Weile.

Kajetan lehnte sich zurück und betrachtete sie kalt. »Soll ich jetzt ein Mitleid haben? Hat er dich sitzenlassen?«

»Er hat mich nicht sitzenlassen. Überhaupt war's nicht so, wie du denkst...«

»Das glaub, wer will.«

Der Klang seiner Stimme schien sie betroffen zu machen. »Es war nie was... was Festes.«

»Was Lockeres, ich weiß. Wie du es gern hast, gell?«

»Er hat bloß gesagt, daß ein Mann in dieser Zeit allein sein muß.«

Kajetan lachte bitter auf. »Respekt!« sagte er höhnisch. »Was den Herrschaften allerweil so einfällt. Da kann unsereins ja glatt noch was dabei lernen.« Er beugte sich vor. »Aber ich kenn dich langsam, Spatzl. Wie war's denn neulich mit dem Menschen von der Emelka? Der einen Filmstar aus dir hat machen wollen? Oder letztes Jahr der vom Theater? Der dir erst schöngetan hat und dem du den Arsch dann doch wieder zu weit unten gehabt hast?«

»Laß mich!« zischte sie. »Ich... ich haß euch.«
»Wen?«
»Euch alle. Euch Mannsbilder.«
»Hör auf damit«, herrschte sie der Inspektor an. »Mir langt's endgültig.« Er erhob sich und griff nach seinem Hut. Sie sah ihn überrascht an, öffnete leicht den Mund und schüttelte ungläubig den Kopf.
»Was kannst du bös sein, Paule. Früher warst das nicht...«
»Hättst's anders haben können, Irmi«, sagte er schnell. Sie sah ihn noch immer mit dunklem Blick an. Ihre Brust hob sich.
»Ja, du hast ja recht«, erwiderte sie bedrückt und nickte langsam, ohne ihn aus den Augen zu lassen. »Ich versteh dich ja. Wer weiß, ob ich's selber mit einer wie mir aushalten␣ät.« Sie griff zögernd nach seinem Ärmel. »Komm, setz dich halt wieder. Es muß doch nicht gleich...«
Er wand sich heftig aus ihrem Griff. Sie schlug die Augen nieder. »Du... du willst gehn?« Dann sah sie langsam auf. Ihre Augen glänzten feucht.
»Paule...«, begann sie mit leiser, bittender Stimme, »...laß mich heut nicht allein nach Haus gehen. Ich... ich fürcht mich. Es ist schon so spät in der Nacht...«
Nein!!! Nein!!! Alles in ihm schrie vergeblich auf. Er setzte sich. Sie zog ihn sanft an sich.
»Du... du...«, stammelte er fassungslos. »Du bist einfach einmalig...«
Sie nahm sein Gesicht zärtlich in ihre Hände. Seine Brust schmerzte vor Seligkeit.
Doch nach wenigen Minuten war endgültig alles vorüber. Die anderen Gäste sollten hinterher berichten, daß ein kleiner, spitzbärtiger Mann weinend und wie vom Satan gehetzt, dabei Stühle umwerfend, das Lokal verlassen hatte. Andere, die näher am Tisch der beiden saßen, konnten verstehen, was die Frau zuvor dem Flüchtenden gesagt hatte. Sie hatte sich

dabei nicht sonderlich bemüht, leise zu sein, und es schien gar, als hätte sie gewollt, daß man ihre Worte hörte.

»Das langt dir nicht? Du willst mehr, Paule? Was, Paule? Daß ich dir anhäng? Dich gar heirat? Zu was? Daß ich dir deine Fratzn aufzieh, deine stinkerte Wäsch wasch und deine Socken stopf? Hat's dich eigentlich? Und wieso redst du mir allweil ein, ich wüßt nicht, was ich will? Bloß, weil ich nicht will, was dir paßt? Willst du wissen, was ich wirklich will? Nein? Ich werd's dir trotzdem sagen: Ich will ein Jemand sein! Ich will, daß da ein Respekt vor meiner ist, daß ich, Paule, ich angeschaut werd! Und nicht, daß über mich drübergeschaut wird wie über eine polierte Kommod und es heißt: Ganz hübsch die, die mit dem da gekommen ist! Weil ich nämlich auch ein Jemand bin, weil ich keinen brauch, von dem sein Glanz was auf mich fällt, weil ich nämlich selber leucht! Ich will fort aus dem Dreck, was diese Stadt dort ist, wo ich leb, ich will nicht mehr in meiner Kammer die Wanzen von der Wand kratzen und mir Tag um Tag im Kontor die Füß in den Bauch stehen müssen! Und du redst, daß du mehr willst? Noch mehr, als ich dir schon gegeben hab? Ich...«, dabei hatte sie mit der flachen Hand so heftig auf ihre Brust geschlagen, daß es ihr weh getan haben mußte, und schließlich mit einer Mischung aus Zorn und Verzweiflung zu schreien begonnen, »... ich biet dir eine Schönheit in deinem mausgrauen Leben! Ich biet dir ein Paradies! Das kriegt nicht ein jeder, Paule! Das ist was wert, das ist sogar viel wert! Und wenn dir das nicht langt, dann hau ab! Verschwind!

43

In der Nacht hatten sich die schweren Wolken über dem Osten des Perthenzeller Tals aufgelöst. Es war wärmer geworden; von Gipfel zu Gipfel spannte sich ein gläsern blauer

Himmel. Die Sonne hatte die Talsole noch nicht erreicht, als Wachtmeister Stöckl und die Schwester des Bauern das niedrige Holzgebäude des Perthenzeller Bahnhofs betraten.

»Karten auf Achbruck könnens haben, Herr Wachtmeister«, hatte der Schalterbeamte ihn kurz abfertigen wollen, nachdem er einen fragenden Blick auf das Mädchen geworfen hatte.

»Ich möcht aber zwei auf München.«

»Ich sag's Ihnen noch einmal: Ich kann nicht garantieren, daß noch ein Zug rauffährt. In München ist der Teufel los! Lesens denn gar keine Zeitung nicht? Was wollens denn mit einer Karte auf München, wenns bloß bis auf Achbruck kommen werden? Dann könnens wieder umkehren. So glaubens mir doch endlich!«

»Ich glaub erst was, wenn ich was seh. Und dann glaub ich's erst einmal auch noch nicht. Also, zwei Billetten auf München. Einmal hin und retour, einmal bloß hin. Und zwar Amtstarif. Ich mach nämlich durchaus keine Promenad.«

»Na, von mir aus«, lenkte der Beamte ein und griff in eine Schublade. »Aber Sie werden's schon sehen. Auf München kommt keins mehr rein. Die in der Stadt droben sind alle närrisch geworden. Wenn einer heut da noch rein will, spinnt der für mich.«

»Ich hab's mir nicht ausgesucht«, sagte Stöckl, legte das Geld hin und nahm die Karten in Empfang.

Während der Fahrt schwieg das Mädchen. Der Wachtmeister ließ sie nicht aus den Augen, doch sie schien keine Anstalten zur Flucht zu machen. Wie auch schon einmal auf der Gendarmeriestation am Abend zuvor, hatte er sich vergeblich bemüht zu erfahren, weswegen sie gesucht wurde. Er hatte Wallners Bedenken durchaus ernstgenommen, und er war insgeheim bereit, die Fahrt zu unterbrechen, wenn diese sich als berechtigt herausstellen würden.

In Achbruck erreichten sie in letzter Minute den einzigen Zug, der an diesem Tag noch nach München fuhr. Ein Trupp Soldaten mit roten Armbinden durchsuchte auf dem Heißenstetter Bahnhof die Waggons, behelligte aber niemanden. Nach Waffen suchten sie, antwortete einer der Soldaten auf die Frage eines Fahrgastes.

Schließlich fuhr der Zug in den Münchner Bahnhof ein. Als sie das Gebäude verließen, machte ein Wachsoldat darauf aufmerksam, daß sie für die Rückreise eine Berechtigungskarte beantragen müßten. Wenn sie wollten, könnten sie es auch gleich jetzt tun. Niemand wisse, ob der Zugverkehr weiter eingeschränkt werde. Stöckl spürte, daß der Soldat unruhig war. Irgend etwas schien in der Luft zu liegen.

Ein heftiger Aprilregen mußte kurz zuvor über die Stadt niedergegangen sein. Das Pflaster glänzte schwarz und dampfte. In den Pfützen spiegelte sich der langsam aufreißende Himmel. Über den Dächern eilten buschige violette Gewitterwolken nach Norden.

Ein feiner, unregelmäßiger Wind strich durch die Straßen; am Stachus schien er kräftiger zu werden. Stöckl schlug seinen Kragen hoch und sah zur Seite. Jule ging schweigend und gleichmütig neben ihm her. Sie hatte ihre Hände in den Taschen ihres Mantels vergraben. Ihr Gesicht ließ keine Regung erkennen.

Der Wachtmeister, der vor dem Krieg schon einmal in München gewesen war, glaubte sich daran erinnern zu können, wo sich die Polizeidirektion befand. Auf dem Weg dorthin betrachtete er die ihm entgegenkommenden Menschen; er fand, daß sie und die Stadt sich geändert hatten. Der Verkehr hatte zugenommen, und die Straßen waren voller Passanten, die nun eine atemlose Unrast zu regieren schien. Eine eigentümliche Spannung lastete über den Bewegungen der Stadtbewohner. Viele machten einen ärmlichen Eindruck. Dennoch schien alles seinen geordneten Gang zu gehen. Als

Stöckl einen falschen Weg eingeschlagen und sich nach der Ettstraße erkundigte hatte, wurde ihm freundlich Auskunft gegeben. Kurze Zeit später hatten sie die Polizeidirektion erreicht.

44

Inspektor Kajetan brütete vor sich hin. Er war übernächtigt, und er konnte sich nicht mehr daran erinnern, wie er in der vergangenen Nacht nach Hause gekommen war. Er kniff die Augen zusammen; sie schmerzten und waren gerötet. Erneut verließ er seinen Sessel, ging unruhig zum Fenster und wieder zurück. Kein klarer Gedanke gelang ihm; in Wellen stiegen Scham, Zorn und Enttäuschung in ihm auf.

Dann überwältigte ihn wieder stechende Sehnsucht.

Er straffte sich und fluchte leise. Es hatte geklopft.

Wachtmeister Stöckl nahm seinen Hut ab und grüßte freundlich. »Habe die Ehre. Sie sind der Inspektor Gnott?«

»Wachtmeister Stöckl? Kommens rein. Der Inspektor ist grad nicht da.« Kajetan stellte sich dem Wachtmeister vor und erklärte ihm, daß auch er an diesem Fall arbeite.

»Und wir zwei kennen uns ja bereits!« wandte er sich an Jule. »Bitte, Herr Wachtmeister, nehmens doch Platz. Jule, du auch.«

Stöckl berichtete nun, wie die Festnahme vor sich gegangen war, und fügte hinzu, daß sich niemand in Perthenzell vorstellen könne, daß die Riemer Jule einen Mord begangen haben könnte und ob es denn wirklich Beweise dafür gebe.

»Deswegen haben wir sie auch nicht suchen lassen, Herr Wachtmeister«, beschwichtigte Kajetan, »obwohl sie sich durch ihr saudummes Fortlaufen verdächtig gemacht hat. Nein, ich brauche sie als Zeugin in dieser Sache.«

Stöckl erhob sich erleichtert und griff nach seinem Hut.

»Bleibens über Nacht da, Herr Wachtmeister?« wollte Kajetan wissen.

Stöckl verneinte. »Ich werd noch ein bißerl herumspazieren, bis der Zug geht. Wissens, ich war vor dem Krieg eine Zeitlang in München.«

»Ist nimmer so wie früher, gell?«

»Ach«, winkte der Wachtmeister ab »so kommt's mir gar nicht vor. Freilich ist manches anders, aber ich hab's mir schlimmer vorgestellt. Nach dem, was auf dem Land alles erzählt wird.«

»So? Was wird denn da erzählt? Daß man hohe Stiefel anziehen müßt, daß einem das Blut nicht bei den Knöcheln reinläuft?«

Stöckl lachte. »So ungefähr.«

Kajetan schmunzelte nun ebenfalls. »So schnell geht's nicht, glaub ich. Ich mein allerweil, daß den Münchnern für eine richtige Revolution das Bier viel zu gut schmeckt. Und erst, wenn das einmal ausgeht, dann denkens darüber nach, daß sich was verändern müßte... Wo wollens denn hingehen? Vielleicht kann ich Ihnen den Weg erklären. Es ist doch schon eine Zeitlang her, daß Sie hier waren.«

Der Wachtmeister dachte nach. »Da hat's einmal in Schwabing draußen eine Wirtschaft gegeben, den Giselahof«, sagte er verschmitzt, »mit einer blitzsauberen Kellnerin. Aber sie hat nichts von mir wissen wollen. Und ich hab mich damals nur damit getröstet, daß ich mir vorgestellt hab, daß sie, wenns älter wird, wie die anderen Kellnerinnen auch einen Arsch wie ein Bräuroß kriegt. Geholfen hat's damals zwar wenig, aber...«

Kajetan lachte. »Und das wollens sich jetzt anschauen, gell? Und was tuns, wenn's nicht so ist?«

»Was wohl?« brummte Stöckl gemütlich. »Dann hats auch Pech gehabt. Dann fahr ich wieder heim zu meiner Alten und meinen fünf Bangerten. So schlecht hab ich's nämlich nicht

erwischt. Auf Wiederschaun, Herr Inspektor.« Er wandte sich um. »Behüt dich Gott, Jule.«
 Sie sagte nichts. Er verabschiedete sich.

45

»Nein«, erzählte Stöckl seinem Kollegen später, »das mit den sozialisierten Weibern scheint nicht zu stimmen, vielleicht tät sich das der Gassner selber wünschen. Überhaupt hat sich gar nicht soviel verändert in München droben. Die Städterer sind allerweil noch die gleichen Bazi. Wie ich nämlich in den Giselahof geh und von der alten Zeit träum (und, vergaß er zu sagen, vergeblich nach seiner früheren Liebe Ausschau gehalten hatte), da setzt sich auf einmal ein junger Bursch her, nachdem er zuvor wissen will, ob ich was dagegen hätt. Nein, sag ich, und Merci-danke er. Wie die Kellnerin dann kommt, bestellt er sich einen Kaffee, und schon bald sind wir im schönsten Gespräch. Ein Gedichteschreiber sei er, hat er gesagt, und Romane, hat er gesagt, tät er auch schreiben und hat wirklich eine ganz feine Sprach auch gehabt und voller Sorg davon erzählt, wie schlimm ihn die Weltläuf doch angehn täten und überhaupt. Ich nick nur allerweil, trink mein Glaserl, er bestellt sich noch einen Kaffee und noch einen und dann, weil er mich so trinken sieht, auch noch ein Glaserl Wein, bis er auf einmal aufsteht und sagt, er müßt jetzt gehen und tät sich für die Einladung ganz exzellent bedanken. Was? denk ich, aber bis ich mein Maul zukrieg, damit ich's wieder aufmachen kann, ist er schon draußen, und die ganze Wirtschaft zahnt mich an. Wie ich dann geh – kannst dir vorstellen, daß ich ganz hübsch grantig gewesen bin – da sagt mir der Kellner, daß ich mir nichts denken soll und das sei tatsächlich ein Dichter, dem halt bloß keiner was abkauft. Der würd das meistens so machen, aber tun könnens nichts, weil hin und wieder kriegt er einen Haufen Geld von daheim, und dann würd er wieder die ganze Wirtschaft aushalten. Nein, Schorsch, deswegen sag ich dir: Es hat sich wirklich kaum was geändert in der Stadt. Und wenns morgen wieder so ein Flugblattl verteilen mit wer weiß was drauf, dann glaub ich's nur, wenn draufsteht, daß du im Giselahof zu Schwabing, wenn du da nicht aufpaßt, beschissen wirst.«

46

Kajetan hatte nicht länger auf Gnott gewartet und mit der Vernehmung begonnen.

»Bevor ich dich frag, wieso du abgehauen bist, möcht ich dir sagen, daß es stimmt, was ich dem Stöckl erzählt hab. Ich hab dich nicht deswegen holen lassen, weil ich dir was will, sondern weil ich deine Hilfe brauch. Ich trau dir. Verstanden? Also, wieso bist du fort?«

Sie sah ihn verächtlich an und zuckte mit den Schultern.

Kajetan trat drohend näher. »Heut bin ich nicht in der Stimmung für ein Spiel, Jule.«

»Weil... weil ich mich halt vor dem Schani gefürchtet hab.«

»Aha. Ich hab gedacht, ihr beiden habts was miteinander gehabt?«

»Das war schon fast aus, wie ich den Eugen kennengelernt hab. Er hat schon zuvor mit der Christine angefangen gehabt.«

»Die bei dir im Haus gewohnt hat?«

»Ja. Ich hab's bald rausgekriegt. Das hätt er sich doch denken können, wenn ich mit ihr im selben Stockwerk wohn. Aber mir war's ganz recht. Ich hätt's mir sparen können, das mit dem Schani.«

»Wie lang warst du mit ihm beieinand?«

»Nicht lang.«

»*Wie* lang, hab ich gefragt.«
»Ein halbes Jahr vielleicht.«
»Und mit dem Meininger hat es wann angefangen?«
Sie dachte nach. »Ende Februar hab ich ihn das erstemal gesehen. Es ist schnell gegangen.« Sie lächelte in sich hinein. Er sah sie prüfend an.
»Und... was hat der Schani dazu gesagt, daß du mit dem Meininger was angefangen hast?«
»Ach!« rief Inspektor Gnott, der soeben das Büro betrat. »Wir haben einen Besuch? Den Flüchtling von Perthenzell?« Er setzte sich an seinen Schreibtisch, nachdem er das Mädchen neugierig gemustert hatte.

»Noch mal. Was hat der Schani dazu gesagt, daß du einen anderen hast?« fragte Kajetan.

»Nichts hat er gesagt. Er hat getan, als␣täts's ihn gar nicht mehr interessieren. Hat auch gestimmt.«

»Aber er hat von euch gewußt.«

»Am Anfang nicht, glaub ich. Doch dann wird er es wohl irgendwann gespannt haben.«

»Und der Eugen, hat der sich für seinen Vorgänger interessiert? Haben sie sich mal getroffen oder gar miteinander gestritten?«

»Getroffen hat ihn der Eugen bloß am Anfang, wie er noch öfter in die Wirtschaft gekommen ist. Und interessiert? Nein. Er hat bloß mal gefragt, ob der Schani früher Soldat gewesen sei. Er meint, er tät ihn von irgendwoher kennen. Frag ihn das halt selber, hab ich gesagt, aber das hat er nicht getan. So wichtig scheint es ihm nicht gewesen zu sein.«

Nun griff Inspektor Gnott ein. »Hat er Ihnen erzählt, was er herausgekriegt hat?«

Jule verstand nicht. »Was herausgekriegt?«

»Er hat doch für eine Zeitung gearbeitet. Das wissens doch, oder?«

»Freilich. Aber er hat nicht viel drüber geredet.«

»Und er hat Ihnen auch nicht irgendwelche Sachen gegeben?«
»Was für Sachen meinens denn?«
»Schriftstücke zum Beispiel.«
Sie schüttelte bestimmt den Kopf. »Nein. Das hat er alles bei sich gehabt.«
Gnott beugte sich vor. »Und wo?«
»Er hat ein Versteck im Boden gehabt, bei sich in der Wohnung.«
»Also verbrannt«, stellte Gnott fest. Dann fiel ihm etwas ein. »Aber da war doch noch ein Spezl. Könnt er dem vielleicht etwas gesagt oder gegeben haben?«
»Dem Wigg? Möglich wär's. Aber ich weiß es nicht.«
Gnott lehnte sich nachdenklich zurück. Kajetan hob die Hand. »Wie du den Schani kennengelernt hast, da war er doch noch Soldat, stimmt's?«
»Ja. Bei den Roten.«
»Und? War er ein Überzeugter?«
»Kann schon sein.«
»Warum hat er dann aufgehört? Hat es ihm nicht mehr gefallen?«
»Doch«, antwortete sie. »Er hat mir früher einmal erzählt, daß er sogar den Präsidenten bewachen darf. Aber selber eine Wirtschaft haben, das hat ihn wahrscheinlich immer schon mehr interessiert.«
»Seit wann hat er das Albergo überhaupt?«
»Seit vier, fünf Wochen. Aber wozu ist das alles gut, was ihr von mir wissen wollt?«
Kajetan überging ihre Frage.
»Also zuvor ist er Soldat gewesen«, überlegte er laut, »und zwar bei der Republikanischen Schutztruppe. Und auf einmal wechselt er? Das kostet doch einen Haufen Geld, so eine Wirtschaft zu übernehmen. Das Albergo ist ja schließlich kein Bratwürstlstand.«

»Er hat, glaub ich, ein bisserl eine Erbschaft von einer Verwandten in Fürth gehabt, aber...«

»Aber was?«

»Er hat nie was von ihr erzählt gehabt. Alles, was ich von früher weiß, ist, daß er Schulden gehabt hat. Und zwar nicht wenig. Nie hat's gereicht bei ihm.«

Kajetan verschränkte die Arme und wandte sich Gnott zu. »Was meinen jetzt Sie, Herr Kollege? Da ist einer vorher Soldat, wo er zwar sein Auskommen hat, aber bestimmt nicht viel auf die Seite legen kann. Und auf einmal wird er Pächter einer Wirtschaft, und zwar einer ziemlich gutgehenden, wenn auch nicht grad bei den Roten...«

»Ich hör Ihnen schon wieder kombinieren«, bemerkte Gnott unwillig.

»So? Da sinds jetzt aber gescheiter als ich.«

»Tuns nicht so. Ganz auf den Kopf gefallen bin ich auch nicht.« Gnotts Stimme klang eisig. »Da ist ein roter Soldat, der auf einmal zu Geld kommt und eine Wirtschaft pachten kann. Weiter: Ein kleiner Zeitungsschreiber schnüffelt ihm hinterher und kriegt was raus, was den Roten schaden kann. Bevor er aber Gelegenheit hat, das, was er rausgefunden hat, zu veröffentlichen wird er... Hab ich recht?«

Kajetan hob seinen Zeigefinger. »Nicht ganz. Weil nämlich ein kleiner Haken dabei ist.«

»Und der wäre?«

»Er hat das Material nicht den Schwarzen angeboten, sondern der Nachtpost! Was aber eine rote Zeitung ist.«

»Richtig. Wenigstens tut sie so. Aber Sie wissen bestimmt schon, wie der Haken wieder grad wird.«

»Nein«, sagte Kajetan ehrlich. Gnott wurde ärgerlich. »Ich hab's langsam dick, daß Sie einen dauernd für blöd halten.«

»Wieso?« fragte Kajetan irritiert. »Seit wann? Jetzt hörens aber auf.«

»Sie denken doch bestimmt«, entgegnete Gnott ungeduldig,

»daß es da auch noch die anderen gibt, nämlich die Radikalen.«

»Den Spartakus?«

»Genau. Den Levermann und seine Genossen. Waren die nicht ebenfalls immer gegen den Präsidenten? Weil sie, solang es ihn gegeben hat, nie recht auf die Füße gekommen sind?«

»Darüber hab ich noch gar nicht nachgedacht«, gab Kajetan anerkennend zu. »Es stimmt aber, was Sie sagen. Warum hab ich nie in diese Richtung gedacht?« Kajetan überlegte. »Ich weiß, warum!« rief er plötzlich aus. »Abgesehen davon, daß Schanis Rolle bei der Geschichte noch immer nicht ganz klar ist, hat mich die ganze Zeit irritiert, daß er die Wirtschaft gekriegt hat. Die Roten gehen zwar gerne in die Wirtschaften, vergeben aber normalerweise keine Pachtverträge für vaterländische Wirtschaften. Gut, daß er bei seinem Gspusi, der Christine, war, wie Meiningers Haus in Brand gesteckt worden ist, spricht wiederum dagegen, daß er damit etwas zu tun hat.«

Kajetan führte seine Hände an die Schläfen. »Trotzdem«, fuhr er nachdenklich fort, »für mich steht immer noch nicht fest, ob nicht auch die andere Seite...«

»Was?«

»Na, so viel hab ich zumindest schon rausgefunden, daß die Schwarzen und die Konservativen nicht davor zurückschrecken, einen um die Ecke zu bringen. Wieso sollten sie den Meininger zufriedenlassen, wenn er ihnen gefährlich wird, weil er etwas herausgebracht hatte, was ihnen schaden könnte?«

»Interessant. Und was?«

»Es muß mit dem Mord am Präsidenten zusammenhängen. Was wäre, wenn heute herauskäme, daß der Graf Arco kein verwirrter Einzeltäter gewesen ist? Ich mag gar nicht dran denken! Die Stadt tät's zerreißen! Die gesamte Bourgeoisie und Aristokratie müßt um ihr Leben fürchten.«

Gnott zog die Augenbrauen nach oben. »Und was wär auf der anderen Seite«, fragte er spöttisch, »wenn rauskäm, daß der Doktor Levermann seine Finger bei dem Attentat im Spiel gehabt hat? Wer war's denn, der nicht auf die Höh gekommen ist, weil der Präsident eine so starke Position gehabt hat? Und wer ist heut kurz davor, die Macht zu übernehmen? Der Doktor Levermann und seine Genossen! Tja, jetzt wär's halt schön, wenn der schlaue Meininger noch auf der Welt wär, gell? Er hätt's uns gesagt.«

»Das wär schön, ja. Ist er aber nicht.«

Sie hatten das Mädchen nicht mehr beachtet. Ein unmenschliches Stöhnen ließ die beiden Beamten herumfahren. Hart krachte Jule auf den Boden auf und blieb reglos liegen.

»Um Gottes willen!« Kajetan stürzte auf sie zu, hob ihren Oberkörper an und schüttelte sie. »Hast du es nicht gewußt, Jule?« Er sah zu Gnott. »Schnell. Holens rasch den Doktor!«

Der Inspektor verließ hastig den Raum. Kajetan schüttelte das Mädchen wieder. Nach einer Weile öffnete es die Augen. »Ist... er... tot?«

Kajetan nickte. »Du hast es noch gar nicht gewußt?«

Sie schüttelte benommen den Kopf. Ihr Gesicht verzerrte sich vor Schmerz. Tränen liefen über ihre Wangen. »Nein...«, schluchzte sie, »...ich... hab doch auf ihn gewartet... Er hat gesagt... wenn's gefährlich wird für ihn, treffen wir... uns bei meinem... Bruder...«

Sie würgte und konnte nicht mehr weitersprechen. Ihr Körper krümmte sich. Zitternd klammerte sie sich an ihn fest.

Endlich trafen zwei Sanitäter ein.

Als sie und Jule den Raum verlassen hatten, richtete sich Kajetan auf. Er fühlte sich noch immer erschöpft. Die Ahnung jedoch, der Lösung des Falls nahe zu sein, ließ ihn die Müdigkeit vergessen.

47

»Wo möcht Er hin?« Der Soldat vor dem Portal des Polizeidirektoriums hielt seine Hand vor Kajetans Brust.

»Zu Ermittlungen, wenn's recht ist. Oder ist die Polizei schon abgeschafft? Sagt einem ja keiner was.«

»Spar dir deine Spaßettl. Kein Polizist geht mehr ohne Begleitsoldaten. Meint Er, daß Er eine Ausnahm ist?«

»Von mir aus«, seufzte Kajetan. »Wenns meinen.«

»Red nicht so dumm daher«, fauchte der Bewaffnete. »Xare!«

Ein großgewachsener, schlanker Bursche in schlechtsitzender Uniform löste sich aus einer Gruppe von Soldaten, die sich vor dem Portal der Polizeidirektion aufgehalten hatte.

»Xare, du gehst mit dem Wachtl da mit, hast mich?«

Der Soldat nickte gleichmütig und schulterte sein Gewehr. »Wo willst denn hin, Schandi?«

Kajetan unterdrückte seinen Ärger. »Kriminalinspektor Kajetan, wenn der Herr General erlauben.«

Xare lachte gutmütig. »Nichts General. Ich bin bloß der Xare von der Schwanthalerhöh. Geh weiter, vertragen wir uns. Hat doch keinen Taug.«

Der Inspektor war noch nicht ganz versöhnt. Er wäre lieber alleine geblieben. Er überlegte kurz. Dann lenkte er ein. »Also gut, gehen wir. Ich hab am Platzl drunten zu tun.«

48

»So, Inspektor, da wären wir. Und, was machst jetzt da?«

Kajetan senkte die Stimme und tat verschwörerisch. »Jetzt müssen wir uns da in diese Weinstube setzen.«

»Zu was nachert des?«

»Ein Betrugsfall. Drüben in der Maximilianstraße wohnt ein Mann, der der Waffenschieberei verdächtigt wird. Wir haben gehört, daß er jeden Tag um diese Zeit hier einkehrt.«

Xares Interesse hielt sich in Grenzen. »Von mir aus«, sagte er gleichgültig.

Sie betraten das düstere, fast leere Lokal und nahmen an einem der Holztische in der Nähe des Eingangs Platz. Von einem Tisch gleich beim Küchenzugang erhob sich eine mächtige, mütterlich wirkende Kellnerin und setzte sich wogend in Bewegung.

»Was derf's sein, die Herren?«

Kajetan bestellte ein Glas Rotwein. Die Kellerin nickte und sah auf den Soldaten. Dieser jedoch hob die Hand.

»Nichts.«

»Geh weiter. Hast kein Geld?« wunderte sich Kajetan.

Xare nickte und zuckte mit den Schultern.

»Geh, ihr kriegts doch einen Sold?«

»Schon«, antwortete Xare und tat sorgenvoll.

»Aber wieso hast dann kein Geld?«

»So halt.«

Kajetan begriff. »Noch einen«, wies er die Kellerin an, die daraufhin wieder an die Schänke ging. Xare grinste. »Merci, Inspektor.«

Wenig später standen zwei Gläser auf dem Tisch. Die beiden Männer wünschten sich ein Wohlsein und tranken. Xare schnalzte mit der Zunge, grunzte zufrieden und sah den Inspektor freundlich an.

»Ist es allweil so kommod bei der Polizei?« fragte er. »Dann will ich auch lieber ein Wachtl sein.«

Kajetan nickte ernst. »Allweil, Xare!«

Sie grinsten sich an. Xare nahm wieder einen kräftigen Schluck.

»Aber du scheinst dich ja auch grad nicht zu derrennen. Was hat dich denn eigentlich zu den Roten verschlagen?«

Xare sah ihn mit gespielter Empörung an. »Ein Verhör ist des aber nicht, gell?«

Kajetan wehrte schmunzelnd ab. »Nein. Das tät ich mich gar nicht trauen. Du bist mir viel zu raffiniert.«

»Stimmt«, bestätigte Xare. »Aber wennst mir schon den Wein zahlst, meinetwegen: Es ist zweng dem Geld, daß ich dabei bin. Weil meine Leut daheim was zum Essen brauchen. Und die Roten zahlen anständig. Wo sie's herhaben, ist mir wurscht.« Er trank einen Schluck und fuhr fort: »Gern bin ich's nicht. Wer vier Jahr im Feld war und wem das allweil noch nicht langt, der hat sich entweder einen Kopfschuß eingefangen oder einen Stall Kinder zu füttern. Von einem Kopfschuß wüßt ich nichts, aber wer mir daheim die Ohren vollplärrt, das weiß ich schon.«

Kajetan verstand. »Also bist nicht aus Überzeugung dabei.«

»Da liegst wieder verkehrt«, entgegnete Xare. »Zahlen könnt ich mich immerhin auch von den andern lassen, oder?«

»Richtig. Das heißt also: Ein Roter bist schon, aber halt nicht gern Soldat.«

»Ein Kriminaler, wie er im Büchl drinsteht. Respekt«, spottete Xare. »Aber nichts für ungut. Hie und da muß ich ein bissel boshaft sein. Und ich mag die Ausfragerei halt nicht so.«

»Das war kein Ausfragen, Xare. Ich will bloß wissen, was mit den Leuten los ist. Wennst mit ihnen reden möchst, denkens gleich weiß Gott was...«

»Hast ja recht«, gab der Soldat zu, »aber heut bin ich schon einmal mit einem von euch unterwegs gewesen. Der wollt auch allerlei Zeugs wissen. Wie die Stimmung wär unter den Soldaten. Gut, sag ich ihm. So? hat er gemeint, wirklich wahr? Ob er mir noch einen Schoppen ausgeben dürft? Da sag ich nicht nein, erwider ich. Drauf er: Was ich denn so mein, wieviel von uns dabeibleiben bei der Sach, wenn die Preußen in München einmarschieren, wie's überall heißt. Allesamt, sag ich, und er kriegt ganz runde Augen. Ja so! Na so was! meint er. Aber ihr habts doch viel zuwenig Bewaffnung? Zuwenig? frag ich ihn. Na freilich, sagt er, was habt ihr denn, ihr habts doch nichts, außer die paar Gewehre. Sag ich: Da wennst dich nicht täuschst. Meinst? fragt er und bestellt mir noch einen Schoppen. War ein gutes Tröpferl, muß ich zugeben.«

»Besser als der da?« Kajetan lächelte. Er mochte den Jungen.

»Da hat er sich ausgekannt!« erwiderte Xare mit Bestimmtheit. »Aber dann war's mir zu dumm. Ich dürft keine Geheimnisse weitersagen, hab ich erklärt, sonst geht's mir an den Kragen. Geh, tu nicht umeinand, sagt er, wir sind doch alle zwei praktisch beim Staat, da wird man doch reden können. Von ihm würd doch keiner was erfahren. Na, na! sag ich, da kommt's allerweil noch drauf an, von welcher Regierung! Ja, blast er sich auf, von der Räteregierung, von was für einer denn sonst? Ob ich mein, daß er vielleicht was mit den Bamberger Halunken zu tun hätt. Ach woher! erwider ich. Das sieht einer doch gleich! Und so ist's in einer Tour dahingegangen. Kurzum: Erfahren hat er nichts, und ich hab meinen Wein gekriegt, gell? Und jetzt frag mich auch noch was«, sagte der Soldat grinsend, »weil ich nämlich noch einen Durst hab.«

»Respekt, Xare. Von dir kann einer glatt noch was lernen.«

»Gell? Man tut, was man kann, nedwahr. Mach nur zu, Inspektor! Ich erzähl dir alles, wasd wissen willst.«

»Und alles ist wahr.« Kajetan nickte.

»Auf Ehr, Inspektor.« Xare lächelte verschmitzt.

Kajetan betrachtete ihn, und der Soldat wich seinem Blick nicht aus.

»Ja...«, begann der Inspektor zögernd, »... ich möcht dich schon was fragen. Es tät mich echt interessieren, und ich möcht auch keinen Witz hören. Und auch nicht, wieviel ihr seid und wieviel Gewehre und Geschütze ihr habt, weil's eh jedes Kind in München weiß, nachdems ihr vor ein paar Tag so eine famose Parade auf der Ludwigstraße abgehalten habt.«

»War eine Dummheit, ja«, gab Xare ernst zu. »Also? Frag?«

»Warum bist du dabei? Was soll rauskommen bei dem Zinnober, dens ihr anrichtets? Ich kenn mich nicht mehr aus, und ich möcht's gern.«

Der Soldat sah den Inspektor prüfend an. Dann zuckte er mit den Schultern. »Ist doch ganz einfach.«

»Grad neidisch könnt einer werden, wenn bei dir alles so einfach ist.«

Xare atmete hörbar aus. Er wirkte plötzlich müde. »Mei...«, begann er schließlich, »...schau, es gibt halt solcherne und solcherne auf der Welt.

Da gibt's die, denen alles gehört und die alles zum Sagen haben, sogar, daß sich unsereins zusammenschießen lassen darf, und die jeden Tag einen Kaviar fressen. Dann gibt's die, denen nichts gehört und die nichts zum Sagen haben und die schon froh sind, wenns einmal einen warmen Leberkäs kriegen.

Des hat aber nicht unser Herrgott so gemacht, sondern des hängt damit zusammen, daß die einen für die anderen die Arbeit tun. Das ist unrecht. Da bin da eher praktisch. Was wär da dran jetzt so kompliziert? Dazu braucht einer nicht einmal auf die Schul gehn.«

Kajetan hatte nachdenklich zugehört. »Blöd bist nicht«, sagte er anerkennend.

Xare schaute ihn stirnrunzelnd an. »Von dir weiß ich's noch nicht, Inspektor. Aber jetzt hören wir auf mit den Sachen.« Er wurde versöhnlicher. »Das ewige Gründeln macht einen ja ganz damisch.«

»Nicht so schnell, Xare. Es klingt ja alles ganz patent, was du mir da sagst. Aber warum haben wir denn jetzt so einen Verhau, nachdems ihr dran seids? Alle drei Tag eine andere

Regierung, da eine Demonstration, dort ein Putsch, dazwischen Kinder, die nichts mehr zu essen haben, Alte, die dahinsterben wie die Fliegen, weils kein Doktor mehr gescheit versorgt? Euer Achtstundentag – gut und schön. Aber die Leut haben ja gar keine Arbeit mehr. Warum haut's nicht hin? Warum, Xare?«

»Frag nicht so dumm«, brummte der Soldat verärgert. »Wennst ein bisserl praktisch denken tätst, wüßtest es selber. Weil sich der Mensch nicht mehr mit seinem Kracherl das Maul verbappen lassen will, wenn er einen anderen sieht, der so viel Schampus säuft, daß er's gar nicht mehr derbiseln kann. Der aber stemmt sich dagegen, daß ihm was abgenommen werden soll. Tät ich ja auch.«

»Aber ihr habts doch jetzt die Macht!«

Xare sah auf sein Gewehr. »Des ist keine Macht, wenn einer ein Gewehr hat«, sagte er nüchtern. »Es ist halt alles nicht so einfach zu machen, was einfach ausschaut. Und dann gibt's wohl eine Sorte Mensch, die den anderen verrät...« Er kniff die Lippen zusammen. »Aber jetzt langt's mir wirklich. Du machst einen ja ganz dasig mit deiner Rederei. Praktisch mußt denken, praktisch.«

Kajetan nickte nachdenklich und sagte nichts. Dann erhob er sich. »Jetzt müßt ich glatt einmal aufs Häusl. Das werden die Roten ja wohl noch nicht verboten haben.«

»Freut mich, wenn wenigstens du gut aufgelegt bist«, brummte Xare und schmunzelte. »Nein, habens nicht. Weil das praktisch unmöglich wär.«

Kajetan ging langsam nach hinten. Er betrat den kleinen Abort und schob den Türriegel zu. Dann öffnete er hastig das Fenster, kletterte hinauf und zwängte sich durch die Öffnung. Ohne sich umzusehen, durchquerte er eilig einen kleinen Innenhof. Ein dunkler Durchgang führte auf einen zweiten Hof. Er war menschenleer; an einer Seite waren Schnüre gespannt, an denen Wäschestücke hingen, und aus einem halboffenen

Fenster in einem der oberen Stockwerke klangen die Töne eines von ungeübter Hand gespielten Akkordeons. Kajetan amüsierte sich bei der Vorstellung, wie Xare auf ihn wartete, schließlich seine Flucht entdeckte und den Wein bezahlen mußte. Er machte sich halt alles zu einfach, da mochte er so praktisch denken wie er wollte.

Wieder führte eine Tür in einen schmalen, mit abgetretenen Steinen ausgelegten Flur. Nun waren schon die Geräusche der belebten Münzgasse zu hören. Der Inspektor hastete voran und zog die schwere alte Eichentür auf. Die Sonne war durchgebrochen; die Helligkeit blendete ihn.

»Ist Er also doch nicht in den Abort reingefallen. Da bin ich aber froh«, sagte Xare gemütlich und stellte sich ihm unmißverständlich drohend in den Weg. »Doch es macht nichts. Bei dir rührt sich wenigstens was.«

49

Raths war überrascht, als ihm die Notiz überbracht wurde, ein Kritiker des »Berliner Courier« würde gerne mit ihm über seine Pläne mit dem Prinzregenten-Theater, vor allem aber über sein Stück sprechen. Er bat seinen Sekretär, ihn bei der Sitzung des Presseausschusses zu vertreten, und eilte aufgeregt in das Foyer des Ministeriums, wo er von einem erfreut lächelnden, gutgekleideten Mann, der nur wenig älter schien als er, erwartet wurde.

In Berlin sei man auf ihn, Viktor Raths, hellhörig geworden, behauptete der Kritiker, denn die literarische Welt sei mittlerweile davon überzeugt, daß das moderne Theater neue Wege gehen müsse. Man erhoffe sich Impulse von seinem jüngsten Werk, über dessen Inhalt bereits eine Unzahl von Gerüchten in Umlauf seien. Könne er, Viktor Raths, der Öffentlichkeit nicht einige nähere Hinweise dazu geben?

Der Dichter versuchte zu verbergen, wie glücklich ihn dieser Besuch machte, wie sehr er sich geschmeichelt fühlte, daß der Courier einen Mitarbeiter zu ihm sandte. Bereitwillig war er damit einverstanden, das Gespräch in anregenderer Umgebung als im einschüchternden wie nüchternen Foyer des Ministeriums zu führen.

Die Luft hatte sich erwärmt, und ein tiefblauer Himmel spannte sich über den Odeonsplatz. In der frühlingshaften Luft zwitscherten Vögel. Die beiden Männer entschieden sich, einen kleinen Rundgang – mehr Zeit, sagte Raths, könne er sich leider wegen der Fülle seiner Aufgaben nicht nehmen – durch den Park an der Galeriestraße zu machen.

»Ich möchte das Stück einem jungen Mann widmen, welcher seine unerschrockene Wahrheitsliebe mit dem Leben bezahlen mußte«, begann Raths und legte die Hände auf den Rücken. »Ich gestehe, daß er es war, der mich erst zu meinem Stück angeregte.«

»Wie war sein Name? Wie ist er gestorben?«

»Eugen Meininger, ein junger, hoffnungsvoller Journalist. Die Umstände seines Todes lassen angeblich sowohl Selbstmord als auch Mord vermuten, teilte man mir bei der Polizei mit. Aber ich muß Ihnen nicht sagen, in welchem Zustand sich die alte Wittelsbacher Polizei derzeit befindet, und Sie können sich auch vorstellen, daß die Klärung des Falls mit größter Gleichgültigkeit, ja mit Widerwillen betrieben wird. Ich habe sogar mit einem der ermittelnden Beamten Kontakt aufgenommen, bin aber auf eine Mauer des Schweigens und der Ignoranz gestoßen.«

»Das interessiert mich. Erinnern Sie sich an den Namen des ermittelnden Beamten? Vielleicht ist er gesprächiger, wenn der Courier...«

»Das glaube ich nicht«, unterbrach Raths ihn höflich, »doch wenn Sie meinen?«

Der Kritiker notierte den Namen des Kriminalbeamten.

»Nun aber zunächst zu Ihrem Stück. Es soll dem aktuellen politischen Geschehen entnommen sein, kein Historienstoff also, und es soll ebenfalls kein ländliches Drama à la Doktor Andräe sein...«

Raths hatte gekünstelt aufgestöhnt. Der Journalist fuhr eilig fort. »...mit dem ich Sie um Himmels willen nicht degoutieren möchte! Sondern es soll den Kampf des Proletariats schildern. Und es soll keine klassische Dramenstruktur haben, sondern – wie Sie es in Ihrer Rede vor dem Aktionsausschuß revolutionärer Künstler kürzlich forderten – mit neuen Formen experimentieren, in denen sich gewissermaßen ein investigatives Element mit aufklärerischer Scholastik verbindet.«

Der Dichter wirkte angestrengt und schielte verstohlen zu seinem Gesprächspartner. Er nickte mehrmals eifrig. »So ist es. So ist es.«

»Nun aber zum Inhalt. Ist es möglich, darüber bereits Auskunft zu geben?«

»Nicht im Detail. Sie verstehen. Die Sprengkraft der Aufführung würde leiden, wenn zuviel vorab veröffentlicht würde.«

»Selbstverständlich. Dennoch...«

»Ich muß auch frank und frei gestehen, daß ich – übrigens sehr zum Leidwesen meines Verlegers – die Abfassung noch nicht völlig abgeschlossen habe, was jedoch zum von mir beabsichtigten Prozeß gehört.«

»Das bedeutet konkret?«

»Daß der Schluß noch nicht steht. Die Nähe zum aktuellen Geschehen zwingt mich, hier eine Lösung zu finden, die der Realität weitgehend entspricht. Das heißt, auch in Wirklichkeit ist das, was ich theatralisch vorstelle, noch nicht aufgelöst. Ich bin jedoch kurz vor dem Abschluß einiger Recherchen.«

»Ich verstehe. Nun, trotzdem muß aber doch wohl die

grundsätzliche Anlage des Stücks bereits festliegen. Sie müssen also doch bereits über Materialien verfügen, die Ihnen zu erkennen gaben, daß in ihnen die nötige Dramatik enthalten ist.«

Raths nickte ernst. »Gewiß. Die gibt es. Und sie sind es, die ich meinem unglücklichen Freund verdanke. Er hat durch Zufall gewisse Informationen zutage gefördert, die Grundlage meiner Arbeit waren. Eugen Meininger war ein glänzender Rechercheur, ein leidenschaftlicher Journalist, ja, ein Besessener – leider nicht unbedingt jener begnadete Autor, der den nötigen künstlerischen Erfordernissen entsprochen hätte.«

»Ich darf vermuten, daß Sie das als den Ihnen entsprechenden Part reklamierten?«

Raths' Gesicht hatte sich leicht gerötet. Er zögerte mit der Antwort. »Letztlich, ja. Lassen wir es bei dieser Beschreibung. Diese Details sind nicht von großer Bedeutung.«

»Ich verstehe«, sagte der Journalist. Er machte einen kräftigen Strich durch seine Notizen. Der Dichter nickte beruhigt. »Sie nehmen mir aber hoffentlich nicht übel, wenn ich Sie nun doch bitten muß, mir zumindest etwas zum Inhalt dieser Materialien zu sagen. Welches reale Geschehen also bildet den dramatischen Kern?«

Raths überlegte, während er langsam und leicht gebückt, als würde ihn etwas bedrücken, auf dem sandigen, noch feuchten weichen Parkweg ging. Sie waren allein. Vom Lärm der Stadt war nur ein fernes Rauschen zu hören. Das Bimmeln der Glocke eines Feuerwehrwagens war kurz zu vernehmen, verlor sich dann aber; der Wagen mußte von der Ludwigstraße in eine der Straßen der Maxvorstadt eingebogen sein.

»Es ist der Tod des Präsidenten«, begann er schließlich, »und die Hintergründe seiner Ermordung.« Er sah schnell zu seinem Begleiter, der jedoch nicht mehr als höfliche Neugierde ausdrückte und sich Notizen in einen kleinen Handblock machte.

»Aha?« sagte er.

»Verstehen Sie nun, warum ich zögere, Näheres der Öffentlichkeit kundzutun? Ich kann Ihnen höchstens eine Skizze einer einzelnen Szene geben.«

»Ich bitte Sie sehr darum, lieber Herr Raths!«

Die beiden Männer bestiegen eine kleine Anhöhe im Park. Der Dichter atmete heftig und fuhr sich unruhig durchs Haar.

»Gut. Stellen Sie sich den Raum des Staatsanwalts vor. Sie sehen ihn, einen Beamten. Ihm gegenüber sitzt einer jener Männer, die nach dem Attentat als Verdächtige in Gewahrsam genommen werden. Der Staatsanwalt ist höflich – der zu Vernehmende gehört zur Aristokratie. Kein lautes Wort fällt, kein hartes. Das Gespräch ist beinahe freundschaftlich. Man kennt sich vermutlich, von einer festlichen Redoute, von gemeinsamen gesellschaftlichen Anlässen. Nun stellt der Staatsanwalt die Frage, ob sein Gegenüber – nennen wir ihn Prinz von T. . . .«

». . . und T.? Liege ich richtig?«

Raths lächelte und nickte anerkennend.

»Dazu will ich mich im Augenblick aus naheliegenden Gründen nicht äußern. Nun, der Staatsanwalt stellt in fast entschuldigendem Ton die Frage, ob Prinz von T. an der Vorbereitung des Attentats beteiligt war. Natürlich weist dies der Befragte energisch zurück. Er könne zwar nicht abstreiten, dem Attentäter Graf Arco persönlich gelegentlich begegnet zu sein, er habe ihn jedoch seit vielen Wochen nicht mehr gesehen. Der Graf habe sich etliche Wochen vor seiner Tat zurückgezogen; hinzu komme, fügt der Prinz noch an, daß der Graf nicht gut angesehen gewesen sei. Er sei ein läppischer Drehkamerad gewesen, dessen Worte und Aufschneidereien niemand ernst genommen habe. Damit entläßt ihn der übereifrige Staatsanwalt, und er gibt ihm auch noch seine Verehrung für die Frau Gattin mit auf den Weg. Die Szene wechselt nicht. Nun wird der nächste Verdächtige hereingeführt. Auch er ein Mitglied des Adels und zusammen mit dem Prinzen Mitglied einer obskuren – so sagt der Staatsanwalt dies jedoch nicht – Loge, die sich der Pflege des Germanentums widmen würde. Und wieder dasselbe: Freundlichkeit, Höflichkeit, Rücksichtnahme. Und auch hier wieder die Frage nach der Verbindung zum Attentäter, welcher zu dieser Zeit noch schwerverletzt in einer Klinik liegt. Er habe den Grafen seit Wochen nicht mehr gesehen, sagt der Befragte, habe darauf außerdem keinen großen Wert gelegt, da es sich bei ihm um einen läppischen Drehkameraden gehandelt habe, dessen Worte man nicht ernst nehmen konnte. Auch diese Szene endet wie die vorige. Danach sehen wir wiederum, wie der Staatsanwalt einen Verdächtigen befragt. Auch er räumt ein, Mitglied des Thule-Ordens zu sein, den Grafen zwar gekannt, aber bereits seit Wochen nicht mehr getroffen zu haben. Worauf er auch keinen großen Wert gelegt habe, denn der junge Graf sei ein...«

»...läppischer Drehkamerad gewesen!« ergänzte der Journalist. »Abgesprochene Aussagen! Dazu ziemlich einfältig und sofort durchschaubar! Wie geht es weiter, Herr Raths? Das ist ja ungeheuerlich? Das ist... das ist eine Bombe – wenn es stimmt! Stimmt es? Woher haben Sie diese Information? Es sind die Vernehmungsprotokolle, die von der Staatsanwaltschaft unter strengem Verschluß gehalten werden! Wie erhielten Sie Zugang zu diesen Informationen?«

»Es ist ein Geheimnis, das jener junge Mann mit ins Grab genommen hat. Ich sagte Ihnen ja, daß er ein Besessener war! Ich habe nicht mehr als Andeutungen.«

»Welcher Art?«

»Es muß ihm gelungen sein, über einen Beamten – oder eine Beamtin – an die Protokolle zu kommen und Abschriften herzustellen, von denen ich wiederum die entscheidenden Passagen übertragen habe.« Erneut schien der Dichter an etwas zu denken. Sein Gesicht rötete sich wieder. Er wandte sich eine halbe Drehung und blickte zur Kuppel des Armeemuseums.

»Ich... ich plane übrigens, mit der Inszenierung des Dramas am 1. Mai zu beginnen. Wenn Sie darin eine gewisse Symbolik erkennen wollen, haben Sie vermutlich nicht unrecht.«

Er hob das Gesicht theatralisch zum Himmel, schloß die Augen und atmete tief durch.

»Symbolik wofür? Daß Sie Eugen Meiningers Unterlagen gegen seinen Willen für sich ausbeuten wollten?«

Raths fuhr herum.

»Wo sind diese Papiere?« fragte der Mann hart. Er hatte eine kleine Pistole auf Raths gerichtet. Der Dichter starrte ihn ungläubig an.

»Wo sind sie?«

»Nicht... hier... ich habe sie...«

»In Ihrer Wohnung vermutlich?«

Raths nickte. »Das ist gut«, sagte der Mann. »Sehen Sie diese Rauchsäule? Sie kommt aus einem Haus am Josephsplatz. Aus einer Wohnung im letzten Stockwerk. Sie kennen die Wohnung, ja? Vermutlich war Ihr Versteck erstaunlich gut. Aber wir können keine Zeit mehr damit verlieren, es zu suchen. Ähnlich mußten wir übrigens vorgehen, als in Meiningers Wohnung eingebrochen wurde und er überraschend auftauchte.«

Benommen nickte Raths. ›Es ist nicht wahr‹, dachte er, ›es ist zu erbärmlich.‹ Er fror mit einemmal und fühlte nichts mehr.

Die Browning spie ein lachhaftes Flämmchen.

50

»Geh, ich und zwider deswegen sein. Das regt mich schon gar nicht mehr auf«, hatte Xare erklärt. »Die meisten probierens. Und wie du auf den Abort bist, hab ich bloß die Wirtin danach gefragt, wohin die Zechpreller allerweil abhauen. Wenn ich dir aber einen guten Rat geben darf, Inspektor, dann den, daß du dich nie mehr bei der Wirtin blicken läßt. Hast gesehn, wie die beieinander ist? Ich garantier dir, daß die dir den Kopf abbeißt, wenn sie dich in die Pratzen kriegt!«

Kajetan mußte wider Willen lachen. Xares ausgeglichene Behäbigkeit bewirkte, daß er den Ärger über seine so gründlich mißlungene Flucht bald vergaß. Sie gingen nun die enge Pfistergasse entlang und kamen an eine Querstraße, die den kleinen Platz vor dem Hofbräuhaus mit der Maximilianstraße verband. Kajetan erinnerte sich plötzlich wieder an die Erzählung des Soldaten.

»Sag einmal«, er blieb abrupt stehen, »dieser Kriminaler, von dem du vorhin gesprochen hast, wollt der dir ebenfalls auskommen?«

»Der? Nein, der...«

»Du bist also mit ihm dorthin gegangen, wo er hinwollte.«

»Nicht direkt.«

»Was heißt das, Xare? Und wohin wollte er?«

»Ins Tal runter, in ein Haus neben dem Gasthof Soller.«

Kajetans Puls schlug schneller. »Und, weiter?« drängte er.

»Was weiter. Wir sind halt da rein und nauf in den obersten Stock. An einer Tür klopft er an, aber da öffnet niemand. ›Die ist nicht da!‹ sagt er und dann ist er zu einer Tür daneben und klopft wieder. Da macht aber ein junges Madl auf.«

»Wie hat sie ausgesehen? Schwarze Haare? Eher zierlich?«

»Nein, im Gegenteil. Gut beieinander, sehr gut sogar. Und blond. Allerdings ein wenig verhaut, tät ich sagen.«

»Und was hat der Beamte dann gemacht.«

Xare mußte überlegen. »Was hat er gemacht?« Dann erinnerte er sich wieder. »Tja, das war ein bißchen komisch.«

»Was war komisch, Xare. Jetzt tu doch nicht so umständlich umeinand. Das ist ja zum Kinderkriegen!«

»Laß mich doch«, wies ihn Xare ruhig zurecht. »Ich überleg halt erst, bevor ich einen Schmarren sag, gell. Und ich überleg deswegen, weil ich mich irgendwie gewundert hab, was er ihr alles erzählt hat, obwohl sie ihn gar nicht gefragt gehabt hat. Er hat ihr lang und breit von einem Fall erzählt – von einem Mann, dens erschlagen haben, wer verdächtigt wird und wer weiß was noch alles. Sie wollt immer wieder die Tür zumachen, aber er hat auf sie ganz umständlich eingeredet, alles dreimal gesagt, als sollt sie's ja auch kapieren. Und das scheint sie dann auch getan zu haben. Weil sie, wo sie doch zuerst ganz verschreckt war, auf einmal ruhiger geworden ist.«

»Wie? Er hat ihr also Geschichten erzählt, sie aber nichts gefragt? Nicht zum Beispiel, ob sie in irgendeiner Nacht mit irgendeinem Mannsbild zusammengewesen ist?«

»Nein. Nur nach einer... wie hats denn gleich geheißen?«

»Christine?«

»Hast recht. Nach der hat er sich erkundigt. Aber frag mich nicht, was das Ganze für einen Zweck gehabt haben soll.«

»Das kann ich dir schon sagen. Was du mir erzählst, hört sich ganz so an, als ob jemand gewarnt werden sollte, Xare. Und wenn du mir jetzt noch...«

Sie waren weitergegangen und hatten die Maximilianstraße erreicht. Von Osten ertönte plötzlich der Lärm von mehreren Lastkraftwagen, die sich in schneller Fahrt auf die Altstadt zubewegten. Auf der offenen Ladefläche standen Soldaten mit roten Armbinden. Vom Hofbräuhaus kommend, rannten einige Bewaffnete, die sich noch im Laufen die Jacken überzogen, ebenfalls in Richtung Innenstadt. Im Westen waren plötzlich mehrere dumpfe Detonationen zu hören.

»Was ist, Kameraden?« rief Xare den Vorbeihastenden alarmiert zu.

»Frag nicht so deppert!« schrie einer der Männer. »Alles zum Bahnhof raus! Ein Putsch! Die Drecksäu haben den Landtag überfallen. Den Heßstätter und den Unterleitner habens verhaftet und sagen, daß sie sie erschießen! Geh weiter! Was stehst denn noch so blöd rum?«

Xare überlegte einige Sekunden, dann winkte er Kajetan zu und folgte den Soldaten.

Verdattert beobachtete Kajetan nun, wie sich die Stadt binnen kürzester Zeit in einen fiebernden Organismus zu verwandeln schien. Immer mehr Soldaten, aber auch mit Armeegewehren bewaffnete Zivilisten strömten in die Altstadt. Vom Regierungsviertel ertönte das Rattern eines Maschinengewehrs, und wieder waren in der Ferne die dumpfen Detonationen eines Granatwerfers zu hören. Plötzlich knallten in der Nähe des Inspektors Schüsse. Er sprang erschrocken zur Seite, warf sich zu Boden und kroch hastig zu einem Hauseingang. Die Tür ließ sich öffnen; mit einem Sprung hechtete Kajetan in den Hausgang und ließ die Tür hinter sich zukrachen. Ein heißer Schmerz durchfuhr ihn wie ein Stromschlag. Am Treppenabsatz stand ein altes Paar und starrte ihn entsetzt an. Die Frau kam schnell zu ihm, reichte ihm den Arm und führte ihn in den hinteren Teil des Ganges.

»Was ist denn los?« keuchte der Inspektor.

»Was wird schon los sein«, sagte der alte Mann ruhig. »Alle sinds halt verrückt geworden.« Seine Frau nickte und wandte ihre Aufmerksamkeit wieder dem stärker werdenden Schußwechsel zu, der nach einigen Minuten jedoch abzuflauen und sich nach Norden zu verlagern schien. Dann trat Stille ein, die nur vom erregten Atmen der beiden Alten, die angestrengt den Geräuschen auf der Straße lauschten, unterbrochen wurde. Vereinzelt waren nun Rufe zu hören.

Zögernd ging der Mann zur Tür und öffnete sie vorsichtig. »Bleib herinnen, Vater, um Himmels willen«, flüsterte die Frau entsetzt.

»Um mich ist's eh nimmer schad, Mamma«, erwiderte er mit trotziger Gelassenheit.

»Doch, du Rindviech, du!« widersprach sie mit einer zitternden, vor Angst und Liebe brechenden Stimme.

Der Alte hörte es nicht mehr, steckte zuerst seinen Kopf

hinaus, richtete sich dann auf und trat nun vor das Haus. Es war zu hören, wie er mit einem Mann sprach, der aufgeregt auf ihn einredete.

Nach einer Weile kehrte er wieder zurück. »Alles schon vorbei, liebe Leut. Die Roten haben gewonnen. Spartakus regiert München.«

Der Inspektor wollte aufstehen. Erst jetzt bemerkte er, daß er sich bei seinem Hechtsprung am Arm verletzt hatte. Die Türklinke hatte seinen Ärmel aufgerissen und eine schmale, aber heftig blutende Wunde hinterlassen.

»Kommens«, sagte die Frau, »ich bind Ihnen was drum.« Sie führte Kajetan in die Wohnung im Erdgeschoß, wo sie aus einer Schublade ein Stück Stoff nahm, das sie ihm über die Wunde legte.

»Schaut schlimmer aus, als es ist«, sagte sie erleichtert. »Sie werden's überleben, Herr.«

Kajetan sah sie dankbar an und sank auf einen Stuhl. Ihm war plötzlich schlecht geworden. Er atmete tief ein. Nach einigen Minuten hatte sich sein Magen wieder beruhigt. Erst jetzt fiel ihm ein, daß er seit dem frühen Morgen noch nichts gegessen hatte.

Die Frau schien es zu bemerken. Sie bot ihm ein Stück Brot an, das er sich hungrig in den Mund steckte.

»Sonst ist nichts mehr da«, erklärte sie entschuldigend. Der alte Mann hatte sich ans Fenster gestellt und sah nach draußen. »Ein Kreuz ist's«, sagte er bedrückt. »Jetzt wird die Gaudi erst richtig losgehen. Ach, manchmal denk ich mir, frühers, beim Prinzregenten, war's doch besser. Wann nur der verfluchte Krieg nicht gewesen wär.«

»Du kommst mir so vor wie der, der wo in eine Wirtschaft geht und einen Schweinsbraten mit Knödel bestellt, aber sagt: Statt dem Schweinern möcht ich ein Rind und statt dem Knödel ein Kraut«, meinte die Alte nüchtern.

Ihr Mann sah sie verwundert an, warf einen hilflosen Blick

auf Kajetan und dachte angestrengt nach. »Also... da komm ich jetzt nicht mit, Mamma.« Sie seufzte.

51

Kajetan hatte wenig später die Wohnung der beiden Alten verlassen. Er schaute sich um. Das Leben auf den Straßen hatte sich längst wieder normalisiert; fast schien es, als wäre alles nur ein verrücktes Hirngespinst gewesen. Er war unschlüssig, was er nun tun sollte. Sollte er zurück zur Polizeidirektion gehen und Gnott zur Rede stellen?

Er schüttelte den Kopf. Nein. Gnott würde sich herausreden können: Der Soldat müsse das mißverstanden haben oder würde phantasieren. Kajetan hätte ihm nicht das nachweisen können, dessen er sich fast sicher war. Er dachte nun auch darüber nach, wann Gnott in seine Abteilung versetzt worden war. War es nicht kurz nachdem vor gut anderthalb Monaten die Meldung vom Tod des Beamten der Staatsanwaltschaft hereingekommen war? Welches Spiel spielte Gnott?

Er hätte sich besser nach Hause begeben, sich dort auf das Kanapee gelegt, sich endlich ausgeruht und über alles, was ihm in den letzten Tagen widerfahren war, nachgedacht. Warum er jetzt trotzdem den kurzen Weg zur Maximilianstraße ging, vor dem Vier Jahreszeiten stehenblieb und zu den Fenstern des obersten Stockwerks sah, wußte er nicht genau.

Er sprang zurück. Ein offener Lastwagen, auf dessen Ladefläche einige erschöpft wirkende Soldaten saßen, war in schneller Fahrt nach Osten unterwegs. Als Kajetan das Treppenhaus des Nebeneingangs betrat, hörte er nach wenigen Schritten nichts mehr davon, was auf der Straße vor·sich gehen mochte.

Während der Inspektor bei seinem ersten Besuch noch den

Eindruck hatte, es herrsche wenn nicht reges, aber doch immerhin Leben in diesem Gebäude, so war nun kein Mensch zu sehen. Der weiche Teppich schluckte den Schall seiner Tritte.

Die Tür zu den Räumen des »Vereins zur Pflege deutscher Kunst« war angelehnt. Kajetan stutzte; auch der geräumige Vorraum, in dem die Sekretärin gesessen hatte, war leer.

Ratlos sah er sich um. Zwei Türen führten zu den anderen Räumen. Sie schienen gepolstert, denn die Stimme, die er nun hinter einer der Türblätter hörte, war kaum zu verstehen. Zögernd näherte sich der Inspektor; er lauschte angestrengt. Schließlich klopfte er an. Eine ruhige Stimme antwortete.

Kajetan drückte die Klinke runter und schob die Türe langsam auf. Er starrte in den Lauf eines Gewehrs.

»Heb deine Hände«, sagte der Soldat mit der roten Armbinde, »du bist festgenommen.«

52

Auf dem Weg zum Revolutionsgericht in der Haidhauser Kirchenschule erfuhr Kajetan, was vorgegangen war.

»Stell dich nicht dümmer, als du bist«, hatte der Soldat mürrisch gesagt, als Kajetan ihm darlegte, daß er sich in das Hotel begeben habe, um einen Kriminalfall aufzuklären. »Die Polizei gibt's nicht mehr. Die Direktion ist gestürmt worden.«

Doktor Levermanns Truppen hatten, obwohl zahlenmäßig unterlegen, den Putsch der Konservativen niedergeschlagen, während die republikanischen Soldaten unschlüssig in ihren Unterkünften auf den Einsatzbefehl warteten und sich teilweise den Rebellen angeschlossen hatten. In der ungeheuren Erregung, die nach dem Überfall der Putschisten auf den Landtag und nach der Verhaftung einiger Politiker herrschte, nutzten Levermanns Männer die Gunst der Stunde und übernahmen die Macht.

Mehr, als daß der »Verein zur Pflege deutscher Kunst« die Zentrale der Putschisten war und den Umsturz vorbereiten half, konnte Kajetan aus dem wortkargen Soldaten nicht herausbringen.

»Was mit dir geschieht, erfährst früh genug«, hatte er geschlossen und zur Eile gedrängt. Er hatte recht.

Das Revolutionstribunal war in einem der Klassenzimmer eingerichtet. Ungelenk las der Ankläger vom Blatt. Kajetan, Paul, von Beruf Polizeiinspektor, sei als Mitglied des Thule-Geheimbundes, welcher sich als »Verein zur Pflege deutscher Kunst« getarnt habe, der verräterischen Sabotage gegen die Räterepublik, der Durchführung willkürlicher Beschlagnahmungen und Plünderungen mit Hilfe gefälschter Stempel sowie der Vorbereitung des Hochverrats angeklagt.

Richter Kronseder, ein noch junger Mann, dem die Herkunft aus einer der ärmeren Vorstädte deutlich anzusehen war, wirkte überfordert.

»Er sagt, er sei nur in seiner Eigenschaft als Polizist in den Räumen des Thule-Bundes gewesen und habe keine Ahnung gehabt, was wirklich dort vorgegangen sei«, wandte er sich fragend an seine Beisitzer. Einer lachte sarkastisch auf.

»Jetzt sag bloß, daß du das auch noch glaubst. Vielleicht erzählt der uns gar noch, daß er gegen diese Verbrecher ermittelt habe? Das wär ja das erstemal, daß die Polizei die Richtigen angeht!«

Mit fahrigen Bewegungen kratzte sich Kronseder am Hals. »Es klingt tatsächlich unwahrscheinlich...«

»Unwahrscheinlich?« unterbrach ihn einer der Beisitzer höhnisch.

»Hältst jetzt endlich einmal dein Maul?« fauchte der Richter und wandte sich wieder an den Inspektor. »Erzähl Er uns, wegen was Er dort ermittelt haben will.«

Bevor Kajetan beginnen konnte, war besagter Beisitzer wütend aufgesprungen. »Ich glaub dem kein Wort! Das geht jetzt schon den ganzen Tag so mit dir! Obwohl die Beweise auf dem Tisch liegen, läßt du die Leut entweder aus oder behandelst sie, als tätst allerweil noch in deinem Kramerladen stehn. Weißt, was ich dir sag? Für diese Geschichte bist du nicht der Rechte!«

»Na, dann mach's halt selber! Ich hab mich nicht drum gerissen!« gab Kronseder gereizt zurück.

Der Beisitzer kniff die Augen böse zusammen. »Wenn da nicht gar was anderes dahinter ist...«

»Was... was soll da dahinter sein?« begann der Richter zu stottern. Verblüfft sah Kajetan von einem zum anderen. Sein Bewacher saß, das Gewehr auf dem Schoß, ungerührt neben ihm und begann sich Tabak in seine Pfeife zu stopfen.

Der Beisitzer stemmte seine Arme auf den Tisch und beugte sich zu Kronseder, dessen Gesicht Farbe zu verlieren begann. »Was da dahinter sein soll? Mußt da soviel drüber nachdenken? Ich sag's dir ins Gesicht, Kronseder: Wie du das da machst, gefällt mir nicht! Was ist denn mit dem Grafen, der unseren Präsidenten über den Haufen geschossen hat? Weil er von ein paar Kugeln geritzt worden ist, läßt du ihn gemütlich in seiner Krankenkammer liegen, wo er das beste Essen von den Seinigen kriegt, und der beste Doktor von der ganzen Stadt ist Tag und Nacht um ihn. Und mit all den anderen, was geschieht mit denen, die wir heut erwischt haben? Da braucht bloß einer zu sagen, daß ihn heut der Föhn drückt, dann läßt der Richter Kronseder ihn gleich wieder aus. Er muß nur versprechen, daß er vorbeischauen wird, wenn's ihm bessergeht, damit wir ihn aburteilen können!«

»Ist doch nicht wahr!« verteidigte sich Kronseder verletzt. »Das war doch bloß mit dem alten Kunstmaler, den ich hab heimgehen lassen. Außerdem hat's heut einen Föhn. Ich spür ihn auch schon den ganzen Tag!«

»Ha!« lachte der Beisitzer bitter und verließ polternd den Raum.

Der zweite Beisitzer wand sich unruhig auf seinem Stuhl und wich dem Blick des Richters aus.

»Ja. So... Was, äh, geschieht jetzt?« sagte Kronseder hilflos.

»Einen neuen Beisitzer brauchen wir halt«, meinte der andere Mann. »Seine Ordnung muß es schon haben.«

»Du...?« wandte sich der Richter an den Soldaten. »Tätst du vielleicht...?«

Dieser nahm die Pfeife aus dem Mund und schüttelte den Kopf. »Wirklich nicht.«

»Tja... dann...«, Kronseder zögerte und sah auf den Tisch.

»... dann wär die Verhandlung zu Ende, nicht wahr?« sagte Kajetan schnell und stand auf. Er versuchte ruhig zu wirken. Bevor Kronseder ergeben nicken konnte, wurde die Tür des Klassenzimmers aufgerissen. Der Beisitzer und zwei Männer traten ein. Einen von ihnen kannte Kajetan bereits.

»Genosse Kronseder«, rief einer der Männer, der offensichtlich das Sagen hatte, »du bist deines Amtes enthoben und meldest dich augenblicklich beim Kommandanten! Du auch!« Er hatte auf den anderen Beisitzer gedeutet.

»Zu Befehl, Herr... äh, Genosse Seidl.« Kronseder, der bleich geworden war, erhob sich und ging wankend zur Tür. Der andere Beisitzer folgte ihm kopfschüttelnd.

Seidl und die beiden Männer nahmen am Richtertisch Platz. Der neue Richter warf einen kalten Blick auf den Angeklagten. Kajetan fühlte, wie ihm der Schweiß aus den Poren brach. Er bekam Angst.

»Ich bin informiert«, begann Seidl. »Er streitet also ab, Mitglied dieser Bande gewesen zu sein?«

Kajetan nickte beunruhigt. »Ich erheb Einspruch gegen den Beisitzer Hölzl!« rief er. Seidl sah ihn überrascht an.

»Wieso?«

»Er ist wegen Einbruchs verurteilt worden. Ich habe ihn überführt. Er wird nicht unabhängig sein!«

Seidl wandte sich an seinen Nachbarn. »Ist das wahr? Wenn's das ist, dann kannst dich gleich schleichen. Das laß ich mir nicht nachsagen, daß...«

Hölzl war rot angelaufen.

»Der lügt doch! Merkst nicht, daß er bloß probiert, seinen Kopf aus der Schling zu ziehen?« rief er erregt. »Er hat's mir anhängen wollen. Aber ich bin nicht verurteilt worden!«

Es stimmte. Die Verhandlung hatte noch nicht stattgefunden. Es mußte Hölzl gelungen sein, im Chaos der vergangenen Tage aus dem Untersuchungsgefängnis zu fliehen.

»Na gut«, Seidl nickte, »ich glaub dir eher als ihm. Aber weh dir, wenn ich dahinterkomm, daß es stimmt!«

»Tut's nicht!« bekräftige Hölzl erleichtert.

»Also weiter. Ich will keine Zeit mehr verlieren«, kam Seidl dem Inspektor, der etwas sagen wollte, zuvor. »Ich glaub ihm auch nicht, daß er mit dem Thule-Bund nichts zu tun hat. Außerdem liegt gegen ihn noch anderes vor.«

»Was, bitte schön?«

Der Richter machte eine befehlende Handbewegung. »Holts den Genossen rein, der das bezeugt hat!«.

Einige Minuten vergingen. Fieberhaft überlegte Kajetan, wie er sich aus dieser Situation retten konnte. Hölzl würde die Chance nutzen, sich an ihm zu rächen. Dann kehrte der Soldat mit dem Zeugen zurück. Kajetans Atem stockte. Er riß die Augen auf. Er konnte nicht glauben, was er sah.

»Es stimmt, Genossen«, bekräftigte Gnott ruhig, »dieser Mann hat gegen die Revolution in besonders infamer Weise konspiriert.«

Seidl lehnte sich zufrieden zurück. »In welcher Form, Genosse Gnott?«

»Er hat versucht, euch einen feigen Mord anzuhängen. Er hat alles getan, um zu beweisen, daß die Genossen einen Journalisten ermordet haben, weil dieser angeblich etwas herausgefunden hat, was sich gegen die Revolution richtet.«

Kajetan rang nach Atem. Sein Puls flog. Er sprang auf.
»Herr Kollege, Sie wissen doch, daß ich nie... ich...«

»Setz dich augenblicklich, und halt den Mund«, herrschte Seidl ihn an und wandte sich wieder an Gnott.

»Weiter?«

»Außerdem hat er Beweise dafür konstruiert, daß der Genosse Levermann hinter dem Attentat auf den Präsidenten steckt.«

Das schien auch Seidl kurzfristig die Sprache zu verschlagen. »Was...?!« rief er aus. »Der Genosse Levermann soll den...? Mir scheint, dann ist es wohl das beste, ihn gleich in die Irrenanstalt in der Nußbaumstraß zu schaffen.«

»Durchaus nicht, Genosse Seidl. Inspektor Kajetan gilt als einer der fähigsten Beamten, den die Münchner Polizeidirektion hat.«

»Gnott, spinnens jetzt komplett?« keuchte Kajetan.

»Was?« fragte Gnott kühl. »Daß Sie das sind? Habens das nicht auch selber allweil raushängen lassen?«

Seidl verlor die Geduld.

»Die Sach ist klar. Genossen, wir sind uns einig?« Er sah nach links und rechts. Die beiden Männer nickten.

»Wa... wa...?« stotterte Kajetan fassungslos.

»Er ist der gegen ihn erhobenen Anklage überführt und wird zum Tode verurteilt«, sagte Seidl. Unmerklich zuckten seine Lider.

Kajetan starrte ihn ungläubig an. Auf einen Wink Seidls ergriff der Wachsoldat seinen Arm, zog ihn hoch und führte ihn aus dem Raum.

Gnotts Gesicht ließ keine Regung erkennen. Auch er wirkte nun plötzlich angespannt.

53

Die erste Nacht und den darauffolgenden Tag hatte Kajetan wie in Trance zugebracht. Seine Versuche, die Wachsoldaten dazu zu bewegen, ihn erneut dem Richter vorzuführen, hatte er bald aufgegeben. Die Soldaten lachten ihn aus; und dann hatte ihn einer der anderen Gefangenen am Revers gepackt und ihn angebrüllt, er solle endlich mit diesem Unsinn aufhören. Der Inspektor hatte sich daraufhin auf eine Pritsche gesetzt, die Knie an seinen Körper gezogen und seinen Kopf zwischen seine Arme gesenkt. Er war verzweifelt. Vom Essen, das die Gefangenen erhielten, hatte er nichts angerührt. Schließlich war das Licht, das durch einen Schacht in den Karzer der Schule fiel, wieder schwächer geworden. Die Gefangenen hörten, wie sich in den frühen Abendstunden die Schule mit Männern zu füllen schien. Lastwagen um Lastwagen war in den Hof der Schule gefahren. Dem Klang ihrer Stimmen nach zu urteilen, herrschte unter den Soldaten eine gereizte Atmosphäre.

Dann war die Nacht hereingebrochen. Ein Wachsoldat hatte den Gefangenen eine Schale mit Suppe gebracht. Kajetan nahm einige Löffel davon, bis sich sein Magen verkrampfte. Eine trübe Glühbirne erleuchtete den Raum. Die Gefangenen schwiegen und hingen ihren Gedanken nach. Von draußen war das dumpfe Klacken schwerer Schritte zu hören. Die Soldaten sprachen in kurzen, abgehackten Sätzen miteinander. Vermutlich wechselten nun die Bewacher. Kajetan fühlte noch immer den Schock, den er nach seiner Verurteilung erlitten hatte. Er zitterte leicht; langsam jedoch schien sein Gehirn wieder klare Gedanken fassen zu können. Kajetan sah sich um. Jeder der vier Männer, mit denen er in der Zelle saß, war zum Tode verurteilt worden. Zwei der Gefangenen waren bei der Razzia in den Räumen des Thule-Geheimbundes festgenommen worden. Sie trugen noch Stempel bei sich, mit denen die Unterschrift des Oberkommandierenden der Roten Armee gefälscht werden konnte. Der dritte Verurteilte war mit seinem Wagen vor dem Hotel ergriffen worden. Hinter dem Verdeck hatten die Soldaten eine größere Menge Waffen gefunden, und er war so unvorsichtig gewesen, Schriftstücke, die ihn als Mitglied des Thule erkennen ließen, in seiner Jackentasche aufzubewahren. Zwei der Männer hatten sich auf Holzpritschen gesetzt und starrten teilnahmslos zur Decke. Der dritte Gefangene schlief bereits tief. Keiner von ihnen schien Angst zu haben.

Im Haus war nun offenbar wieder Ruhe eingekehrt. Von fern schlug die Turmuhr der Johanniskirche. Es war kurz vor Mitternacht. Kajetans Unruhe war gewachsen. Außerdem verspürte er nun ein immer dringenderes Bedürfnis. Er stand auf und klopfte an die Tür.

»Was ist?« Die Stimme des Mannes war undeutlich. Trotzdem hatte Kajetan den Eindruck, sie bereits einmal gehört zu haben.

»Ich muß aufs Häusl!«

Eine Weile rührte sich nichts. Der Wachhabende schien sich entfernt zu haben. Wieder klopfte Kajetan. Ein Schlüssel wurde im Schloß gedreht. Die Tür öffnete sich. Der Wachsoldat stand im dämmrigen Kellergang und hatte seine Waffe auf ihn gerichtet. Kajetan trat einen Schritt vor.

»Na, na! Wirst schon nicht gleich in die Hosen ma... Wer ist denn das?« Der Soldat stutzte. Erst jetzt erkannte ihn der Inspektor.

»Sie...?«

»Ja, wie...«, sagte der Betriebsrat Eckert und senkte die Stimme, »... wie kommen Sie denn da hinein? Sie sind doch der Inspektor, der wo mir seinerzeit...« Kajetan atmete erleichtert auf. Eckert versperrte die Tür hinter ihm. »... der wo mir seinerzeit in der Druckerei geholfen hat, den Bazi zu überführen? Und jetzt sitzens da herin? Da kann doch was nicht stimmen? Was habens denn angestellt, daß Sie im Loch sitzen? Und grad in dem?«

Hastig erklärte Kajetan, daß er verhaftet wurde, weil er sich auf der Suche nach dem Mörder eines jungen Mannes zufällig in den Räumen des Thule-Bundes aufgehalten hatte.

»Und des hat man Ihnen nicht geglaubt? Hättens sich doch gerührt. Ich hätt freilich für Sie ausgesagt!« beteuerte der Betriebsrat.

»Woher soll ich denn wissen, daß Sie bei den Roten sind, Eckert? Gesehen hab ich Sie auch nirgends.«

»Ich bin ja erst heut abend von der Guldeinschule rübergeschickt worden!«

»Na, dafür war der Hölzl Beisitzer bei der Verhandlung. Könnens Ihnen ausrechnen, wie der gestimmt hat?«

»Allerdings«, knurrte Eckert. Sie waren bei der Toilette angekommen. »Jetzt gehns erst einmal aufs Häusl. Ich muß mir was ausdenken, Herr Inspektor.«

Kajetan trat ein. Er war aufgeregt. Aber was würde Eckert für ihn tun können?

Als er den Abort verließ, hatte sich der Betriebsrat wirklich etwas einfallen lassen.

»Passens auf, Herr Inspektor«, flüsterte er, »aus dem Haus bringen kann ich Ihnen jetzt nicht, das würd uns beiden den Kragen kosten. Aber Sie müssen aus dem Loch da drüben. Für die, die da sitzen, schaut's düster aus. Die sind morgen früh dran und sollen noch heut nacht rüber in die Luitpoldschule gebracht werden. Kommens, ich bin grad allein. Der Kurti ist Gott sei Dank vorhin schnell rüber zu seiner Frau, weil die gleich vis-à-vis wohnt. Der sagt nichts, weil's sonst aufkommt. Ich pack Sie in die andere Zelle, wo sie die eingesperrt haben, die morgen noch mal vorgeführt werden sollen. Und danach sehen wir weiter. Und kein Wort zu niemandem! Auch nicht zu den Gefangenen!«

54

Kajetan sah sich erstaunt um. Die Gefangenen schienen guter Laune zu sein. Neugierig musterten sie den Ankömmling, erkundigten sich, wie er heiße und stellten sich ebenfalls vor. Ihre Namen, erklärten sie, seien auf einer Liste entdeckt worden, die Soldaten im »Vier Jahreszeiten« gefunden haben.

»Manz!« sagte einer der Gefangenen, ein nicht mehr junger, etwas dicklicher und kurzatmig wirkender Mann. Kajetan erwähnte mit keinem Wort, daß er bereits von ihm gehört hatte. Er wußte, daß er, wenn sich seine Ahnung bezüglich der Lösung des Mordfalls Meininger bestätigen sollte, nun auf der Hut sein mußte. Aus dem Hintergrund des Raums, der von der Deckenbirne nur schwach beleuchtet wurde, trat eine Frau auf ihn zu. Auch sie kannte der Inspektor bereits.

»Frau Weinbaum?« Kajetan blickte sie verwundert an.

»Ich muß zugeben«, sagte sie mit einer etwas gezwungenen Freundlichkeit, »daß ich Sie bei unserer ersten Begegnung beinahe falsch eingeschätzt habe. Ich war sogar versucht, Herrn Lohmann vor Ihnen zu warnen. Zum Glück war das Telefon wieder unterbrochen, sonst hätte ich Ihnen Unrecht getan. Ich freue mich, daß Sie doch noch zu uns gefunden haben. Na, was gibt's draußen Neues?«

Kajetan mußte eingestehen, daß er es nicht wußte. Auch vom Generalstreik, der wenige Stunden nach seiner Verhaftung ausgerufen wurde, hatte er keine Ahnung.

»Ich frag mich, ob das ganze Theater wahr ist«, sagte einer der Gefangenen kichernd, der sich als Student der Malerei vorgestellt hatte. »Da sind der Levermann und seine Bagage an der Macht, und was tun die roten Dummköpfe als erstes? Einen Generalstreik ausrufen! Sie streiken praktisch gegen sich selbst! Hat die Welt schon mal so etwas gesehen?«

»Nun«, erklärte ein älterer weißbärtiger Mann, der von den

anderen mit »Professor« angesprochen wurde, »auch die Arbeiterschaft hat ihre Mythen, ihre fast religiösen Rituale. Eines davon ist der Generalstreik.«

»Einerseits haben sie recht«, widersprach Manz, »andererseits zeigt er aber auch, wie wenig sie die jetzige Situation verstehen und wie wenig sie sich ihrer Macht bewußt sind.«

Der Student sah neugierig auf den Professor, der nachdenklich den Kopf wiegte. Manz wandte sich an Kajetan.

»Und was hat man Ihnen zum Vorwurf gemacht?«

»Das wenn ich wüßte.«

»Wie hat denn die Anklage gelautet?«

»Daß ich ein Konterrevolutionär sei, wenn ich es richtig verstanden habe.«

Ein schallendes Gelächter hallte durch den Raum. Manz schlug ihm freundschaftlich auf die Schulter. Kajetan lächelte gezwungen. »Dann noch einmal herzlich willkommen in unserem Kreis. Und wie haben Sie konspiriert, wenn man fragen darf?«

»Ich habe dem Herrn Levermann den Mord am Präsidenten anhängen wollen, sagen sie, und...«

Der Student prustete los. Manz schüttelte erheitert den Kopf. »Genial! Und, ist es Ihnen gelungen?«

Kajetan antwortete nicht, sondern machte statt dessen eine vielsagende Miene. Der Professor beugte sich vor.

»Es klingt tatsächlich, als wäre es eine hervorragende Idee. Ich bin mir aber nicht ganz sicher«, dabei wandte er sich an seine Mitgefangenen, »ob das noch nötig war.«

»Wie meinen Sie das, Herr Professor?« wollte Manz wissen. Auch Kajetan sah ihn mit gespieltem Interesse an.

»Nun«, erklärte der Professor dozierend, »sind Levermann und seine antinationale Bewegung, der ja auch im Kern der Präsident zuzurechnen war, nicht eh bereits genügend diskreditiert? In der Betonung dieser Frage war unsere Propaganda äußerst erfolgreich. Ich frage mich, ob es der völkischen Bewegung mittlerweile nicht sogar nützte, wenn sie sich selbst mit dieser Befreiungstat brüsten würde?«

Kajetan dachte kurz nach und entschloß sich, den Beleidigten zu spielen.

Der Professor bemerkte es und lenkte lächelnd ein. »Aber Sie haben bestimmt Bestes im Sinn gehabt! Eine großartige Idee, ohne Zweifel.« Wieder schüttelte er amüsiert den Kopf.

»Das meine ich auch«, pflichtete Manz bei. »Doch mich würde trotzdem interessieren, wie Sie das angesellt haben, daß der Levermann den Präsidenten aufs Pflaster hat schicken lassen! Eine köstliche Vorstellung! Ob's aber unserem Toni Arco so recht wär, wage ich zu bezweifeln. Wo er doch so gern den Helden spielt...«

Der Professor streifte ihn mit einem ungehaltenen Blick.

Frau Weinbaum lächelte vielsagend. Auch Kajetan setzte ein verhaltenes Grinsen auf.

»Der Arco war bei Thule?« fragte er in beiläufigem Ton.

Der Professor winkte mit einer entschiedenen Bewegung ab. »Nein. Das war nicht möglich. Leider, wie ich persönlich betone, denn Halbjüdlingen ist der Zutritt nicht erlaubt. Er wäre es gerne gewesen.«

»Dann wollte er sicher mit seiner Tat beweisen, daß auch Halbjuden zu vaterländischer Gesinnung fähig sind?«

»Nicht nur das. Obwohl seine Mutter eine Oppenheimer war, hat er seine Tat mit seinem Haß auf alles Jüdische begründet! Dennoch, die Statuten lassen es nicht zu. Thule hätte aber auch viel größere Probleme bekommen, wenn er Mitglied gewesen wäre. Wir haben die Sache anders gelöst.«

»Ah ja?« sagte Kajetan und blickte ihn fragend an.

»Wir erlaubten ihm, Mitglied des Thule-Kampfbundes zu werden.«

»Aber«, überlegte Kajetan laut, »was ist damit gewonnen? Käme das an die Öffentlichkeit, so stünde doch wiederum Thule als Urheber des Attentats fest?«

Der Professor lächelte erneut. »Verzeihen Sie, wenn ich das sagen muß: Sie dürfen unsere Justizorgane nicht überschätzen, ganz abgesehen davon, daß sich unsere Ziele natürlich auch in diesen Kreisen einer gewissen Zustimmung erfreuen. Der Kampfbund war selbstverständlich illegal; er ist nie öffentlich in Erscheinung getreten.«

Kajetan nickte anerkennend. »Eine ausgezeichnete Lösung.«

Manz hob den Finger. »Dennoch, egal, ob Arco nun Halbjude war oder nicht, ist der Hut vor ihm zu ziehen!«

»Das gestehe ich zu«, sagte der Professor mit leichter Ungeduld. »Ohne die Vorbereitungen jedoch, die von den Kameraden des Bundes getroffen wurden, wäre sein Unternehmen nicht erfolgreich gewesen.«

Kajetan fühlte, wie sein Puls schneller schlug. »Zweifellos. Die Absprache mit den Soldaten der Eskorte des Präsidenten war die entscheidende Voraussetzung.«

»Selbstverständlich! Nur die Zuverlässigsten konnten in Frage kommen. Diese Phase der Vorbereitung war mit Sicherheit die schwierigste.«

»Es wurden Mittel gefunden, um sie zu lösen, wie man weiß«, stellte Kajetan fest.

»Ja. Und sie waren, gemessen am Gewinn der Aktion, weniger kostspielig, als wir zunächst vermuteten. Geradezu lächerlich gering.«

»Ein Idealist also?«

»Nein. Wo wäre nicht Eigennutz im Spiel. Aber jemandem die Verpachtung eines Lokals zuzuschanzen, die sich dieser sonst nie hätte leisten können, war wahrlich nichts, was titanische Anstrengungen erfordert hätte. Ein Anruf beim Besitzer der Brauerei, ein Hinweis auf Gemeinsames...« Der Professor lächelte eitel. »Nun, für unseren Kollaborateur hat sich damit ein Traum verwirklicht, der mit Geld nicht zu messen ist. Er hätte alles dafür gegeben. Schließlich ist er im Grunde ja ein, sagen wir, einfach gestrickter Charakter...«

Manz hatte eine Augenbraue hochgezogen. »Nun, wo käme die Bewegung auch hin, wenn sie nur aus Akademikern bestünde?« sagte er mit verhaltener Aggressivität. »Noch dazu aus solchen, die sich ungern selbst die Hände schmutzig machen?«

Der Professor fuhr aufgebracht herum.

»Ihre alte Leier!« fauchte er. »Ich will es nicht mehr hören! Geistige Vorarbeit ist ebenso bedeutend wie direktes Handeln!« Er wandte sich ärgerlich ab. Manz schien noch keineswegs besänftigt.

»Das will ich nicht bestreiten. War es aber der Professor, in dessen Haus die Vorbereitungen stattfanden? Was hat er uns wissen lassen, als darüber beraten wurde?«

»Reden Sie nur!« stieß der Professor aufgeregt hervor. »Haben Sie Frau und Töchter? Haben Sie Familie? Verantwortung? Jeder trägt seinen Teil zur gemeinsamen Sache bei, jeder nach seiner Fasson. Daß fast alle meiner Studenten Mitglieder völkischer Organisationen sind, ist schließlich mein Verdienst, nicht wahr?« Er hatte sich bei diesen Worten an den Studenten gewandt, der eifrig nickte. »Ist das nichts wert, mein lieber Manz? Ich verzichte darauf zu analysieren, welche persönlichen Gründe für Ihre Ressentiments gegen Akademiker verantwortlich sein könnten.« Er lächelte boshaft. Manz schluckte.

»Meine Herren!« mischte sich Frau Weinbaum nun ein. »Ich bitte Sie! Lassen wir uns doch nicht von solchen Dingen entzweien! Das größte Verdienst gebührt letztlich jenen, die den Mut hatten, unseren Bund ins Leben zu rufen!«

»So ist es«, stimmte Kajetan zu.

»Sie haben recht«, murmelte der Professor, und auch Manz und der Student nickten nachdenklich.

»Allen voran Baron von Bottendorf!«

»Sie haben recht, Frau Weinbaum«, wiederholte der Professor. »Wer würde daran zweifeln?«

Nun erfüllte nachdenkliches Schweigen den Raum. Manz schien noch immer verärgert und starrte griesgrämig zu Boden. Nach einer Weile hob der Professor den Finger und lauschte.

»Was ist das?« flüsterte er. Sein Atem ging schneller. Vom Treppenhaus her näherten sich die Schritte mehrerer Personen. Gedämpft waren kurze Befehle zu hören. Auch Kajetan lauschte angestrengt. Nun waren die Schritte vor der Zellentür angelangt.

»Um Gottes willen«, keuchte Manz.

»Nein, die Zelle dort hinten«, sagte eine Stimme. Sie gehörte Eckert, erkannte Kajetan. Die Schritte entfernten sich.

»Was haben sie vor?« fragte der Student ängstlich.

»Sie scheinen die Gefangenen der Zelle am Ende des Flurs abzuholen«, flüsterte der Professor heiser. »Verflucht! Wo bleiben Lohmanns Männer?«

Der Student stürzte zur Tür und versuchte durch das Schlüsselloch zu sehen. Nach wenigen Minuten passierte der Trupp wieder die Zellentür.

»Sie haben sie mitgenommen!« sagte der Student mit bebender Stimme. »Was geschieht mit ihnen?« Er sah mit entsetztem Blick zu den anderen. Der Professor schaute weg. Auch Frau Weinbaums Gesicht wirkte im Licht der schwachen Lampe fahler als zuvor. Ehe der Junge zu schreien beginnen konnte, hatte sich Manz mit einem Hechtsprung auf ihn gestürzt und ihm den Mund zugehalten. Der Student fiel kraftlos zu Boden und begann leise zu wimmern.

»Beruhigen Sie sich«, forderte Frau Weinbaum die anderen auf.

»Das sagen Sie so einfach!« Der Professor zog ein Tuch aus seiner Tasche und wischte sich damit über die Stirn. »Wenn alle Unterlagen aus der Zentrale ausgewertet werden, könnte der Ankläger morgen entdeckt haben, daß die gefälschten Plakate in unserem Druckatelier...«

»Beruhigen Sie sich, Herr Professor«, wiederholte Frau Weinbaum, »auf Lohmann ist Verlaß. Glauben Sie mir.«

55

Lastende Minuten verstrichen. Manz ging unruhig in der Zelle umher, und auch der Professor schien nervös zu werden. Der junge Mann hatte seinen Kopf in seinen Armen vergraben und wimmerte noch immer vor sich hin. Kajetan beobachtete Frau Weinbaum verstohlen. Ihr Gesicht war bleich, ließ jedoch keine Regung erkennen.

Die Turmuhr schlug wieder. Manz zählte flüsternd mit. »Verflucht«, ächzte er, »bereits zwei Uhr. Lohmann wird uns doch nicht...«

»Still!« zischte Frau Weinbaum plötzlich. Kajetan sah auf. Die Gefangenen starrten zur Tür. Soldaten! Wieder waren die Geräusche einer Gruppe von Männern zu hören, die sich vom Treppenhaus her näherten.

Manz war erstarrt stehengeblieben. Die Augen des Professors weiteten sich, und in die des Studenten schossen Tränen. Er wandte sich ab. Auch Kajetan wurde unruhig. Was hatte das zu bedeuten? War Eckerts Information falsch? Wurden jetzt auch sie in das Luitpoldgymnasium gebracht und dort...?

Ein Schlüssel schob sich ins Schloß. Die Tür wurde aufgestoßen. Eine Gruppe von Rotarmisten stand im Türrahmen. Der Professor erhob sich mühsam.

»Endlich!« sagte Frau Weinbaum kühl. »Seid ihr verrückt geworden? Wieso kommt ihr erst jetzt? Was ist passiert?«

Einer der Soldaten winkte ungeduldig. »Das erfahren Sie später. Schnell. Wir dürfen keine Zeit mehr verlieren.«

Als Frau Weinbaum mit raschen Schritten auf die Tür zuging, berührte sie kurz die Schulter des Studenten, der immer noch nichts begriffen hatte.

»Ich gratuliere«, sagte sie. »Sie scheinen tatsächlich ein Künstler zu sein. Ihre gefälschten Ausweise sind großartig.«

Nun ging alles sehr schnell. Kajetan fühlte einen heißen Schmerz in seiner Brust, als er an der Leiche von Eckert, dessen Hals eine klaffende, noch immer blutende Wunde aufwies, vorbei in das Treppenhaus hastete.

Die Posten vor der Kirchenschule ließen den Trupp ungehindert passieren. Als er in die Schloßstraße einbog, rissen sich die Soldaten die roten Binden von den Ärmeln und trieben zur Eile an. An der Äußeren Wienerstraße warteten zwei Automobile mit laufendem Motor. Die Fahrer öffneten hastig die Türen.

56

Ein glasig blauer Himmel tauchte aus der Nacht. Über dem Gebirge hingen bewegungslose, violett geränderte Wolkenfetzen. Durch das hohe, schwarze Geäst der Straßenbäume raste die Sonne mit den Flüchtenden um die Wette. Nun tauchten sie wieder in ein dämmriges Tal ein.

Die Fahrer schalteten, die Motoren heulten auf. Die Wagen quälten sich bald darauf die Paß-Thurm-Steigung hinauf.

Kajetan erwachte. Er sah aus dem Fenster. Wo befand er sich?

»Na? Gut geschlafen?« Manz lächelte ihm freundlich zu.

Kajetan nickte und versuchte sich zu orientieren.

»Der andere schläft immer noch.« Manz deutete mit dem Daumen auf den Soldaten, der neben ihm im Fond des Automobils lag, tief in die Lehne gesunken war und leise schnarchte.

»Wo... wo sind wir?« fragte Kajetan und richtete sich auf.

»Bereits kurz vor Perthenzell.«

»Vor Perthenzell? Wir fahren zum Baron von Bottendorf?«

Manz nickte. »Hatten Sie schon mit ihm zu tun?«

Kajetan schüttelte den Kopf. »Und Sie?«

»Ich hatte einmal die Ehre, mit ihm ein Gespräch zu führen. Ein außergewöhnlicher Mann.« Es gelang Manz nicht, seinen Stolz zu verbergen.

»Ich bin auch neugierig, seine Bekanntschaft zu machen«, log Kajetan. »Ich tät gern wissen, ob alles wahr ist, was man sich über ihn erzählt. Ich bin etwas skeptisch veranlagt.«

»Dazu besteht kein Anlaß. Der Baron von Bottendorf ist die herausragende Persönlichkeit der vaterländischen Bewegung; er hat den Thule-Bund ins Leben gerufen.«

»Aber auch er wäre doch nur einer der vielen selbsternannten nationalen Führer, wenn es nicht die mutigen Männer und Frauen geben würde, die alles Notwendige am Ort durchführen.«

Manz lächelte geschmeichelt. »Sicher, sicher. Maulhelden wie den Professor gibt es genug.«

»Das wird er nicht gerne hören.«

»Das glaube ich allerdings auch«, erwiderte Manz trotzig. »Aber es ist so. Wer hat denn die gefälschten Bezugskarten hergestellt, die die gesamte Lebensmittelversorgung in der Stadt durcheinandergebracht hat? Das war nicht der Professor mit seinen untalentierten Pinselreitern aus der Akademie. Das waren wir, in unserer Druckerei. Das war zwar nur abends möglich, aber schließlich gibt es noch Kräfte in der Arbeiterschaft, auf die Verlaß ist. Meinen Sie, daß das ungefährlich war?« Kajetan verneinte energisch.

»Aber es ist keinesfalls so«, fuhr Manz fort, »daß Baron von Bottendorf sich nicht auch in Gefahr begeben hätte. In seiner Wohnung traf sich, um nur ein Beispiel zu nennen, jene Gruppe von Offizieren, die den Anschlag auf den Präsidenten vorbereiteten.«

»Das kam aber glücklicherweise nie an die Öffentlichkeit.«
»Nein, natürlich nicht. Staatsanwalt Hahn, der die Ermittlungen führte, konnte vermeiden, daß derartige Spekulationen nicht erst stattfanden. Außerdem waren die Treffen als Zusammenkünfte des Offiziers-Wirtschaftsbundes getarnt.«
»Raffiniert«, heuchelte Kajetan, »aber wenn sich Jean Klepsch nicht angeboten hätte, dann...«
»Dann hätte sich ein anderer gefunden, dessen bin ich sicher. Bei Klepsch jedoch war von Vorteil, daß er im Krieg Lohmanns Adjutant war.«
»Zunächst war er aber doch bei den republikanischen Soldaten?«
»Das stimmt«, bestätigte Manz. »Aber das mußte ja nichts heißen. Er war leicht dazu zu gewinnen, im entscheidenden Moment die Rückendeckung des Präsidenten freizugeben, damit Toni Arco ungehindert an ihn herankommen konnte. Woher Arco übrigens den vom Präsidenten persönlich unterzeichneten Passierschein hatte – dreimal dürfen Sie raten. (Wenn Löw das erfährt, dachte Kajetan, trifft ihn der Schlag.) Trotzdem drohte das Ganze für kurze Zeit in ein Fiasko auszuarten.«
»Ich bitte Sie! Die Aktion war doch erfolgreich.«
Manz senkte die Stimme. »Wenn es unter uns bleibt – ich zweifle manches Mal daran. Möglicherweise wäre auch anders zu erreichen gewesen, was wir uns in diesen Tagen zurückerobern müssen. Der Präsident war politisch am Ende, und die Mehrheitssozialisten arbeiteten mit uns zusammen. Aber davon wollte ich nicht sprechen. Nein, Klepsch war der Schwachpunkt. Eines Tages erhielt ich nämlich Besuch von einem jungen Mann, der sich als Journalist vorstellte und der mir Unterlagen zum Komplott gegen den Präsidenten anbot! Seinen Andeutungen konnte ich entnehmen, daß er hinter Klepsch her war – und er bezog sich dabei auf die Vernehmungsprotokolle! Obwohl der Staatsanwalt peinlich darauf

achtete, daß ihr Inhalt nicht an die Öffentlichkeit kam, mußte es diesem Verrückten gelungen sein, an sie heranzukommen! Staatsanwalt Hahn, der natürlich sofort davon unterrichtet wurde, hatte auch gleich einen konkreten Verdacht, wo die undichte Stelle war. Hahns Verdacht erwies sich als begründet, und wir handelten...«

Und ersäuften den Armen in der Isar, brachte Kajetan den Satz in Gedanken zu Ende. Es fiel ihm immer schwerer, seine Maske zu wahren.

Manz schwätzte weiter. »Selbstverständlich wurde auch Klepsch sofort gewarnt, und wir machten ihm klar, daß wir ihn, wenn irgend etwas an die Öffentlichkeit käme, nicht mehr stützen könnten. Er war außer sich, sah seine neue Existenz gefährdet. Was er jedoch unternommen hat, war so dilettantisch, daß die Polizei auf ihn aufmerksam wurde. Es war vor allem ein Beamter der Kriminalpolizei, vor dem wir uns in acht nehmen mußten. Sie werden vermutlich wissen, um wen es sich handelt. Sagten Sie nicht, daß Sie in der Polizeidirektion tätig waren? Glücklicherweise hatten wir bereits zu einem früheren Zeitpunkt entschieden, diesem Narren einen unserer Leute beizustellen, um zu verhindern, daß der Hintergrund unserer Aktionen zur Unzeit aufgeklärt wird. Doch zuletzt stellte sich heraus, daß der junge Journalist, von dem ich sprach, mit einem Dichter Kontakt hatte und dieser überall in der Welt tönte, er würde in seinem neuen Stück die Hintergründe des Anschlags auf den Präsidenten mitteilen. Wir wußten zunächst nicht, ob er im Besitz der Unterlagen war. Dann aber stellte sich heraus, daß unsere Vorsicht mehr als berechtigt war.«

»Darüber also will Raths schreiben...«, dachte Kajetan laut.

»Wollte er schreiben«, korrigierte Manz trocken.

Die Wagen hatten den Perthenzeller Bahnhof bereits passiert. Hinter einer Kehre tauchte auf einem Hügel das massige Perthenzeller Münster auf, das aus einer gedrängten Ansammlung ziegelrot gedeckter Bürgerhäuser ragte. Nach wenigen Minuten überquerte der kleine Konvoi die Ache und bog in den schmalen Fahrweg ein, der nach Hallberg führte. Der Soldat schnarchte noch immer.

»Nun, dann hat ja alles bestens geklappt, Herr Manz. Natürlich ist, wie Sie zu Recht sagten, die Frage, ob es nötig gewesen wäre, den Präsidenten zu erschießen.«

»Vielleicht hätte sich das Problem tatsächlich von selbst gelöst. Vielleicht aber auch nicht. Der Präsident war ein gefährlicher Mann. Ich erinnere mich an eine Situation in Heißenstett, wo bereits zu Jahresende einmal geplant war, ihn auszuschalten. Dort war eine Versammlung angekündigt, auf welcher der Präsident sprechen sollte. Wir wußten, daß die meisten Zuhörer gegen ihn waren, und hatten vorgesehen, die Versammlung gegen ihn aufzuwiegeln und ihn, wenn es schon nicht so funktioniert hätte mit den Berliner Spartakus-Leuten, im Chaos zu entführen und zu...«

»Aber das ist nicht so gelaufen. Wieso nicht?«

»Zunächst hat alles hervorragend geklappt. Wir hatten schon vor dem Saaleingang agitiert. Die Stimmung schien bestens geeignet für unser Vorhaben. Bis er auf die Bühne trat und zu sprechen anfing...«

»Was ist dann passiert?«

In Manz' Gesicht war noch immer die Enttäuschung sichtbar, die er damals empfunden hatte. »Schon nach einigen Sätzen herrschte Stille. Unsere Störer wurden zur Ruhe gerufen! Die Agression richtete sich plötzlich gegen uns, während man *ihm* atemlos zuhörte! Er hat es, so unglaublich das klingen mag, geschafft, die Menschen nur mit der Kraft seiner Rede in seinen Bann zu ziehen. Er war ein Magier!« Manz schüttelte den Kopf, als könnte er dies noch heute nicht fassen. In seiner Stimme klang so etwas wie Bewunderung, als er weitersprach. »Es war, als hätte er jeden einzelnen bei seinen Sorgen gepackt und ihm das, was ihn zuvor noch uns zugehörig machte, mit Worten gewendet, so daß seine Meinung plötzlich die zwingend eingängige war! Er war großartig, er war ein Meister der Rhetorik, er war, neben Liebknecht, Deutschlands Jean Jaurès! Und er war am besten, wenn wir versuchten, ihn mit Zwischenrufen zu stören. Wenige Worte, eine gut dosierte Bosheit, und er hatte alle Sympathien auf seiner Seite. Er fing unsere Rufe blitzschnell auf, schleuderte sie in die Luft, packte sie, drehte, wendete sie, fettete sie ein und ließ sie schließlich, noch eh man sich von seinem Staunen erholt hatte, in seinem Kaftan verschwinden, um gleich darauf statt ihrer etwas ganz anderes, irgendein Karnickel oder einen alten Hut, hervorzuziehen und an sein Publikum weiterzugeben. Nein, niemand, der den Präsidenten erlebt hat, glaubte, daß dieser je aufhören würde, für seine Ideen zu kämpfen. Niemals!«

Kajetan zuckte mit den Schultern. »Wer weiß?«

»Natürlich hatten auch wir unsere Zweifel. Aber die Tat war bereits beschlossen, wie der Präsident noch im Amt war und es so aussah, daß er es noch länger bleiben würde. Und außerdem herrschte noch immer eine grenzenlose Wut auf ihn, weil er auf einem Kongreß in Bern die Holnstein-Papiere veröffentlicht hatte.«

»Welche Papiere? Ich hab nie davon gehört.«

»Ein Briefwechsel zwischen dem Reichskanzler und der Obersten Heeresleitung«, dozierte Manz herablassend, »in dem schon bei Kriegsbeginn die Verteilung der zu erwartenden Kriegsbeute festgelegt wurde. Diese Briefe deuten an, daß das deutsche Reich keinesfalls gegen seinen Willen in den Krieg eingetreten ist, sondern seinen Ausbruch nach Kräften gefördert hat.«

Kajetan hatte offenen Mundes zugehört. »Bei Ihnen lernt man aber allerhand«, sagte er bewundernd.

Wieder genoß Manz das Lob. Er sah aus dem Fenster. »Wir

sind gleich da«, erklärte er und deutete auf ein Gebäude, das noch etwa einen Kilometer entfernt in milchigen Umrissen aus dem Morgennebel blinkte. »Da oben, wohin bereits die Sonne scheint, da ist die Villa des Barons. Das Haus Schönblick.«

57

Die beiden Automobile bogen in langsamer Fahrt auf die mit einer dünnen Schneeschicht bedeckte, großflächige Erdterrasse neben dem Hauptgebäude ein. Mit steifen Gliedern stiegen die Befreiten aus. Kajetan trat einige Schritte auf den Rand der Terrasse zu. Er war überwältigt. Während das weiß gestrichene Gebäude die Morgensonne bereits schmerzhaft reflektierte, füllte ein fast endloses Meer aus stahlgrauem Nebel das Talbecken. Der von glitzerndem Schnee bedeckte Waldhang unterhalb der Villa schien lautlos in die Tiefe zu gleiten. Unter der reglosen, wattigen Decke war nichts zu erkennen; im Tal herrschte dämmrige Dunkelheit.

»Herzlich willkommen!« rief Gassner, der die Terrasse betreten hatte. »Der Herr Baron möchte euch – und Sie, Frau Weinbaum – persönlich begrüßen.«

Die Begleitsoldaten sahen einander erfreut an. »Uns auch?«

»Selbstverständlich, Männer«, bestätigte Gassner gönnerhaft. »Bitte mir folgen zu wollen.« Er wies auf das Portal der Villa.

58

Die Ankömmlinge hatten in der Halle in einer Reihe Aufstellung genommen. Auf der Galerie öffnete sich eine Tür. Baron von Bottendorf trug eine der Reichswehr ähnliche Uniform, die offenbar maßgeschneidert war. Mit gemessenem

Schritt trat er auf die Stufen der zur Halle führenden, offenen Treppe.

»Herzlich willkommen in Haus Schönblick!« Kurz leuchtete das Gesicht des Barons auf, als er Frau Weinbaum mit einem Handkuß begrüßte und ihr, die sich dadurch offenbar geehrt fühlte, die Hand tätschelte.

»Wären Sie mir sehr böse, lieber Herr Baron, wenn ich mich gleich zurückziehe? Ich bin entsetzlich müde!«

»Wie könnte ich, gnädige Frau!« Er deutete auf die Treppe zur Galerie. »Ruhen Sie sich aus!«

Sie nickte ihm freundlich zu und ging nach oben. Sie schien sich im Haus bereits auszukennen. Der Baron wandte sich den Männern zu.

»Mein lieber Herr Professor! Manz! Und Sie, guter Höß, haben die Aktion geleitet. Ich freue mich aufrichtig.« Er schüttelte ihnen die Hände. »Aber Ihre Begleiter kenne ich noch nicht.«

Der Professor legte die Hand auf die Schulter des scheu lächelnden Studenten. »Das ist Herr Nystedt, einer meiner Studenten. Und das...«

Kajetan stellte sich vor.

»Polizeidirektion? Interessant, sehr interessant«, bemerkte der Baron und wandte sich an die vier Soldaten. »Bei euch, Männer, ist Titel und Name unwichtig. Euch im Rock der nationalen Ehre zu sehen, sagt mir mehr über euch, als Name und Titel dies vermögen würden. Ich freue mich aufrichtig, Sie alle zu sehen. Die Operation ist also geglückt?«

»Leider nicht hundertprozentig, wie wir das ansonsten von Kamerad Lohmann gewohnt sind«, sagte der Professor mit bedrückter Miene und warf einen Blick zu Höß.

»Was ist geschehen?«

»Die Aktion hatte sich wegen eines unvorhergesehenen Zwischenfalls verzögert. Um ein Haar wären wir enttarnt worden, als wir uns in der Nähe der Schule auf die Aktion vorbereiteten. Ein Soldat, der zu den Bewachern gehörte, hielt sich aus irgendwelchen Gründen nicht an seinem Platz auf. Er schöpfte Verdacht. Wir hatten keine andere Möglichkeit, als ihn schließlich unschädlich zu machen. Als wir ankamen, mußten wir sehen, daß die Mannschaft der Roten Armee, an deren Stelle wir die Gefangenen abholen wollten, eben das Haus betrat und es kurz darauf mit vier Männern wieder verließ. Wir mußten anschließend noch warten, um nicht verdächtig zu wirken. Unser Informant hat uns aus unerklärlichen Gründen auch nicht mehr davon unterrichtet, daß die Gefangenen getrennt wurden. Er sprach zuvor nur von einem Gefangenen, der gesondert gehalten wurde und den wir keinesfalls befreien sollten.«

»Wissen Sie, was aus den vier Männern geworden ist?«

Höß schüttelte den Kopf. »Leider nicht. Wir konnten noch nicht...«

»Heute morgen habe ich von Exekutionen gehört«, fiel ihm der Baron ernst ins Wort, »die im Luitpoldgymnasium durchgeführt worden sind.«

»Das ist... das ist...«, stotterte Höß.

Der Professor sah den Baron bestürzt an. Manz hielt sich erschrocken die Hand vor den Mund. Die Soldaten sahen zu Boden. Nystedt schien nicht recht zu begreifen.

»Ja, das ist keine gute Sache, mein lieber Höß.« Aus der Stimme des Barons klang leichter Tadel. »Aber ich kann Sie beruhigen. Bei den Opfern handelt es sich unter anderem um zwei Gefreite des 7. Husarenregiments, denen die Erschießung von Sanitätern zur Last gelegt worden ist.« Der Baron genoß die Erleichterung seiner Gäste. »Nun jedoch, lieber Herr Manz, wie ist die Lage in München? Als Mann der Presse haben Sie doch stets einen guten Zugang zu internen Vorgängen?«

Manz schüttelte den Kopf. »Durch meine Verhaftung wurde ich natürlich daran gehindert...«

Der Baron schnitt ihm das Wort ab.»Was können Sie mir berichten, lieber Höß?«

Der Angesprochene nahm eine militärische Haltung ein. »Levermann ist seiner Absetzung zuvorgekommen, Herr Baron. München ist kopflos.«

»Das wissen wir bereits, lieber Höß«, sagte Bottendorf mit leichter Ungeduld. »Und die Rote Armee? Wieviel Männer hat sie unter Waffen?«

»Schwer zu schätzen, Herr Baron.«

»Das ist keine befriedigende Antwort. Was denken Sie, Manz?«

»Es kann tatsächlich nicht mit letzter Sicherheit gesagt werden. Der Oberkommandierende, der Matrose Bergmüller, scheint gelernt zu haben. Nachdem er mit seiner Truppenparade auf der Ludwigstraße vor einer Woche aller Welt gezeigt hat, daß die Rote Armee gerade einmal jämmerliche fünftausend Mann auf die Füße bringt, gab es in den letzten Tagen keine Verlautbarungen mehr über Truppenstärke und Bewaffnung.«

Höß pflichtete ihm nickend bei.

»Dennoch, was schätzen Sie?« wiederholte Bottendorf. »Versuchen Sie es.«

Manz legte die Stirn in Falten und dachte nach. »Zehntausend? Der junge Bergmüller gewinnt an Ansehen, und die Armee lockt mit gutem Sold.«

Der Baron winkte ab.«Zehntausend? Dann ziehen wir davon die Hälfte ab, die sich tatsächlich einem Kampf stellen wird.«

Manz schien sich nicht sicher. »Entscheidend wird sein, wie sich das Umfeld verhält.«

»Sehr richtig«, lobte der Baron. »Aber hier gibt es vermutlich keine Probleme mehr. Die Situation in den Garnisonen außerhalb Münchens ist mehr als desolat; sie dürfte im Handstreich bereinigt sein. Die Truppen in Dornstein und Achbruck sind bereits von unseren Leuten und der Bevölkerung entwaffnet.«

»Nun«, warf Höß ein, »Innburg mußten wir noch umfahren. Die Brücke sei bewacht, wurde uns gesagt.«

»Das war mit Sicherheit unnötig. Die Brücke über den Inn wird nur noch von einem Mann bewacht – dem Vorsitzenden des Soldatenrats selbst. Die anderen verlassen die Garnison nicht mehr. Nein, von dort erhält Bergmüller nicht länger Unterstützung. München wird fallen, ob er nun fünf- oder zehn- oder gar fünfzehntausend Mann hat.«

»Wenn es überhaupt zum Kampf kommt, Herr Baron. Schließlich wäre es Selbstmord, und Bergmüller ist kein Dummkopf. Außerdem hat die Rote Armee nach dem Rücktritt Levermanns keine Legitimation mehr.«

»Es sei denn, Bergmüller handelt ohne Levermanns Einverständnis, nicht wahr?« Der Baron lächelte überlegen. »Wozu aber bestimmte Voraussetzungen nötig wären.«

»Wenn Sie verzeihen, verehrter Baron, ich habe meine Zweifel. Bergmüller gilt als sehr intelligent. Immerhin ist es ihm gelungen, innerhalb von nur zehn Tagen eine Armee von mehreren tausend Männern aufzubauen.«

Wieder lächelte der Baron schlau. »Ich weiß. Und er gilt als äußerst konsequent. Auch das weiß ich. Aber er hat eine fatale Schwäche, nämlich einen geradezu abenteuerlichen Stolz. Und genau der wird es sein, wo wir ihn packen. Wir werden ihm die Entscheidung abnehmen. Wenn die ersten Roten, die wir antreffen, an die Wand gestellt worden sind, wird die Rote Armee kämpfen. Sie wird nicht anders können. Dafür werden wir sorgen.«

»Und dann?« meldete sich einer der Soldaten zu Wort.

»Tja«, antwortete der Baron mit fetter Zufriedenheit, »was dann? Was denken Sie?«

Der Soldat lachte. »Dann geht's ans Köpfrasieren!«

Der Baron schien etwas indigniert und schwieg. Der Professor hatte dem Soldaten mit unmerklichem Kopfschütteln zugehört und wandte sich an den Baron.

»Aber man wird doch mit Verhandlungen versuchen, Blutvergießen zu vermeiden? Auch zum Schutz der eigenen Leute.«

»Sie werden mir nicht etwa sentimental, mein lieber Herr Professor?«

»Natürlich, ich bin kein Fachmann für militärische Angelegenheiten«, verteidigte dieser sich, »aber selbst dem größten Schwachkopf müßte doch eingehen, daß mit zehn- bis fünfzehntausend Leuten und einem Minimum an schwerer Artillerie nicht einer Überzahl von, wie ich höre, mehr als fünfzigtausend Mann in bester Ausrüstung widerstanden werden kann. Außerdem, die Räterepublik gibt es de fakto nicht mehr. Auch wenn es nicht zum Kampf käme, könnte sie keine Woche mehr durchhalten. Das Lebensmittelembargo war wirksamer als jeder Dilettanten-Putsch.«

Mit seinen letzten Worten hatte er Höß, der daran beteiligt war, mit einem verächtlichen Blick gestreift. Der Soldat lief rot an und öffnete den Mund.

Bevor er beleidigt widersprechen konnte, hob Bottendorf die Hand.

»Sie haben nicht unrecht. Sogar mehr als das. Aber Sie dürfen davon ausgehen, daß wir darüber nachgedacht haben und keinerlei Belehrungen von irgendeiner Seite benötigen.«

»So war es nicht gemeint! Lieber Herr Baron ...!«

»Es ist gut, daß Sie es angesprochen haben, doch, lieber Professor. Weil es sich tatsächlich um anderes dreht. Gar nicht so sehr darum, daß Levermann und Bergmüller bereits jetzt Tote auf Urlaub sind. Die Köpfe sind im Grunde unwichtig. Meinetwegen hätten sich die Anführer der Räterepublik unter den Schoßröcken ihrer Schwabinger Künstlergeliebten vergnügen, von Revolution schwärmen und später in der Schweiz kluge Bücher über die Zukunft der

Menschheit schreiben können. Unter ihnen sind sogar einige, denen ich Geist und Kultiviertheit nicht abstreiten will. Sehen Sie sich Heßstätter an! Einer der größten Geister, die wir haben! Was sind die biederen Bierschädel der Mehrheitssozialisten dagegen? Heßstätter hat über Whitman und Wilde gearbeitet, über Proudhon, Tolstoi und Shakespeare und hat Kontakt zu den namhaftesten Gelehrten unserer Zeit! Ein brillanter Geist! Höchst amüsant dazu! Auch Levermann können wir davon nicht ausnehmen. Ein exzellent ausgebildeter, politisch hochtalentierter Mann, noch dazu mit der bemerkenswerten Courage, im biederen München den Spartakus aufzubauen. Nein, um das Köpfrasieren geht es nicht so sehr, sowenig es sich vermeiden lassen wird. Folgen Sie mir, lieber Herr Professor?«

»Ich folge Ihnen, Herr Baron. Sie haben mich jedoch erst teilweise überzeugen können. Worum also geht es statt dessen?«

Der Baron verschränkte seine Arme vor der Brust, wandte sich halb ab und sah gedankenverloren aus dem Fenster. Die Soldaten hatten sich das alles verständnislos angehört und traten von einem Bein auf das andere. Kajetan stand starr da; mit gezwungener, steinerner Miene hatte er die Worte des Barons verfolgt. Er fror plötzlich und versuchte ein Zittern zu verbergen. Sein Gehirn arbeitete fieberhaft. Der Baron hatte sich wieder umgewandt. »Was tut ein Vater, dessen Sohn ungeraten zu werden droht? Wenn er ihn liebt, dann wird er nicht mit dem Rohrstock sparen. Verstehen Sie mich?«

»Ich beginne damit.«

»Das freut mich. Sehen Sie, glauben Sie etwa, daß alles, was in München seit Kriegsende geschehen ist, daher rührt, weil da ein paar idealistische Wirrköpfe Versammlungen im Hinterzimmer vom Gasthof Soller annoncieren, die dann noch dazu schlecht besucht sind? Oder weil der eine oder andere dahergelaufene Journalist, der im Hofbräuhaus nach einem

Tee verlangt, seine Artikel geschrieben hat? Weil ein Heßstätter den Münchnern die Köpfe mit Tolstoi und Mirabeau vollschwätzt? Nein, alle diese Gestalten würden noch immer in ihren Zirkeln von der Veränderung der Welt schwärmen, wenn ihre Ideen nicht auch die des Pöbels gewesen wären. Ich bin keiner von denen, die von der Verführbarkeit der Massen sprechen. Denn die Masse ist das Tier, das von widernatürlicher Gleichheit und schrankenloser Freiheit träumt. Sie hat die Revolution hervorgebracht, nicht ihre wenigen, meist ziemlich untalentierten Führer. Diese sind nichts anderes als die Fleisch gewordene Akkumulation dieses massenhaften, gottlosen Ungehorsams. Waren es die Offiziere von Stand, die in die Rote Armee eingetreten sind, oder waren es die Kares und Luckes aus Giesing, der Au, dem Westend oder aus den aufgelassenen Lehmgruben in Haidhausen? Die Lümmel aus der Vorstadt sind es, die sich frech anmaßen, die Ordnung unseres Volkes auf den Kopf zu stellen. Nein, das Pack will, was es tat. Es gibt keine Entschuldigung dafür. Es gilt also, und damit komme ich zum Kern Ihrer Frage, dem Pöbel eine Lektion zu erteilen. Es muß Angst in die Hosen kriegen. Verstehen Sie nun, warum wir trotzdem auf München marschieren, obwohl – und da haben Sie im Grunde recht – durch Verhandlungen mit den gemäßigten Führern der Räterepublik Blutvergießen vermieden werden könnte?«

Der Professor nickte. »Sie haben eine Vision«, stellte er beeindruckt fest.

»Wir alle haben sie«, sagte der Baron weihevoll und bedachte die Soldaten mit dunklen Blicken. Sie nickten dümmlich. Kajetan zitterte heftig.

»Und nun entschuldigen Sie mich, meine Herren. Ich habe vor, in etwa einer Stunde mit einer der Einheiten, die die Umschließung Münchens verstärken soll, aufzubrechen. Möchten Sie dabeisein oder sich noch etwas ausruhen? Wie Sie wollen. Herr Gassner wird Ihnen eine Unterkunft zuweisen.«

Er hob die Hand und ging zur Treppe. Dort hielt er an und trat einen Schritt in Kajetans Richtung.

»Übrigens, Sie sagten, Sie seien in der Polizeidirektion tätig? Sie kannten doch den Kameraden Gnott?«

»Gnott? Doch, ich entsinne mich.«

Das Gesicht des Barons wurde ernst. »Eine betrübliche Nachricht. Kamerad Gnott ist vorgestern enttarnt worden.«

»Ist... er...?«

»Ja. Er ist heute morgen exekutiert worden. Schade um ihn, nicht wahr? Ein guter Mann. Wir konnten ihn in den Kreis um Levermann plazieren, und gleichzeitig sorgte er im Polizeipräsidium dafür, daß unsere Pläne nicht durchkreuzt wurden. Schade. Sehr schade.«

59

Langsam löste sich Kajetans Erstarrung. Ein unbestimmtes Gefühl sagte ihm nun, daß er dieses Haus sofort verlassen mußte. Er war in Gefahr; spätestens dann, wenn Lohmann in Perthenzell eintreffen würde, würde seine wahre Identität ans Tageslicht kommen. Während seine Mitreisenden es vorzogen, ein Bad zu nehmen und sich einige Stunden auszuruhen, begab er sich ins Tal. Der Verwalter hatte ihm angeboten, ihn mit dem Wagen des Barons ins Tal zu fahren, was der Inspektor jedoch abgelehnt hatte. Ein geradezu körperlicher Widerwillen hatte sich bei ihm eingestellt, wenn er nur Bottendorfs Namen hörte. Gassner hatte Verständnis dafür, daß Kajetan nach den Strapazen der vergangenen Tage durch eine Wanderung zur Ruhe kommen wollte, und beschrieb ihm den Weg.

Als die Villa hinter einer verschneiten Wand hoher Tannen nicht mehr zu sehen war, kniete sich Kajetan auf den Boden. Mit beiden Händen griff er in den Schnee und rieb sich damit das Gesicht. Eine wohltuende Kälte breitete sich in seinem Körper aus; seine Nerven beruhigten sich. Er machte sich auf den Weg.

60

Wachtmeister Stöckl trat von einem Fuß auf den anderen. Er beobachtete, wie sich der Platz vor dem Bahnhofsgebäude immer mehr mit jungen Männern füllte, die sich an einem Freistand neben einem Militärlastwagen drängten, um dort ein Gewehr und eine Anzahlung auf den Sold in Empfang zu nehmen. Aus der Bahnhofsgaststätte ertönten bereits laut lachende, betrunkene Stimmen. Auch immer mehr Perthenzeller fanden sich in festtäglicher Aufmachung ein, um der Verabschiedung der Truppe beizuwohnen. Die Perthenzeller Blaskapelle hatte damit begonnen, sich neben einem mit Reisig bekränzten Rednerpodium auf ihren Auftritt vorzubereiten.

Aber das war es nicht, was er immer wieder mit besorgtem Blick beobachtete.

Die kleine, magere Alte stand in der Mitte des Platzes und schien nicht zu bemerken, was um sie herum vor sich ging. Sie reagierte nicht und sah ins Leere, als ärgerliche Stimmen sie aufforderten, zur Seite zu gehen.

Stöckl konnte sehen, daß Tränen über ihre knochigen Wangen rannen. Ihre Lippen schienen Worte zu formen. Der Wachtmeister trat unauffällig in ihre Nähe. Nun wurde ihre Stimme lauter. Er konnte hören, was sie wie in Trance wiederholte.

»Seids ihr Narren«, flüsterte sie. »Gott, seids ihr Narren...«
Immer mehr junge Männer drängten an ihr vorbei. Sie hob ihre Stimme. »Seids ihr Narren. Gott, seids ihr Narren.«

Einer der bereits Bewaffneten hatte es jetzt gehört. Böse drehte er sich zu ihr um.

»Seids ihr Narren«, wiederholte sie.

Der Bewaffnete machte einen anderen Soldaten auf sie aufmerksam.

»Halts Maul, alte Schachtel!« rief der junge Mann roh und ging einen Schritt auf die Frau zu.

Jetzt griff Stöckl ein. Er stellte sich zwischen sie und die beiden Männer und berührte ihren Arm. »Geh weiter, Sali, du bist doch sonst eine der Gscheiteren.«

Sie hob den Kopf zu ihm und sah durch ihn hindurch.

»Laßt sie in Ruh«, sagte Stöckl zu den beiden Männern, »sie ist blind.« Sie zogen mürrisch ab. Er atmete auf und führte die alte Frau zur Seite.

»Ich soll gscheit sein?« sagte sie mit zitternder Stimme. »Gib der Herrgott, daß ich niemals so gscheit werd, wies ihr alle miteinander seids...«

»Freilich, Sali.« Er sah sich um, bis er entdeckt hatte, was er suchte.

»Heda, Hansi!« rief er über den Platz. Ein schmächtiger, sommersprossiger Junge, der höchstens achtzehn Jahre zählte und sich gerade bei der Waffenausgabe angestellt hatte, wandte sich neugierig um.

»Geh einmal her da, Hansi!« sagte Stöckl mit einer Stimme, die keinen Widerspruch zuließ. Der Junge kam zögernd näher. »Bring deine Großmamm heim, Hansi. Sie ist schlecht beieinander! Auf der Stell!«

»Des geht doch nicht!« versuchte der Junge zu protestieren. »Ich muß doch... der Zug fährt in einer halben Stund weg!«

Stöckl sah ihn streng an. »Ist des jetzt bei uns der Brauch, daß man sich um die eigenen Alten nicht mehr kümmert? Was sind denn das für neue Tänz?«

»Wann doch der Zug geht! Wann ich doch den Sold brauch!« erwiderte der Junge verzweifelt.

Stöckl ließ die alte Frau los und ging einen Schritt auf ihn zu. Der Junge hob schützend die Hand vors Gesicht.

»Wenn du nicht auf der Stell die Großmamm heimbringst, dann patz ich dir eine, daßd drei Tag nichts mehr hörst«, sagte der Wachtmeister und holte drohend aus.

»Aber ... aber ...«

»Marrrsch!!!« brüllte Stöckl so laut, daß der Junge entsetzt zusammenfuhr. Hastig nahm er seine Großmutter am Arm und brachte sie weg.

Der Gendarm sah ihm erleichtert nach.

»Herr Wachtmeister!«

Stöckl drehte sich um. »Ja, so was!« rief er erfreut. »Der Herr Inspektor! Grüß Sie Gott!« Sie schüttelten sich die Hände. »Aber sagens«, fragte er dann mißtrauisch, »was tun Sie denn bei uns herunten?«

»Eine lange Geschicht, Herr Wachtmeister, eine ganz lange. Und nicht die, die Sie sich vielleicht jetzt denken. Ich erzähl's Ihnen, wenn das ganze Theater vorbei ist.«

»Ein Theater, das ist es, womit die Leut es verwechseln«, pflichtete ihm der Gendarm bei. »Bloß weiß keiner, ob's gut ausgeht.«

»Wirklich nicht?«

»Recht habens«, sagte Stöckl bitter. »Wir müßten's eigentlich wissen.« Er nickte nachdenklich und sah wieder über den Platz. Noch immer strömten junge Männer herbei. Der Lärm hatte zugenommen; aufgeregte Gespräche, lautes Gelächter und betrunkene Juchzer waren zu hören.

Von Hallberg kommend, bogen nun mehrere Autos auf den Platz ein. Stöckl und Kajetan sahen, wie aus einem der Wagen Gassner sprang und die Tür zu den Rücksitzen öffnete.

»Wie gnädig er's nur grad wieder hat, der Gassner, dieser Schnallenchauffeur. Und was für eine fesche Uniform er trägt!« bemerkte der Wachtmeister verächtlich. Alle Blicke waren nun auf den Baron gerichtet, der aus dem Wagen stieg und sich zufrieden umsah. Militärisch grüßend, ging er unter dünnem Beifall zum Rednerpult.

»Hoch!« rief Gassner laut. Einige folgten seinem Beispiel. Der Baron winkte bescheiden ab und gab ein Zeichen. Ein lautes Kommando ertönte.

Die Bewaffneten stellten sich in Reih und Glied auf; einigen schien es bereits schwerzufallen. Baron von Bottendorf stützte seine Arme auf das Rednerpult. Er holte tief Luft. »Ihr Männer der bayerischen Berge, ihr Bauern des Hochlands, Kameraden! In dieser Stunde, in der ich das Wort an euch richte, rasen durch unser Land gewaltige Stürme. Von landfremden Elementen entfesselt, übt die Revolution einen beispiellosen Terror aus. Eine winzige, nur auf Zerstörung bedachte Schar von Phantasten und Kriminellen hat unser Land an den Rand eines Bürgerkriegs gebracht und München zu einem Tollhaus gemacht. Brave Bürger schmachten im Kerker, Unschuldige werden gemeuchelt, das Revolutionstribunal wütet. Helft uns, schallt es von den Türmen Münchens! Rettet uns, jammern Frauen und Kinder! Eilt uns zu Hilfe, wimmert es über die Telegrafendrähte!« Bottendorf hielt kurz inne, um sich der Wirkung seiner Rede zu versichern. Er schien zufrieden. Wieder holte er tief Luft. »Landsleute! Bayern! Die Stunde ist da, wo wir eins sein müssen! Wo Schlagworte nichts mehr zählen, wo Bauern und Bürger sich nicht mehr gegeneinander aufhetzen lassen, wo es kein Oben und Unten mehr gibt und nur noch jenes gemeinsame Band sie eint: Das Band des Blutes, das Band des Stammes...«

Wachtmeister Stöckl beugte sich zu Kajetans Ohr. »Interessant!« murmelte er, ohne den Blick vom Rednerpult zu nehmen.

»Was?« wollte Kajetan wissen.

»Der Baron ist, unter uns gesagt, türkischer Staatsbürger.«

»Hörens auf!«

»Ich weiß es aus der Anmeldekartei. Deutschstämmig, aber türkischer Staatsbürger. Außerdem hat's einmal kurz vor dem Krieg eine Anfrage aus Berlin gegeben.«

»Weswegen?«

»Betrug und Urkundenfälscherei. Ist aber anscheinend eingestellt worden. Was allerdings noch besteht, ist seine Entmündigung.«

»Hörens auf«, flüsterte Kajetan entgeistert. »Das gibt's doch nicht.«

»Ich bin heut nicht so aufgelegt zum Witzerzählen, Herr Inspektor... Lassens mich weiter zuhören.«

»...und kaum sind diese Rufe von Not und Verzweiflung verklungen«, sagte der Baron nun, »erhebt sich in dieser höchsten Gefahr wieder ein Sturm. Von wahrhaft heroischem Mut besessen und beseelt, stehen überall im Lande Bauern, Arbeiter und Bürger auf! Es sind keine Lotterbuben, Vorstadtschlawiner und verschmockte Jüdlinge! Tapfere, brave Männer sind es, die ihre Häuser und Höfe verlassen und ihr kostbares Leben in die Waagschale werfen, um ihren Brüdern und Schwestern zu Hilfe zu eilen. Ernst glüht aus ihren Gesichtern, feste Entschlossenheit und stolze Vaterlandsliebe. Stolz, ich gestehe es«, er legte dabei die flache Hand auf seine Brust, »ist auch das, was mich in dieser Stunde beseelt. Stolz darauf, einer der Eurigen zu sein, in deren Augen ich diesen unüberwindlichen Willen zum Sieg aufleuchten sehe. Ich sehe in euch die Gewißheit, dereinst vor der Geschichte bestanden zu haben, ich sehe die Entschlossenheit, der jüdischen Frechheit die Stirn zu bieten. Ich sehe nur eines: Sieg! Jawohl, Sieg!«

»Daß das den Leuten allerweil noch nicht weh tut?« knurrte Stöckl. Kajetans Antwort ging im Sturm eines Beifalls unter. Als sich der begeisterte Tumult gelegt hatte, bat Bottendorf den Pfarrer auf das Podium.

Der Priester trat rasch hinauf, tauchte einen Wedel in einen von einem Ministranten bereitgestellten Topf und besprengte die Soldaten mit Weihwasser. Sie bekreuzigten sich.

»Heut hat er's aber pressant. Und die Glocken hat er auch nicht läuten lassen«, wunderte sich Stöckl. nachdem er beobachtet hatte, daß der Pfarrer das Podium auffallend schnell wieder verlassen hatte. »Im Vierzehnerjahr hat er noch eine Predigt aufgezündet, daß die Gewehre fast von selber losgegangen sind. Na ja, wer wär seinerzeit nicht närrisch gewesen?« Die Musik hatte eingesetzt. Die Formation löste sich auf; die Soldaten schwenkten ihre Hüte und drängten auf den Bahnsteig.

»Gehn wir, Herr Inspektor«, meinte Stöckl. »Das Wichtigste hab ich vergessen, Ihnen zu sag... Was habens denn?«

»Das gibt's doch nicht!«

»Was?«

»Kommens mit, Herr Wachtmeister! Das ist der Sauhund, hinter dem ich die ganze Zeit her bin!« keuchte Kajetan. Er schob die vor ihm stehenden Menschen grob zur Seite und rannte mit weitausgreifenden Schritten zum Bahnsteig. Besorgt folgte ihm der Wachtmeister.

»Klepsch!« schrie Kajetan heiser. Die Soldaten, von denen einige bereits betrunken waren, drehten sich ihm zu und sahen ihn erstaunt an. Auch Klepsch, der bereits auf der Waggontreppe stand, blickte erstaunt in die Richtung, aus der der Ruf gekommen war.

»Klepsch Schani!

»Was willst?« fragte der Soldat verblüfft. Dann erkannte er den Inspektor, der sich nun mit heftigen Bewegungen durch die murrende Menge kämpfte.

»Klepsch, ich verhafte dich wegen...«

Der Soldat stieg eine Stufe höher und lachte höhnisch. »Halts Maul, du Narr!«

Der Inspektor kämpfte sich weiter vor. Er stieß einige Männer zur Seite, aber der Pulk, der sich ungeordnet in den Waggon drängte, war zu dicht. Trotzdem kam er näher.

»Bleib da! Sofort!«

Klepsch lachte. »Freilich! Du Arschloch!«

»... ich verhafte dich wegen Mordes an Eugen Meininger!«

wiederholte Kajetan mit sich überschlagender Stimme. Die Soldaten, die seine Worte verstanden hatten, stutzten.

»Kameraden«, rief Klepsch in die Menge, »das ist ein Närrischer. Ein Roter, den ich von München her kenn! Hauts ihm eine drauf!«

Nun drehten sich alle Männer zu Kajetan. Schon stürzte sich einer auf ihn, zerrte ihn am Kragen und holte zum Schlag aus.

»Polizei! Was ist da los?« dröhnte Stöckls Stimme durch den Lärm.

»Das ist ein Roter! Hauts ihm eine rein, der Sau!«

»Was? Ein Roter?« rief der Wachtmeister theatralisch, ging rasch auf den Inspektor zu und riß ihn mit einer harten, keinen Widerspruch duldenden Bewegung vom Bahnsteig. »Sie sind verhaftet!«

Ein schmächtiger Held folgte den beiden und versetzte Kajetan einen schmerzhaften Tritt.

Hastig zerrte Stöckl den Inspektor nach draußen. Dort ließ er ihn los und sah ihn ärgerlich an. »Sinds denn ganz deppert geworden?« fragte er schwer atmend.

»Das... das ist der Mann, nach dem ich die ganze Zeit schon such«, erklärte Kajetan, »und da in Perthenzell läuft er direkt vor meiner Nase herum. Ich werd narrisch!«

»Ich glaub's Ihnen ja, Herr Inspektor. Aber habens denn überhaupt kein Gespür dafür, wo Sie sich befinden? Sehns denn gar nichts um sich herum?«

Kajetan antwortete nicht. Stöckl hatte recht.

»Schauens Ihnen lieber an«, sagte der Wachtmeister nach einer Weile und deutete mit dem Daumen in die Richtung des Ortes, »was ich heut in der Früh für einen Fang gemacht hab. Kommens mit auf die Gendarmerie. Mein Kollege wird für mich den Außendienst übernehmen.«

Vom Bahnsteig ertönte das Abfahrtssignal. Als Kajetan und Stöckl den Weg zum Ortszentrum hinaufgingen, kam ihnen atemlos ein schmächtiger, sommersprossiger Junge auf dem Fahrrad entgegen.

»Ich hab die Großmamm heimgebracht. Ich bin doch ned... bin ich zu spät?«

»Hättst dich geschickt«, sagte Stöckl ungerührt.

Der Junge brach in Tränen aus. »Sie... Sie gemeiner...« rief er in hilflosem Zorn.

»Na, na! Aufpassen, Mannderl, gell?« Stöckl grinste zufrieden und ging weiter.

61

Wachtmeister Stöckl hatte die Tür zur Arrestzelle im Keller aufgesperrt und weidete sich an Kajetans verblüfftem Gesichtsausdruck.

»Na?« sagte er stolz. »Gebens zu, daß die Perthenzeller Gendarmerie mindestens genauso gwieft ist wie die Münchner?«

»Vor allem gibt es sie noch«, antwortete Kajetan, nachdem er sich von seiner Überraschung erholt hatte.

»Ich habe sie heut in der Früh festgenommen«, erklärte Stöckl. »Weil ich mir gedacht hab, daß heut eine Mordsgaudi sein wird wegen dem Abmarsch der Freiwilligen, bin ich schon recht zeitig raus. Es ist noch finster gewesen, wie ich sie mit ihrem Bruder erwischt hab, wie sie grad mit dem Radl nach Hallberg zurückfahren wollten. Was sie um diese Zeit gesucht haben, hab ich noch nicht rausbringen können. Ihren Bruder hab ich laufen lassen. Liegt ja nichts vor gegen ihn.«

»Also, jetzt bin ich platt. Die Jule...« Kajetan nahm sich einen Schemel und setzte sich vor das Mädchen. Er musterte sie. »Gell, da schaust?«

Sie schien bester Laune zu sein. Ja, gab sie bereitwillig zu, sie habe das Durcheinander in der Polizeidirektion ausgenutzt, um zu fliehen. Da kein Zug mehr fuhr, sie außerdem kein Geld bei sich gehabt habe, sei sie eben zu Fuß gegangen und erst um Mitternacht des drauffolgenden Tages in Hallberg angekommen. Zu Fuß zu gehen habe ihr nichts ausgemacht.

»Unglaublich«, staunte der Inspektor. Sie zuckte gleichmütig mit den Schultern.

»Und du? Hast jetzt schon alles rausgebracht?« fragte sie mit leichtem Spott. Kajetan nickte.

»Und? Wer war es? Wer hat den Eugen auf dem Gewissen? Ich weiß es.«

Kajetan betrachtete sie. Irgend etwas an ihrem Verhalten war eigenartig. Hatte sie nicht erst gestern erfahren, daß ihr Geliebter nicht mehr am Leben ist? Er erinnerte sich an ihren Zusammenbruch in der Münchner Polizeidirektion. Er konnte doch nicht gespielt sein! Warum aber wirkte sie nun so kräftig? Fast fröhlich?

»Ich auch, Jule. Es war Schani. Den ich von Anfang an in Verdacht hatte. Aber wie hast du es rausgefunden?«

»In der Nacht, an dem sie dem Eugen sein Haus angezündet und ihn umgebracht haben, war ich daheim, und die Christine auch. Und kein Schani war da über die Nacht. Wie ihr euch in der Direktion darüber unterhalten habt, daß Schani sie als Alibi genannt hat, wußte ich, daß er gelogen hatte, daß er es war. Und warum er es getan hat, ist mir jetzt klar. Dir wahrscheinlich auch, oder?«

»Ja, das weiß ich jetzt ebenfalls«, bestätigte ihr der Inspektor. »Es hat allerdings lange gedauert. Ich kann mich an keinen Fall erinnern, der schwieriger als dieser gewesen wär.«

»Sagst mir es, was du rausgebracht hast?«

»Der Eugen Meininger ist nur zum Schein auf den Auftrag der Zeitung eingegangen, die Vergangenheit des Präsidenten auszuforschen. Er war ja nicht blöd. Und er hat sich vermutlich ziemlich geärgert über die Herablassung, mit der man ihn behandelt hat. Also hat er zunächst beschlossen, die Urheber dieses Gerüchts bloßzustellen.«

»Nicht schlecht, Inspektor«, sagte sie und nickte anerkennend. »Ja, es stimmt. Aber jetzt kommt was, was du nicht weißt: Er war zufällig Zeuge des Anschlags auf den Präsidenten. Er hat genau gesehen, daß die Wache an der Ecke der Prannerstraße die Position gewechselt hat, damit der Mörder an ihn rankommen hat können.«

»Und der Wachtposten, der die Stellung gewechselt hat, war der Schani.«

»Das war der Schani, genau. Der Schani ist nie ein überzeugter Roter gewesen. Er hat von nichts anderem geträumt als von einer eigenen Wirtschaft. So haben sie ihn eingefangen. Wird nicht schwer gewesen sein, denk ich mir; ihm war alles wurscht, wenn er damit zu dem kam, was er haben wollte...«

Sie plaudert mit mir, als würden wir im Wirtshaus sitzen und über das Wetter reden, dachte Kajetan.

»... Eugen hat erkannt, daß die Urheber des Gerüchts dieselben Leute sind, die auch hinter dem Anschlag auf den Präsidenten stehen, daß es sich dabei um eine Art Geheimbund gehandelt hat, auf deren Mitgliederlisten man alle wohlhabenden Münchner Geschäftsleute und fast die gesamte bayerische Aristokratie gefunden hat, und daß ganz oben Baron von Bottendorf stand. Nicht der Präsident war ein geflohener Bankrotteur, der sich einen Tarnnamen zugelegt hat – das alles trifft auf den Baron zu! Das war's, was er beweisen wollte. Und er wollte dem Herrn Stein zeigen, daß er sich in ihm getäuscht gehabt hat.«

»Auf seiner Suche nach Beweismaterial ist er schließlich auch im Albergo gelandet, wo ihr euch kennengelernt habt, nicht wahr?«

Sie nickte. »Doch dann muß der Schani irgendwie rausgekriegt haben, daß der Eugen hinter ihm her ist. Ich möcht bloß wissen, wie. Wir waren so vorsichtig. Selbst wenn ihm die Christine einmal etwas gesagt hätt, dann wär das zwar anfangs ein Grund zur Eifersucht gewesen, hätt ihn aber noch lang nicht wissen lassen, daß Eugen an der Aufklärung des Attentats arbeitet.«

Kajetan beugte sich nach vorn, stützte seine Ellbogen auf seine Oberschenkel und legte die Fingerspitzen aneinander. »Dafür weiß ich es, Jule. Der Eugen ist zwar ungeheuer raffiniert vorgegangen, hat es sogar geschafft, an die Vernehmungsprotokolle des Staatsanwalts ranzukommen, aber er hat einen Fehler gemacht. Er hat ja leben müssen, und außerdem war er in München noch ein Nichts als Journalist. Er hat gedacht, mit der Enthüllung der Hintermänner könnte er groß rauskommen, und hat das Material einer Münchner Zeitung angeboten, einer linken, wie er dachte. Dort sind aber Leute gesessen, die sofort diesen Geheimbund alarmiert haben. Und so wußte es auch Schani gleich. Wo Eugen gewohnt hat, hat er von dieser Zeitung erfahren und nicht dadurch, daß er dir aus Eifersucht nachspioniert hat.«

»So also ist das gewesen.« Sie senkte den Kopf, und eine schmale Trauer verdunkelte ihr Gesicht.

»Er ist einfach nicht vorsichtig genug gewesen. Er war noch zu kurz in der Stadt, um dieses Geflecht zu durchschauen.«

Sie richtete sich wieder auf. Der Inspektor rätselte noch immer, warum sie sich verhielt, als würde alles schon viele Jahre zurückliegen. Unauffällig warf er einen Blick auf ihr Gesicht. Jules ruhende, selbstbewußte Schönheit schien durch die Erfahrungen in den vergangenen Tagen sogar noch gewonnen zu haben. Sie haben ihr ihren Geliebten weggenommen, dachte Kajetan, wieso leidet sie nicht? Er fand keine Erklärung.

»Nun, Jule, natürlich bist du nicht mehr verhaftet. Du kannst heimgehen. Aber warum hast das alles nicht schon früher gesagt? Jetzt ist's zu spät. Der Schani ist über alle

Berg und läßt sich mit dem Baron zusammen als Kriegsheld feiern.«

Sie machte keine Anstalten, sich zu erheben, und sah ihn amüsiert an. »Du täuschst dich.«

»Ah ja?« fragte er müde. »Und warum täusch ich mich wieder einmal?«

Ein Glanz umgab das Mädchen.

»Weil der Zug nicht auf München kommen wird.«

Kajetan hob irritiert den Kopf.

Dann winkte er ab.

»So hättst du's wohl gern«, sagte er niedergeschlagen, »und ich, weiß Gott, auch.«

»Was meinst du denn damit?« Stöckl war näher getreten. Seine Stimme klang belegt.

Sie drehte sich zu ihm um. »Wie ich's gesagt hab. Daß der Zug nicht in München droben ankommt. Und der Schani auch nicht.«

»Lassens doch, Herr Wachmeister.« Kajetan schüttelte den Kopf. Aber das interessierte Stöckl jetzt.

»Und wieso nicht, Jule?« forschte er weiter.

»Wirst schon sehn.« Die junge Frau hob den Kopf und lächelte ihn mitleidig an. Kajetan wurde ungeduldig.

»Lassens doch, Herr Stöckl. Wie soll denn so ein verhungertes Gestell einen Zug aufhalten können?«

Er erhob sich und wollte zu seinem Mantel greifen. In dem Moment sah er Stöckls Gesicht. Es war bleich geworden.

»Was habens denn?« fragte er alarmiert.

»Die Jule könnt es freilich nicht tun«, sagte der Wachtmeister, »aber...«

»Aber was?«

»Ihr Bruder...« Stöckl schluckte.

»Was ist mit ihrem Bruder. Jetzt redens doch endlich!«

»Heut morgen, Herr Inspektor, wie ich sie erwischt hab – da war sie nicht allein, sondern mit ihrem Bruder zusammen.

Beide sind sie mit dem Rad von der Paß Thurmer Richtung gekommen.«

»Ja und? Warum erzählen Sie mir das?«

Auf Stöckls Stirn hatten sich Schweißperlen gebildet. »Weil der Bruder vor dem Krieg bei der Eisenbahn war. Er ist Streckengeher gewesen. Und wissens, wo? Zwischen Paß Thurm und Gmeinau! Eine Strecke, wo die Gleise über eine Schlucht führen und noch dazu das steilste Gefälle aller Bahnen im Reich haben.«

Kajetan starrte den Wachtmeister an. »Sie meinen, daß ihr Bruder...«

Stöckls Stimme wurde lauter. »Sie kann freilich nichts anstellen. Aber der Hans, der kennt die Strecke auswendig.« Der Wachtmeister machte einen Satz nach vorn, packte Jule an den Schultern und schüttelte sie.

»Seids ihr jetzt komplett narrisch geworden, ihr Riemerischen? Was habts ihr gemacht?« Er hob die Hand. Jule lächelte noch immer.

»Da wird's rot aufgehen. Wie beim Weltgericht, Stöckl.«

»Und du«, die Stimme des Wachtmeisters überschlug sich, »du bist der Herrgott, Jule?« Er riß sie heftig von ihrem Stuhl. »Über hundert Leut sitzen da drin!«

»Herr Wachtmeister!« Kajetan war aufgesprungen und hatte Stöckls Arm, der bereits zum Schlag ausgeholt hatte, gepackt. Der Wachtmeister atmete schwer. »Wir müssen sofort zum Bahnhof!« rief er heiser und stürzte zur Tür.

Kajetan zweifelte noch immer. »Jetzt beruhigen Sie sich halt. Die macht doch nur Sprüch!«

Stöckl riß seinen Mantel vom Haken und zog ihn sich rasch über. »Beruhigen? Sie kennen die Riemerischen nicht! Den Riemerischen kannst alles nachsagen, aber nicht, daß sie Sprüch machen!«

Kajetan beugte sich zu Jule, die sich wieder aufgerichtet hatte. Gelassen erwiderte sie seinen Blick.

»Stimmt das?«

Das Mädchen nickte. »Wär das eine Gerechtigkeit, wenn der davonkommt? Daß ich mir den Meinen nehmen laß, und laß mir das gefallen? Daß ich ein altes Weib werd, das bis ans End so was brav tragt? Nein.«

»Aber die anderen, Jule!«

»Sind auch nichts Besseres. Der Gassner vielleicht? Gar der Herr Baron? Die Dummköpf, die für drei Mark am Tag schon wieder zum Leutzusammenschießen ziehn, kaum daß der Krieg aus ist?«

»Dummheit ist das! Aufgehetzt sinds worden!«

»Und können deswegen nichts dafür?«

»Was sonst?«

»Nein!« Ihr Gesicht wurde hart. »Drauf ist sich leicht rausreden, allerweil wird sich drauf rausgeredet! Und wenn noch so viele draufgehen dabei, allerweil gibt's eine Ausred, es könnte einer nichts dafür, er sei halt verführt worden. Nein! Ein jeder will, was er tut. Und ein jeder muß tragen, was er angestellt hat.«

Stöckl fluchte rauh. »Herr Inspektor, in Himmelherrgotts Namen! Ist jetzt Zeit zum Philosophieren? Es geht um jede Minute.«

Kajetan nickte.

»Und was habts ihr gemacht, daß der Zug nicht ankommt?« Er packte sie an den Schultern. »Jule!«

Ihre Augen wurden schwarz. »Wirst schon sehen. Ganz Perthenzell wird's sehen«, sagte sie tonlos.

Kajetan wich zurück. Er zog sich mit hastigen Bewegungen den Mantel über. Während er ihn zuknöpfte, mußte er auf einmal an Irmi denken. Ein plötzlicher Zorn platzte in seinem Kopf.

Tu es nicht, sagte die Vernunft, es ist unnötig.

Schone sie, sagte das Mitleid.

Er schaute sie nicht an. Seine Stimme war heiser. »Kannst

du eigentlich eins und eins nicht mehr zusammenzählen, Jule? Schmeißt dein Leben weg und spannst dabei nicht, daß der Meininger nichts anderes wollt, als über dich an den Schani rankommen.«

Er stockte und erschrak über seine Bösartigkeit, riß sein Gesicht herum und stierte sie an. Sie bewegte sich nicht. Ihr blasses Gesicht war wächsern geworden, und sie blickte starr an ihm vorbei. Ihre Brust bewegte sich nicht.

Kajetan floh vor ihrem Anblick und wandte sich hastig zur Tür. Stöckl schloß mit steinerner Miene die Zellentür auf und vermied es, den Inspektor anzusehen. Dann begannen sie zu laufen.

Nein!!! schrie ihr ganzer Körper, als sie wieder allein in der Zelle saß.

Nein! Das war wirklich. Ich bin mit ihm gegangen, da war kein Licht, kein Weg und kein Steg zu sehn, nur ein Schwarm Stern hat uns geleuchtet, und er war an meiner Seit, war mein Licht und meine Sonn, unds Gras hat einen Duft gehabt, und wie ich nackt glänz, sagt er, wie bist du schön, und ich brauch nicht herabschauen auf mich und sag bloß, daß es stimmt, und auf einmal fällt alles von ihm, was geheim ist am anderen, und wir brechen ein in ein fremdes Land, mit einem Himmel und Wärm und Sonn Tag für Tag... Ich möcht zu ihm, Gott, bloß noch zu ihm.

62

»Gehns weiter, Herr Wachtmeister, redens doch nicht so einen Krampf daher! Wer sollt denn so was Damisches tun?« Bahnhofsvorsteher Wendler winkte ärgerlich ab. »Die schöne neue Elektrische in den Graben fahren!«

»Die gibt's bald nimmer, deine schöne Elektrische«, rief Stöckl, »wenns nicht sofort angehalten wird.«

»Wer soll so was Damisches tun, hab ich gefragt!«
Stöckl verdrehte verzweifelt die Augen. »Der Riemer!«
»Der Hans? Jetzt ist der Blödsinn komplett! Der Hans war vor dem Krieg einer meiner besten Leut!«
Kajetan mischte sich ein. »Jetzt erzählens nicht vom vorm Krieg, Herr Vorsteher! Wo könnt man einen Zug entgleisen lassen? Welche Stell wär am besten dafür?«
Wendler war noch immer nicht überzeugt. »Entgleisen? Ich soll Ihnen sagen, wo man einen Zug entgleisen lassen könnt?« fragte er verärgert. »Ich kümmer mich drum, daß er eben nicht entgleist! Verstehens das? Außerdem, warum sollt der Hans so was tun?«
»Das erzähl ich Ihnen danach!« rief Stöckl und fügte einen Fluch hinzu. »Also gut, weil er... weil er ein Roter ist.«
»Ein Ro...?« Wendler schluckte.
Kajetan atmete tief durch.
»Jetzt schickens Ihnen, Herr Vorsteher. An welcher Stelle könnte einer, wenn er einen Zug entgleisen lassen will, was manipuliert haben?«
Der Bahnhofsvorsteher glaubte langsam, daß es sich um keinen Aprilscherz handelte. Entsetzt sah er von einem zum anderen. Dann überlegte er.
»Wenn ich einen Zug entgleisen lassen... Nein.« Er schüttelte den Kopf.
»Wir wissen schon, daß es Ihnen nicht leichtfällt! Aber jetzt müssens...«
In den Augen des Bahnhofsvorstehers schimmerte plötzlich ein eigenartiger Eifer. Er hob die Hand. »Lassens mich überlegen! Also, bis Paß Thurm geht die Streck langsam bergauf. Da liegen außerdem Bischofsfeld und Reuth dazwischen, wo der Zug noch leicht aufgehalten werden könnt. Aber hinter Paß Thurm geht's den Berg runter nach Gmeinau. Hat der Zug den Paß verlassen, kann ihn niemand mehr aufhalten. Es gibt keine Signale mehr dazwischen. Und wenn jetzt einer...« Er

stockte. »Die Lautenbachbrücke! Und das ausgerechnet, wo der junge Stangassinger heut seine erste Fahrt mit der neuen Lok hat!«

Wendler stürzte in den Nebenraum. Der diensttuende Beamte sah erstaunt auf.

»Kastner, hat Bischofsfeld freigegeben?«

»No freilich. Hätten wir sonst den Zug rausgelass...?«

»Fragens in Bischofsfeld an, ob Reuth freigegeben hat!« unterbrach ihn Wendler.

Kastner zog die Augenbrauen mißmutig zusammen und setzte sich umständlich an das Morsegerät.

Wendler sah ihm eine kurze Zeit zu, dann schob er ihn beiseite. »Gehns!« fauchte er. »Bei Ihnen dauert mir das zu lang.«

»Was ist denn auf einmal los?« protestierte Kastner beleidigt.

»Was wird los sein! Ein Närrischer möcht die neue Elektrische in den Graben fahren lassen.« Schweiß trat auf die Stirn des Bahnhofsvorstehers. Dann hatte er die Nachfrage eingegeben.

»Was...?« Kastner stand mit offenem Mund in der Mitte des Raums.

»Nix was! Sinds so schwer von Begriff? Wir müssen den Zug aufhalten!«

»Das kann ich nicht glauben! Herr Vorsteher, das hat's ja noch nie gegeben! Dabei ist das heut die erste Fahrt vom jungen Stangassinger!«

Die Antwort tickte aus dem Morsegerät.

Wendler riß den Punktstreifen heraus. »Was? Reuth hat freigegeben? Herrgott!« Erneut hämmerte er auf die Morsetaste.

»Was tuns denn?« fragte Stöckl. »Rufens doch gleich Paß Thurm an!«

»Lassens mich in Ruh, wanns nichts davon verstehn«, entgegnete Wendler ungehalten und traktierte weiter das Gerät.

Wieder vergingen einige Minuten, in denen der Bahnhofsvorsteher erklärte, daß das Streckentelefon nur von Station zu Station reiche.

Kastner, der mittlerweile ebenfalls begriffen hatte, daß die Sache ernst war, sah auf die Wanduhr. »Es ist dreiviertel neun. Der Zug müßt jetzt bald in Paß Thurm einfahren.«

Aus dem Morsegerät tickerte eine weitere Antwort. Wendler wischte sich den Schweiß von der Stirn. »Bischofsfeld sagt, daß Reuth sagt, daß Paß Thurm ebenfalls bereits freigegeben hat. Die Kette ist aktiviert. Jetzt wird's knapp. Der Zug darf Paß Thurm nicht verlassen.«

»Sag ich ja«, meinte Kastner. »Es wär schad um den Stangassinger. Heut früh hat ihm seine Walli noch extra eine Brotzeitwurst reingebracht, weil's doch seine erste Fahrt ist.«

Wendler stöhnte auf. »Kastner, wenns wüßten, wie wurscht mir jetzt die Wurst von der Walli ist, sie täten's nicht glauben.«

Kastner wandte sich beleidigt ab. Stöckl und Kajetan sahen einander an. »Was geschieht jetzt, Herr Vorsteher?« wollte der Wachtmeister wissen.

»Ganz einfach, meine Herren. Alles hängt nun davon ab, ob die Streckentelefonkette Paß Thurm erreicht, bevor der Zug in der Station ist. Wenn wir mit der Nachricht zu spät kommen, hat Gmeinau schon freigegeben und der Zug ist auf der Strecke in das Lautertal. Wie spät haben wir, Kastner?«

»Da hängt die Uhr. Neun vor neun.«

»Wenn sich der Lokführer genau an die Zeit hält, müßt der Zug jetzt in Paß Thurm einfahren. Wenn nicht, ist er entweder noch davor oder...«

»Oder was?«

»Oder schon drüber hinaus, ganz einfach. Dann ist er nicht mehr aufzuhalten, vorausgesetzt, daß Gmeinau freigibt. Aber warum sollt Gmeinau ausgerechnet heut nicht freigeben?« Er fuhr herum, riß den Streifen aus dem Gerät und wurde blaß.

»Gmeinau hat freigegeben! Der junge Stangassinger hat die Zeit nicht eingehalten! Er ist zu schnell! Ich hab's immer gesagt! Gebts dem keine Lok in die Pratzen!« Er setzte sich krachend auf einen Stuhl und fuhr sich durchs Haar.

»Was ... was heißt das jetzt?«

Wendler sah erschüttert auf. »Daß alles aus ist. Ganz einfach«, flüsterte er.

63

In ruhiger Gleichmäßigkeit setzte der Riemer Schritt vor Schritt in den klirrenden Schnee. Der Weg führte steil nach oben und war ziemlich anstrengend. Dennoch gingen Atem und Pulsschlag des Bauern, als würde ein in ihm verborgenes mechanisches Werk seine Bewegungen antreiben. Er spürte den eiskalten Höhenwind nicht.

Im unteren Teil der Gnotschaft hatte in den vergangenen Tagen eine kräftige Frühlingssonne bereits braungelbe apere Flächen in das Schneeland gesengt; unter den Eisbrüchen trieb gurgelndes Schmelzwasser hervor und bedeckte die Wege mit Schlamm. Noch trieben keine Knospen und blühte nichts.

Die über mehrere hundert Meter fast senkrecht in die Tiefe abfallenden Felswände des Hohen Götschen waren von Adern milchig weißer Schmelzbäche überzogen; als würde der Berg aus weißen Wunden bluten, stürzten die Wasser, von kristallener Gischt umgeben, tosend in die Tiefe.

Längst hatte sich der Nebel zu wattigen Fetzen zersetzt, und nur in der dunklen Kehlschlucht war ein letzter Rest. Doch auch hier würde er sich um die Mittagszeit auflösen.

Über Tal und Hochland wölbte sich der Himmel in einem Blau, das um so dunkler wurde, je länger man zuvor auf die grell reflektierende Schneefläche gesehen hatte. Das höher gelegene Gemeindegebiet, wo auch das Riemerlehen war, befand sich noch unter einer dünnen Decke schweren, sulzigen Schnees.

Als der Riemer zuvor den Ort durchquert hatte, grüßten ihn einige Hallberger Frauen, die gerade den Kramerladen verlassen hatten. Er habe den Gruß nicht erwidert, erzählten sie später, und sei wie ein Schlaftrunkener an ihnen vorbeigegangen. Und auch der Müller, der ursprünglich an diesem Tag mit ihm sprechen wollte, vermied es, den Bauern anzusprechen. In den vergangenen Tagen hatte er vergeblich um Worte gerungen, mit denen er dem Riemer erklären wollte, daß er dem Baron einen noch vom alten Riemer unterzeichneten Schuldschein abgetreten hatte.

Der Riemer hatte die Gnotschaft hinter sich gelassen und erreichte nun die Anhöhe, die das Dorf und die weiter oben gelegenen Rodungen voneinander trennte. Auf der höchsten Stelle hatte man einen Blick in den Talkessel und die ihn umgebenden Berge, und in früheren Jahren war der Riemer oft an dieser Stelle stehengeblieben, hatte auf diese majestätische Szenerie geblickt und dabei gespürt, wie sie ihn mit ihrer Großartigkeit ausfüllte.

An diesem Tag hielt der Riemer jedoch nicht inne, sondern ging statt dessen schneller voran. Was hatte er erwartet? Ein rauschhaftes, triumphales Rachefest ohne Ende? Eine blöde Enttäuschung breitete sich in ihm aus. Der Tag war nicht groß, nichts war anders als in den Tagen und Wochen zuvor. Zwar dröhnte das rauschende Konzert des Schmelzwassers, das schon seit einiger Zeit die Luft erfüllte, lauter, doch der Himmel hatte sich nicht geöffnet, hatte nicht Donner und Sturm über das Land getrieben. Nichts glänzte, brannte; die Erde war kalt und starr und tat sich nicht auf. Das Land spie ihn aus. Er hatte verloren, und der Bauer war nur darüber verwundert, daß seine Niederlage eine so ungeheuerliche war.

Nüchtern gestand er sich ein, daß es keinen Ausweg mehr

geben würde. Man hatte sie beide gesehen, wie sie von Paß Thurm gekommen waren, und nur sie beide konnten die Täter sein, nur sie beide hatten einen Grund für diese Tat. Jule war bereits verhaftet. Es gab keine Rettung. Aber auch wenn es sie gäbe, würde er mit dieser entsetzlichen Schuld nicht mehr weiterleben können. Er war zum Mörder geworden.

Der Riemer dachte nicht länger darüber nach, ob es einen anderen Weg gegeben hätte. Als Jule in der Nacht an die Tür gepocht hatte, die Füße von der langen Wanderung blutig geschunden, fast erfroren, als sie völlig entkräftet in seine Arme gefallen war und ihm ihre Klage um den Toten ins Ohr wimmerte, hatte es ihm das Herz zerrissen.

Was ist der Mensch bloß für ein dünns Geschöpf, hatte sie gesagt und sich im Schmerz vor und zurück gewiegt, und bricht so leicht, Hansl! Sie haben mir genommen, was mein Glück gewesen ist, ich hab ein Leben zuvor gehabt, und jetzt schmeißen sie mir einen Haufen dürre Knochen wie gebrochene schwarze Äst hin. Hansl! Ich bin so lustig zuvor gewesen, alle Welt ist mir hell erschienen, kurz und köstlich sind mir Nacht und Tag gewesen, und leicht wie eine Feder war ich bei jedem Schritt, weil ich eine Lieb gehabt hab. Und jetzert treib ich dahin wie ein dürres Holz in der Ache und find keinen Halt mehr, kein Stein ist mehr da, kein Ast, auf den ich mich retten könnt.

Die Geschwister hatten sich zueinandergebeugt, näher und näher, weinten und redeten sich mit heiserem Geflüster in Schmerz, Hitze und Haß, bis keiner mehr »Halt!« hätte rufen können und am Ende zwei grausame Richter beschlossen: Wir vernichten die, die uns vernichtet haben, wir entzünden ein ungeheures Feuer, dessen Schein aller Welt das Unrecht zeigt, das sie an uns begangen, und das zeigt, daß wir uns nicht gebeugt haben.

Von einer schwarzen Kraft angetrieben, waren sie in der Nacht zum Paß Thurm aufgebrochen. Wie vorsichtiges Wild umgingen sie jede Gefahr. Vom Paß stiegen sie in das Lautertal. Hans hatte das Werkzeug noch, mit dem er mit ruhigen und überlegten Bewegungen die Gleisnähte auf der Brücke zu öffnen begonnen hatte.

64

Lokführer Stangassinger war angespannt. Als der Zug die Station verlassen hatte und sich die Gleise in das Tal zu senken begannen, hatte er die Fahrt verlangsamt. Nun verstärkte sich das Gefälle. Wie er es bei den Ausbildungsfahrten gelernt hatte, legte er die Bremsen ein. Ein metallenes Kreischen drang augenblicklich in das Innere des Lokstandes. Ein rötlicher Schimmer, der von einem Schweif glühender Funken von Rädern und Gleisen rührte, flimmerte über die Schneeflächen entlang der dampfenden Gleise. Das Herz des jungen Mannes schlug heftig. Fast körperlich konnte er nun spüren, wie die Lok von ihrem eigenen Gewicht in die Tiefe gezogen wurde. Der Lärm der metallenen Bremsen wurde stärker. Längst war nichts mehr von den wüsten und betrunkenen Gesängen der Bewaffneten zu hören. Das Gefälle nahm zu. Auf der rechten Seite des schmalen Gleisdammes vertiefte sich die dämmrige Schlucht. Nach zwei – oder waren es drei? – Biegungen würde er die Lauterbachbrücke erreicht haben. Der Schub des Zuges verstärkte sich; er schien schneller zu werden. Stangassinger spürte, wie sich Schweiß auf seiner Stirn bildete. Er bremste noch mehr und löste ein infernalisches Kreischen aus. Der Gestank heißglühenden Metalls drang in den Führerstand.

Fast hätte er die kurzen, trockenen Detonationen der Warnkapseln überhört. Stangassinger wurde eiskalt. Er wußte sofort, was dies zu bedeuten hatte, und leitete eine Vollbremsung ein. Ein heftiger Ruck ging durch den Zug. Aus den

Waggons erscholl ein entsetzter vielstimmiger Schrei. Die Räder drehten sich nun nicht mehr und schabten mit höllischem Getöse an den Gleisen entlang. Noch immer, mit fast unveränderter Geschwindigkeit, rutschte der Zug in die Tiefe.

Wenige Meter vor der Brücke kam er schließlich zum Stehen. Der Streckengeher war bereits zur Seite gesprungen und lief keuchend auf Stangassinger zu. Die Soldaten hatten die Fenster geöffnet und schrien empört.

Stangassinger wollte seine Kappe lässig in den Nacken schieben, als wären derartige Zwischenfälle für ihn als bewährtem Lokführer nichts Besonderes. Aber er ließ es bleiben. Seine Hände zitterten wie Espenlaub. »Was... was ist denn mit der Brücke?« fragte er.

Eine Lasche habe sich geöffnet, berichtete der Streckengeher, er habe sie gerade eben, in letzter Sekunde, wieder festschrauben können. Dem Himmel sei Dank, fügte er hinzu, daß der Bahnhofsvorsteher von Gmeinau heute morgen noch einmal einen Streckengeher nach Paß Thurm schicken ließ, obwohl das eigentlich bloß für Kriegszeiten angeordnet sei.

Gassner war wichtigtuerisch nach vorn gekommen und hatte sich beschwert.

»Technische Sicherheitsmaßnahme«, hatte Stangasssinger nur geantwortet und die Fahrt fortgesetzt, nachdem die Türen wieder geschlossen waren.

Die weitere Fahrt bis Achbruck verlief ohne Zwischenfälle. Der Lokführer, dessen Strecke hier endete, stieg aus. Seine Knie zitterten noch immer leicht. Er setzte sich in den Betriebsraum des Bahnhofs, griff in seine Tasche, holte die Wurst heraus, die ihm seine Frau mitgegeben hatte, und biß herzhaft hinein.

65

Als die Nachbarn und wenig später die Hallberger Feuerwehr dort eintrafen, war das Riemerlehen bereits nicht mehr zu retten. Es blieb nur noch, die panisch herumirrenden Tiere, die der Bauer freigelassen hatte, einzufangen. Stallung und Scheune waren bereits eingestürzt, und nun fiel auch das Gebälk des Wohnhauses krachend in sich zusammen und brach durch die Decke in die unteren Kammern, wo sich das Feuer schmatzend ausdehnte. Im ganzen Tal war die steile Rauchsäule zu sehen.

Der Körper des Riemers wurde jedoch nie gefunden. Im Kehltal, hieß es, habe man ihn kurz nach dem Feuer gesehen, wie er in die Götschenwand eingestiegen sei, um vermutlich nach Gollheim im Österreichischen zu gelangen. Auf der Oberen Alm glaubte der Senner festgestellt zu haben, daß Unbekannte sich längere Zeit dort aufgehalten hatten, und ein Bauer aus Matrei, dessen Schwester in einen Bischofsfelder Hof eingeheiratet hatte, wußte von einem Sonderling, der sich in der Perthenzeller Gegend sehr gut ausgekannt haben mußte, der seinen Namen aber nie nannte und, als ihn der Ortsgendarm ernsthaft befragte, über Nacht aus dem Dorf verschwand. Während in den Ötztaler Alpen Geschichten von einem Unbekannten, welcher sich bei schlechtem Wetter zu einer Wanderung über den Gletscher machen wollte, sich dort jedoch nie wieder sehen ließ, in Umlauf waren, führte die Tessiner Wirtin Anna Tschan eine Klage gegen einen Wanderarbeiter, dessen Hinterlassenschaft auf seine Herkunft aus der Gegend um Perthenzell schließen ließ, was den mit der Suche befaßten Wachtmeister Stöckl zu der gereizten Feststellung brachte, daß nicht jeder Perthenzeller Bazi gleich der Verschollene sein müsse, schließlich gebe es, wie überall, nicht nur einen Halunken im Bezirk. Die Tschan beschrieb den Mann, der zuletzt in Gresso gesehen wurde (was heißt: in der Nähe des Grenzübergangs), als einen zumeist fröhlichen jungen Mann, der jedoch nicht ganz gesund zu sein schien. In den Bergen der Margaride westlich des Rhonetals wunderte sich der Schäfer Agulhon über einen schweigsamen Mann, der nur gebrochen französisch sprach und ihm zu verstehen gab, Nahrung und Unterkunft gegen Hilfe auf dem Hof eintauschen zu wollen. Der Schäfer erzählte einem reisenden Zimmerergesellen, welcher zwar aus Nürnberg stammte, in Perthenzell jedoch Verwandte hatte, daß sich der Mann später mit einer Witwe Couderc zusammengetan habe und mit ihr ins Hinterland der Septimanie fortgezogen sei, was aber, wie man hörte, nicht gutgegangen sei. Die Beschreibung hätte auf den jungen Bauern gepaßt.

Es ist jedoch zu vermuten, daß er beim Überqueren der Grenze unterhalb des Götschenfirns erfror. Es war ja noch Winter, der in diesem wie in den folgenden Jahren bis ins späte Frühjahr dauerte.

Erklärungen:

Lehen
- hier: »geliehenes« Gehöft. Vor Säkularisation und Bauernbefreiung Eigentum geistlicher oder weltlicher Herren.

Gnotschaft
- vom mittelhochdeutschen *Genoten,* d.h. die gemeinsam etwas Nützenden, Genießenden. Vergleiche auch: Genossen, Eidgenossen, Hugenoten etc.

Mehrheitssozialisten, Unabhängige Sozialisten, Spartakus, Radikale, Räterepublikaner etc.
- Während des 1. Weltkrieges spaltete sich die sozialdemokratische Bewegung über den – von den Mehrheitssozialisten gebilligten, den Linken um Karl Liebknecht jedoch verurteilten – Kriegseintritt des Deutschen Reiches. Dem radikalsten Flügel der »Unabhängigen Sozialisten«, dem »Spartakus«-Bund, entstammte die um die Jahreswende 1918/19 gegründete KPD. Der Idee einer Räterepublik stand eine Mehrheit der organisierten Münchner Arbeiterbewegung nahe – ihre Ausrufung darf also nicht (wie v. a. im Dritten Reich üblich) als das Werk angeblich »landfremder Kaffeehaus-Literaten«, usw. bezeichnet werden. Außerhalb der Arbeiterschaft, z. B. in der Bauernschaft, fand das Konzept einer Räte-Demokratie kaum Widerhall.

Vertreibung der Lutherischen
- Noch im 18. Jahrhundert wurden aus den Tälern um Salz-

burg Tausende von Bauern und Bürgern, die den protestantischen Glauben angenommen hatten, vertrieben. Sie fanden in Franken, Brandenburg und Britannien Zuflucht.

Metteur
- eine Art Vorarbeiter in einer Setzerei.

Hauserin
- Frau, die den Haushalt führt. Hier: Bäuerin, Gattin.

... die Totenuhr tickt in der Wand
- Holzwurm, der das Gebälk zerstört.

Bamberger Harmoniesäle
- Nach Bamberg zog sich der von Mehrheitssozialisten dominierte Landtag zurück, nachdem in München nach dem Attentat auf den Präsidenten die Befürworter einer Räterepublik das Sagen hatten.

Herbergen
- Arme-Leute-Häuser in den Vorstädten Au, Giesing und Haidhausen, meist einstöckig und zu großen Teilen aus Holz gebaut.

Ziegelei in Föhring
- Bereits vor der Jahrhundertwende ließen sich Hunderte von italienischen Arbeitern in den östlichen Vorstädten nieder. Sie fanden hauptsächlich Arbeit in den Ziegeleien, die während des Bau-Booms um die Jahrhundertwende Hochkonjunktur hatten.
Einige dieser Ziegeleien bestanden noch bis in die 70er Jahre dieses Jahrhunderts.

Schützen
- kleine, ortschaftlich gebundene und bereits im ausgehenden Mittelalter gegründete, im Grundsatz defensiv angelegte Volkswehreinheiten. Erlitten verheerende Verluste

beim Sturm auf München 1705, weigerten sich teilweise, gegen die aufständischen Tiroler 1809 vorzugehen. Ihr Einsatz bei der Niederschlagung der Räterepublik 1919 ist (in offensichtlich gestellten Fotos) zwar auffällig gut dokumentiert, dürfte aber nicht ihrem tatsächlichem militärischem Gewicht entsprechen. Ihr Einsatz scheint teilweise auch dem Nachweis gedient zu haben, daß die blutige Niederschlagung der Räterepublik eine inner-bayerische Angelegenheit war, was faktisch nicht richtig ist: Die Besetzung der Stadt lag in den Händen württembergischer bzw. Reichstruppen; die bayerischen Freicorps kamen teilweise gar nicht zum Einsatz.

Jaurés, Jean
– Führer der französischen Sozialisten. Auch im Ausland populärer, radikaler Kriegsgegner, der sich strikt gegen den Kriegseintritt Frankreichs wandte. Er wurde 1914 ermordet; als Täter wurde ein, wen sollte es wundern, geisteskranker Einzeltäter verurteilt.

Republikanische Schutztruppe
– Einheiten, die nach der Münchner November-Revolution (1918) formiert, doch schon bald von konservativ eingestellten Kräften infiltriert wurden.

Der Fall Apfelböck
– Dieses (in Ort und Zeit natürlich nicht präzise) Bild ist nach einem aufsehenerregenden Kriminalfall gestaltet, der sich im Jahr 1919 im Münchner Stadtteil Haidhausen zutrug: Ein junger Mann tötete seine Eltern, die seinem Wunsch nach einer Karriere als Filmschauspieler entgegenstanden.

DEUTSCHE KRIMIS

ROBERT HÜLTNER

73169 / € 9,00 [D]

Ein toter Artist und ein ehrenwerter Filmproduzent: Was haben die beiden miteinander zu tun? Als der Münchner Kommissar Türk die Zusammenhänge erkennt, ist es fast schon zu spät ...

72145 / € 9,00 [D]

Eine Prostituierte wird ermordet aufgefunden. Inspektor Paul Kajetan, beginnt auf eigene Faust zu ermitteln. Bald wird er in einen gefährlichen Sumpf von Korruption und Waffenschieberei hineingezogen.

ULRICH RITZEL

73010 / € 9,00 [D]

Ein Brief eines Selbstmörders zwingt Kommissar Berndorf sich in äußerst schwierige Ermittlungen zu stürzen. Es wird eine Zeitreise in den heißen RAF-Sommer des Jahres 1972.

72801 / € 10,00 [D]

Kommissar Berndorf und seine Assistentin Tamar Wegenast auf den Spuren eines groß angelegten Komplotts um Gelder, Großaufträge und Gefälligkeiten, in das mehr als nur ein Würdenträger verwickelt ist und das Berndorf fast das Leben kostet.

www.btb-verlag.de

HÅKAN NESSER
Er wird Ihnen schlaflose Nächte bereiten!

»Besser als jeder Hitchcock!«
GÖTEBORGS-POSTEN

»Ein begnadeter Krimiautor.«
HAMBURGER ABENDBLATT

HÅKAN NESSER, geboren 1950, ist einer der wichtigsten Krimiautoren Schwedens. Für seine Kriminalromane um Kommissar Van Veeteren und seine literarisch anspruchsvollen Psychothriller erhielt er zahlreiche Auszeichnungen, sie sind in mehrere Sprachen übersetzt und werden derzeit verfilmt.

© Cato Lein

73171 / € 10,00 [D]

Drei Männer, drei Todesfälle: Ein Übersetzer auf der Suche nach seiner verschwundenen Frau, ein Psychotherapeut und seine mysteriöse Patientin, ein Lehrer kurz vor dem Nervenzusammenbruch. Welche Geheimnisse verbergen sich hinter ihren Geschichten?

www.btb-verlag.de

72628 / € 9,00 [D]

Der siebte Band aus der Van Veeteren Reihe: Der Kommissar auf der Suche nach dem Mörder seines Sohnes. »Nesser hat mit seinem Roman ›Der unglückliche Mörder‹ Krimi-Maßstäbe gesetzt.«
MÜNCHENER ABENDZEITUNG